오프라 윈프리의

특별한
지혜

오프라 윈프리의

특별한 지혜

Oprah Winfrey

오프라 윈프리 · 빌 애들러 지음 | 송제훈 옮김

집사재

옮긴이 _ 송제훈

서울에서 태어나 한양대 영어교육학과를 졸업하고
현재 종암여자중학교에서 교편을 잡고 있다.
「센스 앤 센서빌리티」, 「성장」을 번역했다.

오프라 윈프리의 **특별한 지혜**

초판 1쇄 인쇄 | 2005년 2월 15일
개정 2쇄 발행 | 2019년 4월 25일

지은이 | 오프라 윈프리 · 빌 애들러
옮긴이 | 송제훈
발행인 | 최화숙
편집인 | 유창언
발행처 | 집사재

출판등록 | 1994년 6월 9일
등록번호 | 1994-000059호

주소 | 서울시 마포구 월드컵로8길 72, 3층-301(서교동)
전화 | 335-7353~4
팩스 | 325-4305
e-mail | pub95@hanmail.net / pub95@naver.com

ⓒ 오프라 윈프리 빌 애들러 2018
ISBN 978-89-5775-183-1 03840
값 14,000원

미국에서 가장 많은 사랑을 받고 있는 엔터테이너 중의 하나인 오프라 윈프리의 말들을 모아 엮어내는 작업은 해볼 만한 일이었습니다. 버지니아 페이(Virginia Fay)와의 공동 작업을 통해 나는 잡지와 신문에 실린 그녀의 인터뷰 기사와 TV 녹화 테이프, 강연 원고 등 그녀의 지혜가 묻어 있는 수백점의 자료들을 뒤졌습니다. 그 다음으로 한 일은, 우리가 찾아낸 많은 말과 글을 그녀의 다양한 모습들을 잘 보여준다고 판단되는 여러 주제에 따라 배치하는 것이었습니다. 그 결과로 여기 『오프라 윈프리의 특별한 지혜』가 나오게 되었으며, 이미 출판된 『재클린 케네디 오나시스의 특별한 지혜(The Uncommon Wisdom of Jacqueline Kennedy Onassis)』, 『로널드 레이건의 특별한 지혜(The Uncommon Wisdom of Ronald Reagan)』와 마찬가지로, 이 책이 이 놀라운 여성의 통찰력과 균형 잡힌 초상을 잘 보여줄 수 있기를 바랍니다.

빌 애들러

| 차례 |

1장

성장기

미시시피

~~~~

1954년 1월 29일 오프라 게일 윈프리(Oprah Gail Winfey)는 미시시피의 코시어스코에서 태어났다. 그녀는 어머니가 자신을 임신한 것이 '어느 오크 나무 아래서의 불장난' 때문이라고 말했다.

"저에겐 원래 성서의 룻기에서 따온 오파(Orpah)라는 이름이 붙여질 예정이었어요. 그런데 조산사가 철자를 잘못 옮겨 적는 바람에 출생신고서에 오프라(Oprah)로 올려졌죠."

유년시절

"저는 가난한 흑인으로 태어났습니다."

그녀는 자신을 '짧은 곱슬머리의 조그마한 흑인 소녀'로 묘사한 적이 있다.

"화장실이 집 밖에 있었는데, 그런 기억은 절대 안 잊혀지나 봐요. 현재 사는 집에 화장실이 대여섯 개 딸려 있다 해도 그때의 기억은 절대로 안 잊혀질 거예요."

"집에서 가장 가까운 이웃은 길을 따라 한참을 올라간 곳에 사는 시
각장애인 아저씨였어요. 아이들이라곤 하나도 없었고, 놀이 친구나 장
난감 같은 것도 물론 없었어요. 옥수수대로 만든 인형이 전부였죠. 저
는 동물들을 벗 삼고, 소떼 앞에서 연설을 하며 놀았습니다."

"아침이면 소떼를 몰아 목초지로 나가고, 돼지우리도 돌봤습니다.
"안 해본 일이 없었지만 지금 돌이켜보면 다 감사할 따름입니다. 토
크쇼를 진행하면서 정말 다양한 부류의 사람들과 쉽사리 이야기가 풀
려 나가니까요. 저는 정말 온갖 경험들을 다해 보았어요."

"이제껏 제가 기억하는 바로는 말솜씨와 책읽기에서 누구에게도 뒤
져본 적이 없습니다."

일요일이면 그녀는 에나멜 가죽 신발을 신고 교회에 가곤 했다 :
"저는 말 그대로 일요일에만 신발을 신었어요. 그 나머지 시간은 줄
곧 맨발로 지냈는데, 농장에서 살았으니 당연한 거죠."

"외로웠어요. 옥수수대로 만든 인형 하나 달랑 가지고, 돼지 등에 올
라타거나 가축들에게 성경을 읽어주면서 대부분의 시간을 보냈죠."

1986년, 어느 기자와 함께 옛 사진을 보면서 :
"여기가 미시시피의 코시어스코에 있는 제 외할머니 집입니다. 제
가 태어난 곳이죠. 놀랍지 않아요 - 계단 위라고 해봐야 요만큼 높이밖

에 안되는데 거기서 폴짝 뛰어내릴 때마다 저는 무언가 대단한 묘기를 해낸 것 같은 기분이 들곤 했습니다. '와, 나 저기서 뛰어내렸어요.' 저는 외할머니를 엄마라고 불렀습니다."

"아주 슬퍼 보여요. 이 사진 속의 저는 정말 음울해 보이네요. 그래도 당시의 저는 미소를 잃지는 않았던 것으로 기억합니다. 저는 무척 호감이 가는 아이였고, 사람들 볼에 입을 맞추거나 말을 걸지 못해서 안달을 내곤 했죠. 그렇지만 행동으로 옮기지는 못했어요. 외할머니는 아이들이란 그저 잠자코 구석에 앉아 있어야 한다고 믿는 분이셨거든요. 손님들이라도 오면 저는 으레 한쪽에 조용히 입을 다물고 앉아 있어야 했습니다. 세 살 정도 되었을 때, 저는 이미 글을 제법 읽을 수 있었습니다. 영화는 한번도 본 적이 없었고, 간혹 TV를 보러 나들이를 가곤 했어요."

"이 사진은 글렌다 레이의 집에서 찍은 겁니다. 그 애 집에 놀러 가는 것이 저에겐 아주 특별한 일이었어요. 글렌다 레이는 벽돌집에 살았고 그 애의 어머니는 학교 선생님이셨죠. 그 애는 온갖 장난감에다 진짜 인형도 가지고 있었어요."

교회에서 오프라의 외할머니 해티 메이는 외손녀 덕에 어깨가 으쓱해지곤 했다. 오프라는 성경 암송이나 연극에 탁월한 재능을 가지고 있었는데, 그녀는 제인 폴리에게 그 시절을 다음과 같이 추억했다 :
"저는 그곳에서 종알종알 이야기를 하곤 했는데, 그것이 주위 사람들로부터 사랑을 받는 방법이었던 겁니다. 맨 앞줄에 앉은 할머니들은 부채질을 하면서 외할머니 쪽을 향해 고개를 끄덕이며, '어이구, 이 애는 정말 천재야, 해티'하시곤 했죠. 외할머니는 제게 인생에서 굉장한 일을 꿈꾸어 볼 수 있다는 믿음을 조금씩 심어주셨습니다."

그녀의 외할아버지 이얼리스 리에 대해 :
"외할아버지가 무서웠어요. 제가 기억하는 외할아버지의 모습은 늘 제게 무언가를 집어던지거나 지팡이로 저를 좇아내는 그런 모습뿐입니다."

그 시절 백인이 되고 싶다는 생각은 들지 않았느냐는 질문에 :
"저는 코에 빨래집게를 끼고 자곤 했어요. 그러다 숨쉬기가 어려워지면 딸기코가 된 채 잠에서 깨어났죠. 저는 셜리 템플(Shirley Temple, 미국이 대공황을 겪고 있던 1930년대, 귀여운 외모와 깜찍한 연기로 널리 사랑받던 아역 배우. 우리 나라에는 〈소공녀〉의 주인공으로 잘 알려져 있음 - 옮긴이)의 곱슬머리를 갖고 싶었어요. 그게 늘 저의 기도였죠.
"제가 백인이 되고 싶었던 이유는, 백인 아이들은 매질을 당하지 않았기 때문입니다. 저는 늘 외할머니로부터 매를 맞곤 했으니까요. 그건 남부의 전통 같은, 그러니까 나이 드신 분들이 아이를 키우는 방법이었죠. 음식을 흘리죠, 그럼 매를 맞아요. 무슨 얘기를 실컷 해요. 그러다 무슨 잘못한 일이 튀어나오면 또 매를 맞아요. 어떨 때는 매를 저축했다가 한번에 몰아서 맞기도 하죠."

"제가 백인 아이가 되고 싶었던 이유는 그 애들은 매질을 당하지 않았기 때문이에요. 그 애들은 말로 다스려졌죠."

| 오프라 윈프리의 특별한 지혜

오프라와 외할머니

"외할머니는 저를 회초리로 때리셨습니다. 제가 직접 나가서 나뭇가지를 꺾어 가지고 들어왔죠. 바로 그런 광경을 두고 리챠드 프라이어는 인생의 가장 고독한 발걸음이라 표현한 적이 있어요 – 자신이 맞을 회초리를 직접 구해 오는 것 말이죠.

"매를 맞는 도중에 '잘못했어요. 다시는 안 그럴 게요' 같은 소리는 절대로 할 수 없었어요. 이내 '입다물어. 입다물라고 했어' 하는 소리를 들어야 했거든요. 등에 매 자국이 선명하게 날 때까지 그렇게 맞았어요. 잘 믿어지지 않는 일이죠. 저는 거의 매일 그렇게 맞았습니다. 당시 저는 꽤 조숙했고 이런저런 문제를 일으키고 다니는 게 일이었습니다. 그리고는 늘 몇 대 맞고 때우자는 식이었죠.

"하지만 오늘의 제가 있기까지는 외할머니 덕이 커요. 저의 힘, 추론 능력, 모두 다요. 그 모든 것들이 제가 여섯 살 때 심겨졌습니다. 지금의 저는 기본적으로 여섯 살 때의 저와 다르지 않습니다."

"외할머니는 저를 며칠씩 때리시고도 지치는 법이 없으셨어요. 요즘 같았으면 아동학대라 불릴 만했죠."

"맞아야 할 매를 맞지 않고 넘어가는 경우엔 토요일까지 매가 저축되었습니다. 토요일은 목욕하는 날이었거든요."

"한번은 무척 심하게 맞은 날이 있었습니다. 우물에 물을 뜨러 갔었죠. 풀밭을 걸어 돌아오는 길에 여느 때처럼 혼자 노래를 흥얼대면서 손가락으로 물을 톡톡 튕겨댔죠. 저는 외할머니가 그 물을 식수로 사용하시려 했는지는 몰랐거든요. 제가 집에 도착하자 외할머니가 물으시는 거예요. '너 물에다 손 담갔지?' '아뇨, 할머니.' 손에서는 물이 뚝뚝 떨어지는데 저는 그렇게 대답했어요. 외할머니는, '너 오늘 거 나중에 맞을 줄 알아라.' 그러시고는 아무 일 없이 사흘이 흘렀어요. 저는 '할머니가 회초리 드는 걸 까먹었구나' 하고 생각했습니다."

"네, 외할머니는 매질을 하셨습니다. 네, 분명히 그러셨어요. 하지만 그분은 제게 인생을 가르쳐 주셨어요. 그리고 저도 외할머니를 사랑했습니다. 제가 나이가 들면 아마 제 외할머니와 똑같은 모습이 될걸요. 교회에서 몸을 앞뒤로 흔들며 목청껏 기도하는 그런 독실한 할머니들 가운데 하나 말이죠. 맞아요, 아멘 무리 속에서 절 찾으실 수 있을 거예요."

"제가 네 살 때였습니다. 외할머니가 커다란 솥에 빨래를 삶고 있는 모습을 보고 있는데 갑자기 눈물이 나오는 거예요. 외할머니가 물으셨죠. '아가야, 왜 그러냐?' '큰엄마,' 저는 훌쩍거리면서 대답했습니다. '저는 이 다음에 죽어요.' '아가야,' 외할머니는 말씀하셨죠. '하나님은 당신의 자녀들을 귀하게 여기신단다. 너는 살면서 해야 할 일이 참 많으니까 무서워하지 마라. 강한 사람들이 다른 사람들을 도와야 하는 법이다.'
"저는 곧 알아챘어요. 외할머니는 신약 성서의 로마서 한 구절─믿음이 강한 사람은 자기 좋을 대로 하지 말고 믿음이 약한 사람의 약점을 돌보아 주어야 합니다─을 엉성하게 따오신 것이었습니다. 어린 나이였지만 저는 그 의미를 어렴풋이 이해했던 것 같습니다. 저는 제가 사람들을 돕는 일을 하게 될 거라 생각했죠. 무슨 소명 같은 것을 느꼈

 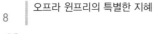

다고 할까요.

"저에게 있는 천부의 자질들을 일찍부터 계발시켜 줄 책임이 바로 외할머니께 있었던 겁니다."

"만일 제게 볼기를 후려치는 그런 할머니 말고, 가만히 옆에 앉혀 놓고 속살거리며 이야기를 들려주시는 그런 할머니가 계셨더라면 어땠을까요? 무슨 뜻인지 아시겠어요?

"아마 저는 좀더 섬세해졌겠죠."

외할머니가 그녀에게 하나님에 대한 깊고 항구한 신앙과, '하나님이 우주의 중심'이라는 확신을 심어주었다면서 :

"일단 이해를 하고 나면 그건 정말이지 단순합니다."

몇 장의 스냅 사진들을 보면서 :

"사진관에서 사진 찍는다고 너무 좋아 잔뜩 포즈를 취하고 있는 거예요……. 우리 생활비가 어디서 나왔는지는 지금도 모르겠어요. 정말 알다가도 모를 일입니다. 외할머니는 농장을 가지고 있었고 그분은 뭐든지 직접 하셨어요. 제 옷도 직접 만들어 주셨죠. 저는 옷을 사 입은 적이 없었습니다. 집에서 먹는 건 다 직접 키운 것이었고요. 달걀을 내다 팔기는 했는데…… 잘 모르겠어요.

"전 외할머니와 같이 잤습니다, 폭신폭신한 큰 침대에서…… 집에서 구십 미터 정도 떨어진 곳에는 아침마다 제가 물을 길러 가는 우물이 있었습니다. 그건 제 몫이었어요-가서 물 떠오는 것 말이죠."

사진 속의 모습으로는 평소 그녀가 묘사하던 것만큼 가난해 보이지

는 않는다는 말에 :

"그럴 거예요. 그건 외할머니께서 저를 잘 보살펴 주셨기 때문이죠. 그리고 어머니도 마찬가지셨어요. 어머니에게 옷을 잘 차려 입는다는 것은 신앙이었죠. 그분은 세상 없어도 옷은 잘 입어야 직성이 풀리는 그런 분이셨습니다. 물론 우리도 잘 입히셨죠. 우리가 생활보호대상자로 지냈음에도 불구하고 우리에게 옷을 잘 입히시는 일이 그분에게는 매우 중요한 일이었습니다."

토크쇼에서 자녀 양육에 관한 이야기를 나누던 중에 :

"이 나라의 감옥에는 젊은이에서부터 나이 든 사람들까지 매질의 생지옥을 겪었던 사람들로 가득 차 있습니다. 아이들을 때리면서 부모들은 그럽니다, '다 널 사랑하기 때문에 때리는 거다.' 외할머니께선 저를 때리실 때마다 말씀하셨습니다. '다 널 사랑하기 때문에 때리는 줄 알아라.' 이제 전 이렇게 말하고 싶습니다. '당신이 절 사랑하신다면 그 회초리를 제 엉덩이에서 치우실 거예요.' 저는 그것이 사랑이었다고 생각하지 않습니다.

"제가 당한 매질은 많은 경우 전혀 쓸모 없는 것이었다고 생각합니다. 저는 그 당시에도 그렇게 생각했고, (그녀는 여기서 잠시 말을 멈추며 스튜디오의 천장을 응시하더니 소리를 높여 힘주어 말했다.) 지금도 그렇게 생각해요, 외할머니! 아시겠어요?

"지금 제 주위에 있는 백인 친구들과 흑인 친구들 사이에는 양육 과정에 큰 차이가 있었다고 생각합니다."

전화 연결된 어느 시청자를 가리켜 :

"이분은 자신의 세 살배기 아이를 때린 일로 심한 자책과 정신적 공황 상태를 보이고 있습니다. 글쎄요, 과거 저와 같은 흑인 아이들은 매 맞는 일이 일상과도 같았죠."

"저는 태어나서 여섯 살 때까지는 외할머니 손에 자랐고 그 후엔 어머니에게, 다시 아버지에게로 보내졌습니다. 그러한 다양한 성장환경 덕분에 저는 다른 이들이 겪어온 삶을 보다 잘 이해할 수 있었습니다."

밀워키 I

오프라는 여섯 살 되던 해에 그녀의 어머니 버니타 리(Vernita Lee) 가 있는 밀워키로 갔다. 그녀의 어머니는 파출부 생활을 하고 있었으 며 생활보호 대상자였다.

유치원을 다닌 지 몇 주 채 되지 않아 오프라는 선생님께 쓴 쪽지에 : "새 선생님께 : 저는 여기가 맞지 않는 것 같아요."

오프라의 쪽지에 깊은 인상을 받고 선생님은 그녀를 학교로 보냈다. 그 일 년 후를 오프라는 이렇게 떠올린다 : "2학년으로 가야 할 필요가 없다고 생각했어요. 그래서 선생님께 말 씀을 드렸고 3학년으로 월반을 했죠. 따분한 건 정말 못 참았어요."

"교회의 여러 행사에서 발표자로 나서기 시작했고, 시와 성가도 했 습니다. 사람들이 조금씩 저를 인정해 주었고, 학교에서도 눈에 띄는 아이가 되었죠."

"학교놀이 할 때는 선생님 역할이 아니면 안 하려 했고, 소꿉놀이
할 때도 엄마를 안 하면 아예 놀이에 끼지도 않았어요.
"모권 중심의 가족에서 자랐으니, 저는 엄마 역할을 하면서도 아빠
한테 일일이 해야 할 일들을 가르쳐 주었죠."

"일곱 살 때 저는 밀워키에서 어머니와 같이 살았어요. 당시 어머니
는 제 이복 여동생의 대모(代母)인지 뭔지 하는 아주머니와 한 집에 살
고 있었죠. 저는 외톨이라는 느낌을 지울 수가 없었습니다. 당시 어머
니가 왜 절 맡기로 하셨는지 지금도 이해하기가 힘들어요. 어머니는
저를 돌볼 만한 여력이 없었거든요. 저로 인해 그분은 혹을 하나 더 붙
인 셈이었습니다."

"제가 1학년 때였습니다. 백인 아이 여섯 명이 저를 때리려고 했어
요. 그래서 전 나자렛 예수와, 그를 돌로 치려던 자들이 당한 일을 말
해 주었죠. 그 아이들은 저를 전도사님이라고 부르며 그 이후론 저를
가만히 내버려두었어요."

내쉬빌 I

"1학년이 끝나갈 무렵 저는 아버지와 새엄마에게로 보내졌습니다.
저는 학교에서 월반을 했고 9월에 3학년 과정을 시작하기로 되어 있

 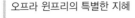오프라 윈프리의 특별한 지혜

었어요. 새엄마는 제가 산수에 대해 아무것도 모르고 있으며 그대로 개학을 하게 되면 큰 낭패를 보리라 판단하셨고, 그 덕에 저는 그 해 여름을 온통 구구단을 외우는 데에 보냈죠. 새엄마는 정말 억센 분이 셨습니다. 또 무척 엄격하셨어요. 그분께 빚진 게 참 많아요. 사관학교 가 따로 없었다니까요. 저는 학교에서는 물론, 집에서도 독후감 발표 를 해야 했고 무척 많은 어휘를 익혀야 했습니다. 새엄마와 한 일들은 대체로 그랬습니다."

"월요일 아침 학급 기도 시간은 통밀 크래커와 우유를 앞에 놓고 제 가 진행했습니다."

"저는 학교에서 내주는 숙제에다, 집에서 내주는 숙제까지 해야 했 답니다! 하루에 한 시간씩 TV 보는 시간이 허락되기는 했는데 그게 언제나 『비버에게 맡겨(Leave it to Beaver)』가 (1957년부터 6년여에 걸 쳐 방송된 가족 드라마. 당시의 인기를 반영하듯 미국에서는 지금도 케이블 TV 등을 통해 꾸준히 재방송되고 있음 – 옮긴이) 시작되기 전이었어요. 정 말 싫었습니다."

그녀가 아버지와 새엄마와 함께 살게 된 첫해의 기억들 가운데 가 장 기쁘게 떠올리는 것은 장래 희망에 관한 것이다 :
"선교사가 되고 싶었습니다. 저는 코스타리카를 위한 선교후원회 회원이었어요. 하루도 빠지지 않고 운동장에서 후원금을 걷고는 했습 니다. 아주 광적이었죠."

밀워키 Ⅱ

"아홉 살이 되었을 때 저는 어머니에게로 되돌려 보내졌습니다. 어머니는, '엄마랑 같이 살자꾸나. 엄마는 곧 결혼을 할 건데 그럼 우리는 진짜 가족처럼 살 수 있을 거야'라고 말씀하시며 저를 다시 맡아 키우기를 원하셨죠. 어머니가 수년 동안 교제해온 남자는 제 남동생의 아버지이기도 했습니다. 저는 어머니에게로 돌아갔습니다. 그리고 정상적인 가정을 꿈꾸었죠. 하지만 뜻대로 되지는 않았습니다. 밀워키 시절 저는 아버지를 간절히 원했습니다. 다른 아이들처럼 평범한 가족을 갖고 싶었어요. 엄마 아빠가 있는 그런 가정 말이죠. 저는 어머니와 아버지에 대한 거짓말을 잘도 지어내곤 했습니다. 그럴싸한 거짓말을 숱하게 했어요. 다른 아이들처럼 그런 가족을 갖고 싶었기 때문입니다.

"그러한 환경에서 저는 스스로가 정말 못생겼다고 생각했어요. 피부색이 옅을수록 더 예쁘다고 느꼈기 때문이죠. 저의 배다른 동생은 피부색이 옅었는데 모두들 귀여워했어요. 저는 그것이 다 그 애가 예쁘기 때문이라고 생각했습니다. 저는 무척 영리했지만 아무도 제게 영리하다고 칭찬을 해주거나 하진 않았습니다. 대신 늘 교실 구석에서 책을 읽는다고 따돌림을 받았어요. 아이들은 그걸 가지고 절 놀렸죠. 그럼 저는 아주 슬픈 마음으로 교실을 빠져 나왔습니다. 책이 저의 친구가 되어준 시절이었습니다."

오프라가 세상에 알려지기 시작했을 때 그녀는 어느 잡지와의 인터뷰에서 자신이 지독한 가난에 찌들리며 성장했다고 말하면서 :

오프라 윈프리의 특별한 지혜

"우리는 너무 가난해서 개나 고양이를 키울 수도 없었습니다. 그래서 저는 바퀴벌레 두 마리를 제 애완동물로 삼았어요. 널린 게 바퀴벌레였어요. 애완동물이 필요하면 밤에 주방으로 가는 거예요. 그 다음에 불을 켜죠. 그러면 바퀴벌레 일가족을 볼 수 있어요. 그리고는 이름을 하나씩 붙인 바퀴벌레를 병에 담아 키우는 겁니다…… 마치 반딧불을 담아놓듯 말이죠. 저는 멜린다라든가 샌디 같은 이름을 붙여 주었습니다. 겨울에는 반딧불을 잡을 수 없잖아요, 그래서 바퀴벌레를 병에다 키웠죠. 지금 그 생각을 하면 온몸에 소름이 돋아요."

"열세 살 때 저는 모아둔 돈으로 개를 한 마리 샀는데, 어머니는 개가 거실에 앉아 있는 꼴을 못 보고 밖으로 쫓아내곤 하셨어요. 저는 집을 나와 버렸습니다."

기자와 함께 또 다른 옛 사진들을 보면서 :
"여기는 밀워키의 노스 메인 스트리트입니다. 저는 열세 살이고요. 이때가 우리가 제일 궁핍했을 때입니다. 저는 니콜릿이라는 이름을 가진 학교에 입학했는데 그곳은 백인들만 다니는 곳이었어요. 제가 차별이라는 것을 깨닫기 시작한 것이 이때였습니다. 그때까지도 저는 궁핍하게 지내긴 했지만 그것을 인식하지는 못했거든요. 저는 다른 형제들과 한 방을 썼어요. 그랬죠. 저는 화가 치밀었어요. 몇 푼의 돈, 이를테면 피자 한 조각 사먹을 돈이 왜 내게는 없는 것인지 이해가 되지 않았거든요. 그 때문에 저는 또 가출할 계획을 세웠습니다.
"집을 나가서 친구네 집에 있으려고 했습니다. 짐을 모두 쇼핑백에 담아 들고선 그 친구네 집을 갔는데 아무도 없는 거예요. (그녀는 웃음을 터뜨렸다.) 미리 시간 약속을 하지 않았던 거죠. 그 친구는 가족들과

1장_성장기

외출을 해 버렸고 거긴 아무도 없었습니다. 이제 어떻게 한다? 저는 아주 마음을 독하게 먹었습니다.

"무작정 걷기 시작했어요. 그렇게 한참을 시내로 걸어 들어가다가 아리타 프랭클린(Aretha Franklin, 주로 소울과 R&B를 부른 흑인 여가수. 평생의 가수 활동을 통해 총 60여 장의 음반을 냈음 - 옮긴이)이 리무진에서 내리는 것을 보았죠. 저는 눈물을 뚝뚝 흘리며 그녀에게 다가가서 제가 버림받은 아이라고 했습니다. 아마 그때 제 꼴이 정말 불쌍해 보였을 거예요. 저는 오하이오로 돌아가려 하는데 돈을 좀 주실 수 있겠어요 하고 말했습니다. (오하이오라는 발음을 전 참 좋아했어요.) 그 랬더니 순순히 돈을 내주는 거예요. 저는 그녀에게서 받은 1백 달러짜리 지폐를 가지고 어느 호텔에 묵었습니다. 제 생애 가장 슬픈 순간이었을 겁니다. 돈이 다 떨어진 다음에는 레버런드 툴리(Reverend Tully, 저명한 흑인 목사 - 옮긴이)에게 전화를 걸어서 집에 돌아가려고 한다며 도움을 청했죠. 저는 집에서 벌어지던 모든 일들과 저의 감정 상태를 전부 털어놓았어요. 그가 저를 데리고 직접 집까지 같이 가서는 제 어머니에게 진지하게 이야기를 했는데, 그게 어찌나 기뻤는지 모릅니다."

어느 고등학생이 오프라에게 묻기를, "20년 뒤에는 어떤 모습일 것 같으세요?"

오프라의 답, "유명인사!"

그녀의 어머니

"저의 어머니는 역사상 옷을 가장 잘 입는 파출부였을 겁니다. 부유한 백인들의 저택에 수수한 차림으로 일을 하러 가는 파출부들의 모습은 대충 그려지시죠? 제 어머니는 하이힐에 스웨이드 가죽치마를 입고 출근을 하셨어요.

"어머니에겐 신분이 드러나지 않도록 치장하는 일이 매우 중요한 일이었습니다. 출근하기 전에 미용실에 들르시는 경우도 흔했죠."

"저는 관심을 받고 싶다는 저의 욕구를 분출해 내기 시작했습니다. 사랑받고 싶은 욕구 말이죠." 오프라는 당시의 일을 이렇게 분석했다. "어머니는 시간이 없으셨던 겁니다. 어머니는 파출부 일을 매일 나가셨어요. 어느 대저택에서 일하는 여자들 가운데 한 명에 불과했죠. 그런데 저는 영악하고 – 어머니는 어머니대로 저를 돌아볼 시간이 없었으니, 저를 무작정 억누르기만 하신 겁니다."

오프라는 자신의 어머니가 파출부 일을 해야만 한다는 사실에 분노했었다고 한다. 그런 한편으로 :

"그냥 그런 현실에 적응했죠. 뭐, 대수롭지 않은 일이었어요. 별거 아니죠. 저는 사람들이 자신의 그릇대로 살게 된다고 생각합니다. 자신이 할 수 있는 일을 하면서 사는 거죠."

"저는 어머니가, 세상 여느 어머니들과 마찬가지로, 최선을 다하셨다고, 당신이 알고 있는 방법 한에는 최선을 다하셨다고 생각합니다. 마치 제가 『네이티브 선(Native Son)』이라는 영화에서 맡았던 캐릭터와 비슷해요. 그녀는 살인을 저지른 자신의 아들에게 말하죠, '아들아, 나는 내가 아는 방법은 다 써보았다.' 마찬가지로 세상의 많은 어머니들이 그런 식이죠. 그들은 절대 아이들을 껴안아주지 않아요. 왜냐하면 그들의 사랑 표현이란 아침에 일어나서 일을 하러 나가는 것이니까요. 저는 따뜻한 포옹에서 많은 것을 얻을 수 있었던 아이였는데, 어머니는 그걸 이해 못하셨고, 저도 그 점에 대해선 어떻게 해볼 도리가 없었습니다."

"어머니로부터 얻지 못한 관심을 저는 다른 데서 얻으려 했습니다. 잘못된 곳에서."

"어머니는 세 아이와 씨름하며 정부의 생계지원금에 의존해 살아가던 젊은 흑인 여자였습니다. 어머니도 나름대로 벅차고 힘들었으리라는 것을 저도 알아요."

"저는 어머니가 보여주었던 어떠한 노여움이나 적대감도 이제 용서합니다. 그리고 그분도 저에 대해 마찬가지고요."

"제가 어머니에게 품었던 분노가 오래도록 깊었던 이유는, 어머니가 (그 성적 학대에 대해) 알고 있으면서도 아무런 대처도 하지 않았다고 느꼈기 때문입니다. 하지만 이제는 마음의 평화를 찾았습니다. 어머니로서도…… 제게 해주어야 할 건 다 해주셨다고 생각하기로 했습니다."

아동기의 성적 학대

"제가 아홉 살 때였습니다. 어느 날 저는 열아홉 살이었던 제 사촌 오빠의 손에 맡겨져 있었고, 저는 그날 강간을 당했습니다. 어머니와

오프라 윈프리의 특별한 지혜

함께 밀워키에 살던 시절 저는 끊임없이 성적으로 유린당했습니다. '온 가족의 친구'라는 사람에게서 말입니다. 그리고 제가 열네 살이 되었을 땐, 또 다른 친척 아저씨로부터 성폭행을 당했습니다."

"저는 어느 친척집에서 열아홉 살 먹은 사촌오빠가 저를 강간했던 일을 생생하게 기억합니다. 저는 그게 나쁜 것이고 잘못된 것이라는 것을 알고 있었습니다. 무엇보다 많이 아팠기 때문이죠. 사촌오빠는 저를 데리고 나가서 아이스크림을 사주고 그 후에는 동물원에도 데려 갔습니다. 그러면서 제가 그 일을 누군가에게 말한다면 우리 둘 다 곤경에 처할 거라고 했죠. 그래서 저는 시키는 대로 했습니다. 제가 아홉 살이던 해 여름의 일이었어요……. 제가 순결을 잃은 것에 대해 슬퍼하는 이유는 그것입니다. 그 일을 겪은 후는 결코 그전과 같지 않았으니까요."

"저는 그것이 성적인 어떤 것이라는 생각을 못했습니다. 그런 단어 조차도 알지 못했죠."

그녀는 그가 베풀어 주는 관심과 그가 사준 선물이 고맙기만 했다 : "저는 입을 다무는 대가로 아이스크림과 동물원 구경을 받아 챙긴 거예요."

자신의 아홉 살 적 사진을 보며 : "오, 이 아이가 이제부터 줄곧 끔찍한 경험을 하게 될 그 애예요. 이 사진을 찍을 무렵 이미 저는 강간을 당한 후였습니다……. 이 사진은 가을에 찍은 것이고 제가 강간을 당한 것은 여름이었으니까요. 어제

이 사진을 처음 보면서 저는, '그래, 이 해 여름에 바로 그 일이 일어났지' 하고 생각했습니다.

"지금까지도 저는 아무에게도 그의 이름을 밝히지 않았습니다. 어른들은 그와 저를 한 침대에 뉘었어요. 침대는 하나밖에 없었고 저는 그와 같이 자야 했습니다. 상상이 돼요? 저는 그때까지 섹스 따위에 대해선 아무것도 몰랐습니다. 그런데 9월에 새 학년이 시작되었을 때 누군가 저에게 아기가 어떻게 생기는지를 이야기해 주었고, 글쎄요, 그 순간부터 그 해 내내 저는 내가 아이를 가지겠구나 하는 생각만 했던 기억이 납니다. 저는 죽도록 혼이 날까봐 무서워서 그 일에 대해선 아무에게도 이야기할 수가 없었습니다."

"배가 좀 아프다 싶으면 저는 속으로 이건 임신을 해서 그런 거야 하며 슬그머니 화장실로 향했습니다. 아이가 나오면 아무도 못 보게 하려고요."

"그것은 공포였습니다. 아이가 나오면 어디다 숨길까, 어른들은 날 잡아먹으려 들겠지, 엄마 모르게 내 방 어디다 숨기지?
"누군가 제 곁을 어슬렁거리는 순간에 침대에 누워 자는 척을 하며, 속으로는 제발 그가 날 건들지 않았으면 하고 바라는, 그런 심정이 어떤 것인지 저는 잘 압니다."

"그 친척 아저씨로부터는 더 이상 그런 일이 없었습니다. 하지만 곧 어머니의 남자 친구로부터 수년 간에 걸쳐 똑같은 일이 반복되었죠. 저는 그러한 환경 속에서, 아무렇게나 놓여진 표적이나 다름없었습니다."

"아홉 살 때부터 열네 살이 될 때까지 그런 일들이 이어졌습니다. 제가 살던 집에서, 여러 사람들 - 이 아저씨, 저 아저씨, 사촌오빠 - 에 의해서 말입니다. 그 일들에 대해 과장하거나 호들갑을 떨고 싶지는 않습니다. 다만 저 스스로를 탓하며, 내게 무엇인가가 잘못되었나 보다 하고 생각하던 기억이 납니다. 그때부터 저는 집 밖으로 나돌기 시작했습니다. 그릇된 곳에서 사랑을 찾아 헤매며 말입니다."

그녀는 자신이 가장 좋아하던 친척 아저씨에게서도 강간을 당했다 :
"저는 제 이마에 더러운 아이라고 쓰여져 있는가 보다 생각하기 시작했습니다. 저는 그 아저씨를 정말 좋아했거든요. 정말 많이 따랐습니다. 그 아저씨를 제 마음 속에서 나쁜 놈으로 만들 수는 없었습니다."

그때의 일을 떠올리면서 :
"아저씨와 저는 이야기를 나누고 있었습니다. 학교의 남자아이들 얘기를 하다가, 입을 맞추려 드는 남자아이들 얘기로 넘어갈 때, '너 남자애들이랑 키스해 봤냐?' 그리고 다음 순간, 그는 저의 팬티를 내리고 있었습니다. 제가 정말 따랐던 그 아저씨가 말입니다."

"제가 그러한 성적 학대에 계속 방치되었던 까닭은, 말을 해도 아무런 도움을 얻을 수 없으리라 스스로 판단할 수밖에 없는 그런 가정에서 살았기 때문입니다."

"그러한 성적 학대로부터 얻어진 수치심…… 수치심, 죄책감, 그리고 두려움…… 어느 순간 저는 저 자신이 이 모든 감정을 겪고 있다는 사실을 깨달았습니다."

어느 인터뷰에서 털어놓기를 :
"스스로를 탓했습니다. 저는 늘 쓸쓸했고, 늘 누군가의 관심을 애타게 찾았고, 그리고 그들은 그 점을 이용했습니다. 친척들 중엔 분명히 그걸 알아챈 사람들이 있었어요. 하지만 그들은 아무런 대응도 하지 않았죠."

"그런 일들에 휩쓸리다 보면 여간해서는 빠져 나오기가 힘들어집니다. 제 경우, 그러한 일들에 의해 저는 결국 성적으로 난잡한 십대가 되었습니다. 그건 아주 혼란스런 경험이었습니다. 난생 처음 누군가가 제게 애정이나 관심 따위를 보여주고 있고, 저 스스로는 그것이 사랑이라고 착각하면서 다른 곳에서도 그것을 계속 찾아 헤매는…… 그것을 어떻게든 얻으려고 발버둥치는 겁니다. 그래서 저는 습관처럼 가출을 했고, 어머니가 집에 없을 때는 남자아이들을 집으로 불러들였죠. 저는 구제불능이었습니다. 그게 열네 살 때까지의 일입니다. 그리고는 아버지에게로 보내졌습니다. 그와 동시에 그런 생활도 끝이 났어요. 끝장을 본 거죠."

1988년 『피플』과의 인터뷰에서 그녀는 성폭행 이후에 자신이 성적으로 문란해진 것에 대해 말하면서, 자신은 남자들로부터 성적으로 주목받은 것이 좋았으며 그것을 좋아하기까지 했다고 이야기했다 :
"그 인터뷰 기사가 나간 뒤 제게 쏟아진 반응은, 어떻게 그걸 좋아했다고 말할 수 있냐 그런 것이었지만, 그건 제가 의도한 의미가 아니었습니다. 누군가가 어린 당신의 유두를 만지작거린다고 해요, 어떤

| 오프라 윈프리의 특별한 지혜

성적인, 육감적인 느낌은 오기 마련입니다. 그때의 느낌은 좋다는 것일 수도 있고, 다른 한편으론 혼란스러운 것이기도 합니다. 왜냐하면 다음 순간 당신은, 그것이 자기 자신과 아무런 상관이 없는 감각적 흥분에 불과하다는 사실을 모른 채 그 느낌을 좋다고 생각하는 당신 스스로를 용서할 수 없게 되니까요. 어린아이는 아무 잘못이 없습니다."

"제가 스물두 살이나 스물세 살쯤 되었을 때, 저는 성폭행을 당한 경험이 있는 한 여성과 인터뷰를 하게 되었습니다. 저는 그때에야 비로소 제가 겪은 것과 똑같은 일을 겪은 사람들이 있다는 사실을 알게 되었습니다. 그때까지 저는 그런 일을 당한 사람은 저 혼자밖에 없을 거라 생각하고 있었고, 또 최초의 성폭행을 당한 이후에 다른 사람들로부터도 거듭 같은 일을 당한 것은 제게 무슨 잘못이 있기 때문이 아닌가 하는 생각에 누구에게도 그 일에 대해 이야기하지 못하고 있었습니다."

그녀는 자신의 내면에 감추어진 감정을 초대 손님과 방청객들과 더불어 나누고자 했다. 1985년 그녀는 어느 성폭행의 피해 여성과 대담을 나누던 중, 갑자기 떨리는 목소리로 소리쳤다 :
"똑같은 일을 저도 겪었어요. 제가 겪은 그 모든 불행한 경험들은 지금도 제 삶을 관통하고 있어요."

후에 그녀는 말했다 :
"저는 그저 '저도 그 심정을 이해할 수 있습니다'라고 말하고 싶었습니다. 그 얘기를 하려는 생각은 없었죠. 그 말은 그냥 입에서 튀어나왔다고 하는 게 맞을 것 같네요."

아동기의 성폭행 피해 경험을 최초로 털어놓은 그날의 일에 대해 :

"우리는 그 주제를 가지고 이야기를 나누고 있었습니다. 그런데 정말 뜻밖의 일 – 자신도 어린 시절에 그런 일을 겪었다고 울먹이는 여성들의 전화가 곳곳에서 빗발치듯 걸려오는 겁니다. 저와 대담을 나누던 초대 손님은 울먹이기 시작했고, 저도 울음이 터져 나오면서 그와 똑같은 일을 저도 겪었다고 처음으로 이야기하게 되었습니다."

아동기의 성적 학대에 대한 그녀의 고백에 대해 :

"그 자리에는 아동기에 친척들로부터 성폭행을 당한 경험이 있는 몇 명의 여성이 초대 손님으로 나와 있었습니다.

"그들이 자신이 겪은 정서적 고통과 상처를 드러내 보이며 이야기를 하는 동안, 저는 어린 시절에 제가 겪은 일들도 털어놓아야겠다는 용기를 얻게 되었습니다.

"그것은 사전에 말해야겠다고 준비한 그런 게 아니었습니다. 하지만 그들의 이야기를 조금씩 듣는 동안 저는 저 자신의 이야기를 해야겠다는 생각을 하게 되었고 그대로 실행에 옮겼습니다.

"가는 곳마다 사람들이 저를 반겨주었어요. 그것은 훌륭한 치료제였고 카타르시스였습니다. 저는 더 이상 그 끔찍한 비밀을 안고 살지 않아도 되었고, 또한 그와 같은 고통을 겪은 사람들에게도 그러한 방법이 도움이 되리라는 것을 깨달았습니다."

"만일 여러분이 성폭행을 당한 경험이 있고 줄곧 그것을 비밀로 지키면서 살고 있다면, 여러분은 후일 그와 똑같은 일이 언제든지 다시 벌어질 수 있는 상황, 이를테면 직장의 상사나 여러분을 이용하려 드는 친구들, 당신에게 거짓을 늘어놓는 남자들에게 자기 자신을 내맡기는 셈이 됩니다. 여러분 스스로가 계속되는 불행 속으로 자신을 밀어 넣는 것입니다."

"그것을 방송 중에 이야기한 것은 굉장한 일이었습니다. 카타르시스뿐만 아니라 치료의 효과도 있었죠. 하지만 그때 제 안의 수치심까지 모두 털어낸 것은 아니었습니다. 솔직히 말씀드리면, 작년〔1990년〕의 일입니다. 트루디 체이스를 초대 손님으로 모시고 방송을 하고 있었죠. 그녀는 가혹한 아동 학대와 성적 학대를 경험한 바가 있습니다. 그녀가 한참 이야기를 하고 있는데, 갑자기…… 주체할 수 없는 눈물이 쏟아지기 시작했습니다. 멈출 수가 없었어요. 그때까지 남아 있던 응어리가 모두 쏟아져 나온 거죠. 저는 전국의 TV에다 그 응어리를 풀어냈습니다."

아동 학대에 대해 :
"글쎄요, 그것이 얼마나 큰 상처를 남기는지를 깨닫기 전에는 우리는 아동 학대를 근절시킬 수가 없습니다. 아동 학대에 대항해 일선에서 싸워온 변호사 앤드류 복스는 이 점을 누차 강조해 왔습니다. 저는 그분 말씀에 전적으로 동의합니다. 만일 당신이 아이 하나를 학대한다면 그 아이는 자기 스스로를 망가뜨리게 될 뿐만 아니라 세상 전체를 망가뜨리게 될 것입니다. 감옥은 온갖 범죄를 저지른 사람들로 가득차 있고, 이 나라의 마약 문제가 이토록 심각한 이유도 다 거기에 있습니다. 그들 모두가, 스스로의 존귀함을 모른 채 어른이 되어 버린 바로 예전의 그 아이들입니다. 그래서 저는 우리 어른들이 아이들에게 저지르는 잘못으로 인해 일어나는 문제들을 드러내놓고 고쳐 나가는 것이, 바로 우리가 우리 자신을 치유하는 방법이 된다고 생각합니다. 저는

정말 그렇게 믿습니다."

"대부분의 사람들이 그렇습니다……. 여러분이 어린아이라고 해봐요. 어른들은 너무나 자주 잘못이 여러분 자신에게 있다고 믿게끔 만듭니다. 저를 마지막으로 성폭행한 친척 아저씨가 제게 하던 말이 기억납니다. 제가 그것을 원했다는 거예요. 제가 그 일을 입밖에 꺼냈더라도 다른 어른들 역시 같은 말을 했을 겁니다. 저는 그래서 그 일을 좀더 나이가 들게 되기까지, 저 자신 어른이 될 때까지 아무에게도 말하지 못했습니다."

"오래 전 볼티모어 시절의 일입니다. 그런 일에 대해 누군가 TV에서 이야기하는 것을 처음으로 들었을 때, 저는 그런 일이 다른 사람에게도 일어났다는 사실을 믿을 수가 없었습니다. 그때 – 저는 스물두 살이었고 제 자신이 겪은 일에 대해 아무에게도 말을 하지 못하고 있을 때입니다. 저는 – 그래서 그분을 방송 후에 만나보고 싶었지만 차마 입을 뗄 용기가 없었어요. '저도 그런 일을 당했어요.' 세월이 한참 지나, 제가 진행하는 토크쇼에서 그렇게 말할 자신감이 생겼을 때 비로소 저는 그렇게 할 수 있었습니다."

"제가 사람들과 좋은 관계를 맺는 데 실패한 경우들을 따지고 보면 대개 어린 시절의 학대가 그 원인입니다.
"학대의 고리를 끊어내는 힘은 분명한 인식에 있습니다."

"많은 시간이 흐른 뒤에도 제 솔직한 감정을 드러내 보이지 못하기로는, 강간과 성희롱을 당하며 배가 아프면 임신이 아닐까 걱정을 하

오프라 윈프리의 특별한 지혜

던 그 당시에서 나아진 것이 하나도 없었습니다. 20대가 되기까지 저는 단 한 사람에게도 그 이야기를 해보지 않았습니다. 사귀던 남자들과의 관계는 비참했습니다. 누군가를 믿어 버리면 그는 저를 이용했죠. 한두 번이 아니었어요. 결국 용기를 내어 외가쪽 친척들에게 진실을 털어놓았을 때, 그들은 제가 부끄러운 줄도 모르고 여러 사람 앞에서 더러운 빨래를 널어놓는다며 비난을 퍼부었죠."

1987

그녀가 겪은 성적 학대에 대한 가족들의 반응은 :

"저를 분개시킨 것은 가족들이 제 감정을 받아들이려 하지 않았다는 것입니다. 가족들은 이제 와서 우리 사이에 아무런 일도 없었다는 듯이 행동합니다. 지금은 여러분도 상상하실 수 있겠지만, 저는 가장 예쁜 딸이며 가장 좋은 언니죠."

1978년 그녀는 자신이 겪은 학대에 관해 가족들과 이야기를 나눠 보려 했지만 :

"어머니는 듣고 싶지 않다고 하시더군요. 저도 그 후로는 두 번 다시 그 얘기를 꺼내지 않았습니다."

"저는 한 걸음도 내딛지 못했습니다. 과거에, 그리고 지금도 그 기억에 의한 상처는 아물지 않았습니다. 한동안은 다 나았다고 생각하고 있었는데, 그렇지가 않았어요. 계속해서 그 수치심을 안은 채, 무의식적으로는 스스로를 탓하고 있었던 겁니다. 아직도 내면 깊은 곳에서는 제가 그 남자들로 하여금 그런 행동을 하도록 만든 게 아닌가 하는 생각이 들 때가 있습니다."

1992

1991년 그녀는 아동 학대 문제를 다룬 상원 법사위원회에 나가서 :

"모든 사람들은 자신의 고통을 각기 다른 방식으로 다룹니다. 어떤 이들은 저처럼 무언가를 성취하려는 집착이 강해지는가 하면, 어떤 이들은 살인자가 되기도 합니다."

"성적 학대에 관한 문제들을 앞에 두고 제 눈에 눈물이 고일 때마다, 저는 그것이 저 자신만을 위한 것이 아니라는 생각을 합니다. 저는 그러한 일을 겪은 다른 모든 이들을 떠올리며 우는 것입니다."

학교

"유진 에이브람스 선생님은 늘 제가 학생 식당에서 책을 읽는 모습을 눈여겨보셨습니다. 그분은 제가 니콜릿 고등학교의 장학생으로 입학할 수 있게끔 해주셨죠."

1960년대 말 교육 당국은 흑인 밀집 지역 출신의 학생들을, 백인 학생이 대부분인 인근 학교로 전학을 보내는 실험적인 정책을 시행했다. 심각한 반발을 낳았던 그 정책에 따라 오프라도 전학을 하게 되었다. 그녀는 당시를 떠올리며 :

"저는 분노 같은 것을 느꼈어요. 저는 그 학교의 유일한 흑인 아이였습니다. 제 말은, 2천 명의 유태인 상류층 아이들이 다니는 학교에서 흑인이 저밖에 없었다는 얘기입니다.

"제 눈에 비친 그 아이들의 생활은 저와는 너무나도 달랐습니다. 저는 저의 어머니도 다른 아이들 어머니 같았으면 좋겠다고 생각했습니다. 학교를 마치고 집에 돌아가면 저의 어머니도 쿠키를 준비해 놓고

오프라 원프리의 특별한 지혜

는, '학교에서 어땠니?'라고 물어봐 준다면 얼마나 좋을까 하고 생각
했습니다. 하지만 저의 어머니는, 학교의 친구들이 사는 대저택에 가
서 일을 하는 흑인 파출부들 중의 한 사람에 불과했습니다. 어머니는
지쳐 있었고, 그저 살아남으려고만 기를 쓰고 있었습니다. 어머니가
표현할 수 있었던 사랑은, 아침에 일어나서 식탁 위에 음식을 차려 놓
고 일을 하러 나가는 것이었습니다. 그때는 그것을 이해할 수 없었습
니다."

"제가 다른 아이들과 다르다는 사실을 의식하게 된 것이 그때가 처
음이었습니다. 1968년 당시에는 흑인 친구를 가지고 있다는 것이 하
나의 유행이었죠. 저는 정말 폭발적인 인기를 누렸습니다."

"아이들은 저를 자기네 집에 서로 데려가려고 아우성이었어요. 일
단 집에 데려가서는 펄 베일리(Pearl Bailey, 1918~1990. 흑인 여가수.
영화와 연극, TV에서도 왕성한 활동을 했다 - 옮긴이)의 레코드를 꺼내서
보여주는가 하면, 주방에서 일하는 파출부를 불러다 놓고, '오프라, 여
기 마벨 아줌마 알지?' 하고 말하곤 했습니다. 그 애들은 모든 흑인들
은 서로 잘 알고 있다고 생각했던 모양이에요."

"저는 그때서야 제가 가난하다는 사실을 깨달았습니다."

학부모들 역시 아이들에게 방과후 오프라를 집에 데려오라고 성화
이기는 마찬가지였다 :
"마치 장난감이 된 기분이었어요. 그들은 거실에 빙 둘러앉아서 새
미 데이비스(Sammy Davis, Jr. 1925~1990. 인종적 편견을 극복하고 모

든 미국인의 사랑을 받은 최초의 흑인 엔터테이너 가운데 한 사람으로서, 노래와 춤은 물론 다양한 악기에 능했으며 마임과 코미디에도 탁월한 재능을 보여서 브로드웨이 연극과 영화에서 폭넓은 활동을 했음 - 옮긴이)에 대해, 마치 제가 그를 잘 알고 있기나 한 것처럼 이야기를 꺼냈습니다."

"제가 방과후 버스를 타고 집에 돌아갈 때, 아이들은 부모님의 자가용을 타고 피자를 먹으러 나가곤 했죠.
"난생 처음으로 저는 세상에 다른 쪽이 있다는 것을 알게 되었습니다. 갑자기 슬럼이 좋아 보이지 않기 시작했어요.
"저는 매일 버스를 두 번 갈아타며 30킬로미터의 거리를 달려 집에 돌아왔습니다.
"마치 매일 밤 신데렐라가 화려한 궁전에서 집으로 돌아가는 것처럼 말이죠."

"저도 다른 아이들처럼 돈이 많았으면 했습니다. 아이들은 항상 저에게, '오피, 피자 먹으러 가자'라고 말했죠."

선생님들

"오랜 동안 저는 4학년 담임 교사가 되는 게 꿈이었습니다. 저는 던컨 선생님 같은 사람이 되고 싶었죠. 4학년 시절은 제 인생의 전환점이었습니다. 나눗셈을 터득했거든요!"
열두 살이 되었을 때 오프라는 다른 아이들을 훨씬 앞지르게 되었다. 오프라를 주의 깊게 관찰한 유진 A. 에이브람스 선생님은 그녀를 업워드 바운드라는 프로그램에 참여시키고 그녀가 밀워키 교외의 폭스 포인트에 있는 니콜릿 고등학교의 장학생으로 선발될 수 있도록 도움을 주었다.

그가 1991년 세상을 떠났을 때, 오프라는 그가 "학생들이 스스로를 신뢰하도록 만들어준 위대한 스승들 중의 한 분"이었다고 말했다. "저는 저처럼 그분에게서 영향을 받은 이들이 많다는 것을 알고 있습니다. 우리 모두 그분이 그리워질 겁니다."

가족
⇶⋇⇷

"성장하면서 저는 아버지에게서 양육받을 때와 어머니 밑에서 클 때 전혀 다르게 행동했습니다.

"저는 어머니가 정한 통금 시간은 으레 무시하곤 했습니다. 그리고는 늦도록 거리를 쏘다녔죠. 몇 대만 맞으면 넘어간다는 것을 알고 있었으니까요. 어머니는 늘, '또 한 번만 늦게 들어오면 모가지를 비틀어 놓을 줄 알아라!'라고 말씀하시곤 했습니다. 저는 어머니가 제 목을 비틀어 놓지 않으실 거라는 것을 알고 있었습니다. 그러니 몇 대 맞을 각오만 하면 무엇이든 제가 하고 싶은 대로 할 수 있었던 겁니다. 그런데 아버지는 저에게 그런 말을 할 필요조차 없었습니다. 잘못을 저질렀다가는 아버지에게 총을 맞을 수도 있다는 걸 알고 있었으니까요. 집에 늦게 들어온다는 건 바로 죽음을 의미했습니다!"

"사람들이 제각기 사랑을 보여주는 방법이 다르다는 것은 재미있는 일이에요.

"우리 가운데 많은 이들이 준 클리버(June Cleaver, 1950년대 후반과 60년대 초반 미국에서 폭발적인 인기를 누린 TV 드라마 『비버에게 맡겨』에 등장하는 소년 - 옮긴이)를 동경하며 성장합니다. 우리는 그런 환경이 정상적인 것이라 생각하죠. 그래서 아이 적, 집에 돌아왔을 때 우유와 쿠키를 준비해 놓고 기다리는 어머니가 계시지 않을 때는 다른 집 엄마들은 다 그렇게 하는데, 라고 생각하게 되는 겁니다. 다른 집 엄마들은 모두 정성껏 도시락을 싸주시며, '애야, 학교 가서 재미있게 지내다 오너라' 하고 말씀하실 거라 생각한단 말입니다. 그리고 자신의 경우는 그렇지 못하다고 생각할 때 여러 모로 상처를 받는 것이죠."

오프라는 성공을 거둔 뒤 그녀의 어머니와 이복형제 제프리에게 경제적인 도움을 주었지만 후일 그들과의 관계는 그다지 좋지 못했다. 오프라는 제프리의 집세를 내주던 것을 중단하는 대신 그녀의 어머니에게 부치는 돈의 액수를 늘렸다. 버니타 리는 처음에는 제프리의 집세를 물지 않다가 나중에 부도난 수표를 집주인에게 주었다. 당연히 제프리는 집주인에게서 쫓겨났고 그녀 자신은 고소를 당하기에 이르렀다. 부도 수표에 관한 일을 알게 되었을 때 오프라는 :

"어머니는 집주인에게서 밀린 집세를 내라는 독촉을 계속 받으면서도 제겐 한 마디 말씀도 안 하셨죠. 가족들이 이럴 때는 정말 어떻게 해야 하죠? 속이 많이 상합니다."

"저는 더 이상 제프리의 경제적인 문제에 개입하고 싶지 않습니다. 제프리도 이제 스스로를 돌봐야 합니다. 제프리와 어머니의 돈 문제로 신경이 많이 쓰이지만 그들이 경제적 곤란에 처할 때마다 구해 주는 것이 저의 책임은 아니라 생각합니다.

"제가 모진 사람으로 보일 수도 있겠죠. 그리고 제가 가족들을 외면하고 있다고 말들 할지도 모르지만, 분명한 것은 전체의 그림을 볼 필요가 있다는 겁니다. 저는 가족 없이 홀로 그 긴 시간을 헤쳐 왔습니다. 그리고 그들은 이제 와서 저더러 낯설기만 한 가족의 구성원이 되어 달라고 합니다."

마약중독에서 벗어나기 위해 치료를 받고 있는 이복 여동생 파트리샤 리에 대하여 :

"그 애는 제 동생입니다. 전 그 애를 포기할 수 없어요. 제가 보내는 것을 중단한 것은 돈입니다 – 사랑이 아니라."

1989

어머니와 여동생에 대한 경제적 지원에 대하여 :

"일단 돈이 관련된 문제는 참 어렵습니다. 정말 어려워요. 저는 동생에게 집을 한 채 사준 다음에야 (그녀의 여동생은 전기요금을 대납해 주지 않는다는 이유로 윈프리에게 불만을 터뜨렸다.) 결코 사람들에게 자유를 사줄 수는 없다는 것을 깨달았습니다. 아무리 많은 것을 해주어도 늘 아쉬운 소리를 듣기 마련이죠. 파트리샤는 이제 마약을 극복했습니다. 놀라운 일이죠. 그래서 저는, '네게 필요한 것은 아침에 일어나서 매일 일을 하러 나가는 것이야' 하고 말합니다. 저는 만일 그 애가 학교를 다시 다니겠다고 하면 전적으로 지원해 주겠노라 말한 적도 있습니다. 그런데 그 애는 '교육 같은 건 더 이상 필요 없어. 언니가 돈을 좀 주면 나는 레스토랑을 하나 운영했으면 해'라고 말합니다."

1995

"어제 어머니의 집에 저녁 식사를 하러 갔더니, 사촌들과 삼촌들 그리고 제가 알지도 못하는 그들의 친구들까지 일자리를 알아봐 달라며 와 있었습니다. '네 삼촌을 위해 이걸 해줄 수 있겠니, 네 사촌 아무개를 위해 저걸 해줄 수 있겠니?' 그들은 마치 제가 대부나 되는 줄로 아는가 봅니다. 저는 사람들에게 둘러싸인 가운데 점점 더 많은 스트레스를 받게 되었죠. 모두들 궁핍했고, 모두들 원하는 것이 많았어요. 제가 할 수 있는 일이라면 해 드리겠어요. 그렇게 해도 제 지갑이 거덜나는 건 아니니까요.

"집을 나오기 전 거기 모인 모든 사람들과 기도를 했습니다. 저는 성령께서 방에 있는 모든 이들에게 임하셔서, 그들 스스로가 자신의 인생을 움직일 힘이 있다는 사실을 깨닫게 해달라고 기도했습니다. 그들이 제 기도를 들었을까요? 아아아아아뇨!"

1986

1990년 3월 오프라의 이복 동생이 가족의 무거운 비밀—오프라가 14살 때 사생아를 낳았다는—을 『내셔널 인콰이어러』에 흘렸다. 오프라는 그 기사에 대해 퍼레이드와의 인터뷰에서 :

"그것은 아직 어른이 되기 전의 저에게 가장 혼란스러우며 상처 깊은 경험이었습니다.

"당시에는 가족 모두가 그 일을 아무렇지 않게 생각했어요. 그때 저는 난잡한 성 관계를 가지고 있었기 때문에, 가족들은 무슨 일이 터지든 그건 순전히 제 잘못이라 생각하고 있었으니까요."

내쉬빌 Ⅱ

1968년 어머니가 자신을 청소년 보호시설에 보내려 했던 일을 회상하며(오프라로서는 다행히도, 마침 포화상태에 이르렀던 시설의 책임자는 그녀의 어머니에게 2주가량 기다려야 한다고 통보했다) :

"지금도 입소 상담을 받으러 갔던 기억이 또렷합니다. 상담 받으러 온 아이들을 죄인 다루듯 하던 그곳 사람들과, 어쩌다 이런 일이 내게 일어난단 말인가 하며 자문하던 제 모습이 생생합니다. 저는 열네 살이었고 스스로가 영리한 아이라는 것을 알고 있었어요. 저는 제 자신이 나쁜 사람이 아니라는 것을 알고 있었고, 그래서 자꾸만 스스로에게 되묻던 기억이 납니다. '어쩌다 이런 일이 벌어지는 거야? 내가 왜 여기에 와 있는 거지?'

"그 당시 어머니는 저를 완전히 포기한 상태였기 때문에, '난 2주도 기다릴 수 없으니 당장 네 발로 이 집을 나가'라고 하셨습니다.

"저는 내쉬빌에 있는 아버지에게로 보내졌습니다. 그리고 아버지가 제 인생을 바꾸셨죠."

"저는 어머니께서 저를 쫓아내신 것에 감사드립니다. 그렇게 하지 않으셨으면 제 인생은 완전히 딴판이 되어 버렸을 겁니다."

그녀의 아버지는 이발사로 일했으며 조그만 식료품점도 하나 가지고 있었다 :

"저는 가게 일을 거들어야 했는데 정말 싫었습니다. 매 순간 순간이 끔찍하게 싫었습니다. 동전 한닢짜리 사탕이나 아이스바를 파는 일이

오죽했겠어요. 그렇지만 아버지가 아니었다면 – 제가 아무리 뛰어난 잠재력을 가지고 있었다고 해도 – 저는 지금의 결실을 거두지 못했을 겁니다."

"아버지가 밀워키에서 어머니와 함께 있던 저를 내쉬빌로 데려갈 때까지, 저는 어머니로부터 받지 못한 관심을 다른 곳 – 잘못된 곳 – 에 서 구하려 했습니다. 아버지의 양육 방식은 애정과 관심에 목말라 하 던 저를 새로운 방향으로 돌려주셨습니다."

그녀의 아버지

그녀는 아버지가 자신을 '사람 만들었다'고 이야기한다 :
"아버지는 제게, 최선을 다하는 것이 최고의 삶이라는 것을 깨닫게 해주셨습니다. 배움에 대한 그분의 열정이 저에게 길을 보여주었고, 책읽기는 저에게 희망을 주었습니다. 그것이 저에게는 열린 문이었습 니다."

"아버지가 저를 데려가셨을 때 제 인생의 방향이 바뀌었습니다. 그 분이 저를 구원하신 겁니다. 아버지는 당신이 원하고 기대하는 바를 잘 아셨죠. 거기에 못 미치면 절대로 받아들이지 않으셨어요."

"저는 훈련과 기율이 결핍된 아이였습니다. 아버지는 제게, '내가 모 기가 수레를 끌 수 있다고 하면 그저 대꾸하지 말고, 모기한테 수레를 걸어 매거라'라고 말씀하시곤 했습니다. 아버지는 그런 분이셨어요. 규율을 무척이나 강조하셨죠. 오늘의 제가 여기 있는 건 다 그분 덕이라고 믿습니다. 저는 정말이지 나아가야 할 방향이 절실했습니다."

"제 삶의 가장 소중한 사람들은 모두들 긍정적인 자세를 지니고 있었습니다. 아버지는 당신의 일에 온 힘을 쏟으셨고 저를 돌보시는 일에도 마찬가지셨습니다."

"아버지는 고삐를 단단히 쥐고 저를 이끄셨습니다. 그분이 방향을 잡아주시지 않았다면 저는 임신과 소년원 출입을 반복했을 겁니다."

"저는 종종 아버지가 너무 엄하셨다고 이야기하곤 합니다만, 그분이 엄격하셨던 이유도 따지고 보면 당신이 어떤 아이를 다루어야 할지 잘 알고 계셨기 때문입니다."

"아버지께서 일단, '학교 마치고 집에 오다가 딴 길로 샜다간 그날로 쫓겨날 줄 알아라'라고 말씀하시면 그건 실제로 그렇게 행동에 옮기시겠다는 뜻이었습니다."

"저는 몇 대 맞고 때울 수 있는 경우와 그렇지 않은 경우를 구별할 줄 알았죠. 저는 그분의 권위를 존중했습니다."

"그분은 '10시까지 들어오너라. 시간 어기면 현관문 밖에서 자'라고 말씀하시는 부류의 아버지셨습니다. 그런데 그렇게 말씀하실 때는 농담이 아니었어요."

오프라와 스테드먼이 내쉬빌로 그녀의 아버지를 방문했을 때 :

"방을 따로 썼습니다. 한 방에서 잔다는 건 꿈도 못 꿀 일이었죠. 감히 상상도 못합니다. 농담하냐고요? 우리는 각각 그 집의 양쪽 끝 가장 먼 방을 썼어요."

버논 윈프리는 처음부터 오프라를 자신의 딸로 받아들였다 :

"감정적으로는 지금도 약간의 거리감이 있습니다. 그렇지만 저는 그분들이 (버논과 그의 아내 젤마) 선하신 분들이라고 생각합니다. 어머니는 (오프라의 아버지일 가능성이 있는) 남자들 여럿을 지목했고 아버지는 그들 중 한 분이셨죠. 아버지는 제가 당신의 딸일 가능성이 있다는 이유만으로 저를 떠맡으셨습니다. 오늘날까지 무슨 검사 따윈 받아보진 않았습니다. 사람들은 그럽니다. '글쎄, 그분이 정말 아버지인지 확실하지 않잖아요?' 하지만 그분은 제 단 한 분의 아버지이십니다. 그분은 누가 강요하거나 반드시 그럴 필요가 있었던 것도 아닌데 저를 맡으셨습니다. 그리고는 구원의 손길이 가장 절실한 순간에 제 인생을 건져내셨습니다."

"저는 어머니께 일을 그만두시도록 했습니다. 아버지께도 일을 그만두시라 말씀드렸지만 아버지는 내쉬빌의 이발소 일을 그만두려 하지 않으셨습니다. 아버지는 이발소에서 손님들을 만나는 것을 좋아하셨습니다. 아버지께 메르세데스를 한 대 사드렸을 때 그분은 이발소에 출근할 때는 그 차를 몰고 가지 않겠다고 하시더군요. 이발소에 오는 손님들이 당신이 목에 힘주고 다닌다고 생각하는 게 싫으시답니다. 그분은 그런 분이세요."

1987년 오프라는 테네시 주립대학의 졸업식에서 연설했으며 자신의 아버지의 이름을 딴 장학기금을 대학측에 전달했다.

그 해 말 시카고에서 오프라는 자신이 주최한 파티 석상에서 그제 껏 자신에게 도움을 주었던 모든 이들에게 감사를 표한 적이 있다. 거기엔 물론 그녀의 아버지 버논 윈프리도 포함되어 있었고, 그는 자신의 좌석에서 오프라를 향해 키스를 불어 보냈다.

"그분은 바싹 마른 데다가 키도 작으세요. 아버지로부터 그런 유전자는 물려받지 않았나 봐요."

테네시 대학 여학생 하나가 장학금을 얻고자 도움을 청하러 오프라의 아버지를 찾아갔을 때 그가 자신의 성기를 만질 것을 요구했다고 주장한 일에 대하여(그 여학생의 고소 사건은 증거 불충분으로 기각되었다) :

"저는 끊임없이 자문했습니다. '왜 이런 일이 벌어진 걸까? 내가 이 일에서, 그리고 아버지가 이 일로부터 얻을 수 있는 교훈은 무엇일까?'"

그 고소 사건에 대해 그녀는 크게 분노하면서 :

"이 점은 알아두셔야 합니다. 제가 어렸을 때 아버지가 저지른 가장 큰 잘못은 한동안 내기 체커 게임에 푹 빠져 있으셨다는 겁니다. 그 때문에 당신의 아내는 그깟 1달러짜리 내기 게임에 몰두하는 남편에게 분통이 터져서, 한번은 잠자리에 들려는 저를 이끌고 집을 나서면서, '지금부터 우리는 길 건너 헤이니씨 댁에서 망할 놈의 체커나 하고 있는 네 아빠를 붙잡으러 가는 거다'라고 말씀하시던 기억이 납니다. 이제까지 아버지가 보여준 최악의 모습이라곤 고작 그 정도였습니다."

그녀는 자신에게도 책임이 있다며 :

"만일 그분이 저를 맡지 않으셨다면 이런 일도 겪지 않으셨겠죠."

"저는 한동안 그 일로 인해 아버지에 대한 걱정이 많았습니다. 그 일이 아버지의 영혼을 완전히 망가뜨리지나 않을까 두려웠습니다."

"아버지는 아직도 저와 가깝다는 이유만으로 겪을 수 있는 온갖 일들에 대해 아무것도 모르십니다. 그 일의 교훈으로 아버지도 더 이상 그저 사람 좋은 분으로 머무르지 않으셨으면 합니다."

"확증도 없는 일로 남의 입방아에 오르내리는 동안 아버지가 마음 고생하셨을 일을 생각하면 소름이 끼칩니다.

"제 아버지, 버논 윈프리는 제가 아는 분들 가운데 명예를 가장 소중히 여기시는 분입니다. 생업에서나 사생활에서나 그분은 옳다고 생각하는 바를 하려 노력하셨고 늘 다른 사람들을 도우려 하셨습니다. 저의 유년 시절부터, 그분은 저를 성공에 이르도록 한 규범을 만드신 분입니다."

"아버지는 아직도 제 위치가 어느 정도인지 제대로 모르고 계세요."

미인선발대회

아직 10대였을 때, 그녀는 미스불조심선발대회에 참가했다.

"별 기대 없이 참가했습니다. 그 시절만 해도 우린 검둥이였으니까요-우린 아직 흑인이 아니었습니다. 저는 미스불조심선발대회 참가자들 중 유일한 검둥이였어요. 눈곱만큼도 기대를 하지 않았습니다, 왜 내가 뽑히겠어 했죠. 그런데 제가 뽑힌 거예요. 저는 바바라 월터스 같은 방송인이 되고 싶다고 말했습니다."

"심사위원들이 장차 어떤 일을 하고 싶냐고 물으면, 저는 '초등학교 4학년 담임교사'가 되고 싶다고 말해야지 하고 있었습니다. 그런데 그날 아침 바바라 월터스가 나오는 투데이를 보는데, 문득 방송을 하고 싶다고 말해야겠다는 생각이 들더군요."

그녀는 심사위원들에게 말했다 :
"저는 진실을 믿고, 진실이 영원히 남기를 바랍니다. 저는 그래서 언론인이 되고 싶습니다."

그녀는 열일곱 살 때 미스불조심으로 선발됐다 :
"그게 대단한 일이 아니란 건 압니다. 하지만 저는 그 별 볼일 없는 대회에서 1위를 차지한 유일한 흑인-최초의 흑인-이었어요. 저는 이어서 미스블랙내쉬빌에도 참가했습니다. 미스불조심으로 선발된 최초의 흑인이라는 사실만으로 저는 아주 유명해졌죠."

그리고 미스블랙테네시로 선발된 1971년 :
"제가 뽑힐 거라곤 기대 안 했습니다. 그건 다른 사람들도 마찬가지였죠. 다른 참가자들은 모두 옅은 갈색 피부였고 저만 초콜릿 캔디-정말 검은-피부였으니까요. 세상에, 다른 참가자들은 흥분해서 난리를 치고 저도 그들에게 화를 냈습니다. 정말 화가 많이 났었어요.

"그래요, 어쩔래요? (대회가 막 끝나고 화가 머리끝까지 치민 그녀는 다른 참가자들을 향해 소리쳤다.) 저도 당신들처럼 의외라고 생각해요. 저도 제가 왜 뽑혔는지 모른다고요!"

미스블랙내쉬빌과 미스블랙테네시로 선발된 일에 대하여 :

"저는 놀라울 정도의 평정을 가지고 어떠한 질문에도 답할 수 있었고, 덕분에 저는 언제나 재능 부문에서 가장 높은 점수를 받았는데, 극적이라 할 만큼 말을 잘했던 것 같아요. 그때는 – 지금도 그렇지만 – 정말 말을 잘했어요. 제게 무슨 질문이든 해 보세요. 사실 그대로 이야기한다는 게 제 원칙입니다. 뭐라고 말할까 짜내는 게 아니라 무엇이든 있는 그대로 말하는 거죠."

"저는 피부색은 옅을수록 좋은 거라고 생각하게끔 키워졌어요. 그런데 저는 옅은 갈색 피부가 아니었거든요. 그래서 저는 가장 똑똑한 사람이 되어야겠다고 다짐했습니다."

"저는 제 외모가 뛰어나서 미인선발대회를 휩쓸었다고 생각하지 않습니다. 다만 저의 재치 덕분에 뽑혔다고 생각합니다. 저는 늘 재능 부문에서 최고 점수를 받았고, 그 점에 대해선 미모가 출중한 다른 참가자들에게 미안하게 생각합니다. 제 말은, 대회가 끝날 때마다, '잘 들어요. 나도 어떻게 하다 내가 뽑혔는지는 모르겠어요. 정말 몰라요. 아마 내가 낭송했던 시 때문인가 보죠'라고 말하고 싶었다는 거예요. 물론 제가 더 날씬하긴 했죠. 네, 훨씬 날씬했어요."

미스테네시선발대회에 참가했을 때를 얘기하면서 :

"뼈가 다 드러났다니까요."

대학 시절

"알 수 없는 시절이었습니다. 당시엔 흑인민권운동이 맹렬한 기세로 확산되고 있었지만, 제게는 억눌린 흑인의 분노 같은 것이 전혀 없었으니까요. 그런 흐름에 동참하려 시도는 해보았지만, 그건 사실 스스로를 속이는 것이었습니다. 저는 제가 흑인이기 때문에 혹은 여성이라는 이유로 어떤 제약을 받는다고 느껴본 적이 없었습니다."

테네시 대학을 다니던 시절에 대하여 :

"그 시절 누구도 저의 정신 건강에 대해서는 물어보지 않았습니다. 솔직히 저는 대부분의 학생들이 저를 미워하고 저 때문에 분개하고 있다는 것을 느끼고 있었습니다. 그들은 흑인의 힘과 분노에 깊이 공감하고 있었는데, 저는 그렇지 못했으니까요. 그 시절 아마 저에겐 무엇보다도 하나의 온전한 인간이 되기 위한 투쟁이 중요했던 것 같습니다. 그들이 저를 오리오(백인에게 영합하는 흑인을 부르는 경멸적인 호칭 - 옮긴이)라고 부르는 동안 저는, '능력을 갖추는 것이 인종차별주의에 맞서는 가장 강력한 무기'라는 제시 잭슨의 말을 떠올렸습니다. 저는 스스로를 그렇게 추스렸습니다. 고등학교 시절 저는 선생님의 총애를 받았는데, 그게 또 다른 문제를 낳았어요. 저는 사투리를 쓰지 않았는데 - 왜 그랬는지는 정확히 모르겠지만, 아마 사투리를 쓰는 것을 부끄럽게 생각했나 봐요 – 그 때문에 '흰둥이들처럼 지껄인다'는 비난을 받기도 했습니다."

당시 다른 학생들의 그러한 태도에 대하여 :

"그들 대부분이 저를 미워했어요. 아니, 저에 대해 분통을 터뜨렸죠. 그 시절의 전투적인 구호들에 동조하기를 제가 거부했으니까요. 저는 학교가 싫었습니다. 끔찍할 정도로 싫었습니다. 지금은 저와 대학 동창이라며 저에게 다가서는 사람들을 보면 화가 치밀어 오릅니다. 모든 이들이 4년 내내 분노해 있었어요. 그 학교는 흑인들만 다녔는데, 학교 전체가 분노로 휘말려 있었습니다. 인종 문제에 대한 토론이 벌어질 때면 저는 항상 반대편에 있었어요. 아마도 제가 다른 흑인 학생들이 느끼는 분노를 경험하지 못했기 때문인지도 모르죠. 5학년 땐가 한 번은 '검둥이'라고 불린 기억이 있기는 해요."

"인종이 제겐 큰 의미가 없었습니다. 그 전에도 마찬가지였고요. 학교에서 다른 흑인 아이들이 학생회 선거에 블록을 형성해서 몰표를 던질 때도 저는 거기에 동조할 수가 없었습니다. 그애들이 지지하는 후보가 가장 적합한 후보가 아니라고 생각되면 저는 제 판단에 따라 투표했습니다. 그러면 저는 배척되었고, 아이들은 저를 '오리오'라고 불렀죠."

"누가 보아도 저는 흑인입니다. 그리고 저는 그 점을 감사하게 생각합니다. 저는 대학 시절 그랬던 것처럼, 그것이 플랭카드를 흔들 어떤 이유가 된다고 생각하지는 않습니다. 또 다시키(아프리카 민속 의상으로 흑인 시위대들이 즐겨 입었음 – 옮긴이) 차림을 좋아하지도 않았고요."

1987년, 테네시 주립대학은 오프라에게 졸업식에서의 특별 연설을 요청했다. 그녀는 수락했으나, 먼저 학점 이수의 인정과 더불어 학위를 수여받았으면 좋겠다는 뜻을 전달했다. 그녀는 졸업식 연설에서 참석자들에게, 그녀의 아버지는 늘 학사 학위를 따기 전에는 무언가를 이룬 게 아니라고 얘기했다면서, 학위를 수여받는 자리에서 학위증서를 흔들며 말하기를 :

"보세요, 아버지. 드디어 제가 무언가를 이뤄냈어요."

2장

일과 성공

뉴스 비즈니스

그녀가 17살 때, 미스불조심선발대회에서 그녀의 스폰서가 되어 주었던 라디오 방송국은 그녀가 방과후에 아르바이트로 오후 뉴스 앵커를 할 수 있게 해주었다 :

"론진 시계 – 미스불조심선발대회의 부상 – 를 찾으러 방송국에 들렀는데 거기 있던 직원 한 분이 카세트 녹음기를 들고 와서, 제 목소리를 테이프로 녹음해 들어본 적이 있느냐고 물어왔습니다. 그가 제 목소리를 녹음해서 들어보더니 저를 보도국장에게 데려가서, '얘가 대본 읽는 것 한번 들어보세요'라고 하는 겁니다."

그녀는 그 자리에서 채용되었다.

그녀는 『코스모폴리탄』의 쥬디 마키에게 털어놓기를 :

"정말 악전고투였습니다. 저는 형편없는 앵커였죠. 범죄나 화재 소식을 전하면서 울음을 터뜨리기 일쑤였으니까요. 그래도 꿋꿋이 견디어 냈습니다. 그 일이 언젠가는 토크쇼로 이어질 것이라 생각했기 때문입니다."

그녀는 내쉬빌의 『WTVF-TV』의 앵커로 고용된 것이, 취업 기회 확

대를 꾸준히 요구해온 유색인종의 압력 덕분임을 알고 있었다 :

"네, 저는 말단이었습니다. 하지만 아주 행복한 말단이었죠."

"내쉬빌에서 방송을 하면서, 딱 한번 새벽 2시에 방송되는 토크쇼의 진행을 대신 해보았습니다. 그 기회가 주어졌을 때, '이게 바로 내가 하고 싶은 일이야'라고 생각했던 기억이 납니다."

볼티모어

내쉬빌의 『WTVF』를 거쳐, 그녀는 볼티모어에 있는 『WJZ』의 공동 앵커로 자리를 옮겼는데 :

"저는 정말이지 뉴스 체질이 아니었어요. 보도 내용이 슬프거나 하면 눈물을 참느라 곤욕을 치렀죠."

"저에겐 기자다운 초연함과 냉정함이 없었습니다."

"화재 현장을 취재하며 다 타 버린 집 앞에서 울고 있는 여자를 부둥켜안고 같이 우는 것이 기자의 자세로 좋지는 않았겠죠. 처음부터 저는 뉴스 보도가 일종의 연기와도 같다는 생각을 했습니다. 그 말-연기-은 뉴스의 속성을 상당히 잘 말해 준다고 생각됩니다. 물론 앵커나 기자들은 연기라는 말에 펄쩍 뛰겠죠."

"저는 뉴스 대본을 미리 읽는 일이 없었는데, 그것이 늘 연출자를 화나게 만들었습니다. 저는 방송에 들어가서야 그것을 읽다가, '맙소사, 정말 끔찍하군요!'라는 말을 불쑥 하곤 했죠. 저의 모든 반응은 있는 그대로였습니다. 꼼꼼하게 준비된 것과는 거리가 멀었어요."

"그러니 한순간에 감정이 없는 '방송 언론인'이 된다는 것이 저에겐 너무나 힘들었습니다……. 비행기 추락사고 현장에 서 있다고 해봐요. 시체 타는 냄새가 진동을 하고, 가족이나 친지들의 생사여부를 확인하려고 모여든 사람들로 아수라장이 된 곳에서 사람들이 울고 기자도 우는 겁니다. 비극적인 일이니까요.

"결국 저는 저에게 심각한 문제가 있다는 걸 깨달았죠. 그래도 여전히 기자로 남아 있었습니다. 그게 제가 해야 할 일이었으니까요. 상당 기간 저는 기자와 앵커 생활을 계속했습니다."

"토크쇼를 공동 진행한다는 것은 마치 결혼 생활과도 비슷합니다. 토크쇼의 99%는 여자 진행자가 양보하기 마련이죠."

"공동 진행은 결혼 생활과 비슷해요. 아마 리챠드와 저보다 더 나은 팀을 찾지는 못하실 겁니다.

"전 한번도 스스로 유머가 있다고 생각해 본 적이 없었어요. 늘 웃기는 쪽은 리챠드고, 저는 언제나 뻣뻣한 쪽이었습니다."

그녀에게 뉴스의 공동 앵커를 맡겨 본 일이 완전한 실패로 돌아간 뒤, 그녀는 아침 토크쇼의 진행자로 밀려났다 :

"방송국에선 저를 앵커 자리에서 끌어내리기 위해 먼저 토크쇼에 앉혀 놓은 것이죠. 그런데 그것이 저에게는 놀라운 은혜였던 겁니다.

첫 방송을 마치고 저는 속으로, '이게 진작부터 내가 했어야 할 일이야'라고 생각했습니다."

"볼티모어 시절 저에게 토크쇼가 맡겨진 것은 나이나 방송 경험이 많지 않았기 때문인데, 그 후로도 얼마간은 6시 뉴스의 공동 앵커를 겸해서 했습니다. 성격이 다른 두 가지의 일을 하는 동안 저는 어느 쪽도 제대로 할 수 없었지만, 순진하게도 최선을 다하면 다 잘될 거라 생각하고 있었습니다.

"제대로 될 리 없었죠. 결국 1977년 만우절 날 불려가서는 뉴스를 그만두라는 통보를 받았어요. 여하튼 저는 '좌천'당한 그날도 토크쇼를 진행했습니다 ─ 『나의 아이들(All My Children)』의 출연자들과 아이스크림 판매원이 초대 손님으로 나왔던 것으로 기억합니다 ─ 쇼가 끝난 뒤 저는, '바로 이거야. 이게 바로 내가 할 일이야. 숨쉬는 거랑 똑같아'라고 생각했습니다."

"방송국에선 제가 처치 곤란이었던 겁니다. 제가 토크쇼를 맡게 된 사연이 그래요."

『사람들 이야기(People Are Talking)』의 인기가 절정에 이르렀을 때, 볼티모어 지방지의 어느 기자가 오프라 윈프리와 리챠드 셰어를 인터뷰하면서 그들 사이에 의견 대립은 없는지를 물었다 :
"만일 리챠드가 무언가 잘못하면 전 바로 얘기를 해줍니다.
"이렇게 해라, 저렇게 해라. 그는 가끔은 까다롭게 굴어요. 하지만 제가 이해하죠."

| 오프라 윈프리의 특별한 지혜

변신

볼티모어의 『WJZ-TV』시절 :

"저는 다른 사람들의 눈에 들기 위해 살았습니다. 사람들은 제 코가 너무 넓적하고, 머리카락은 너무 두껍고 길다고 했는데, 정작 저는 제 헤어스타일을 어떻게 해야 할지조차 스스로 결정할 수 없었습니다. 사람들은 제게, '눈은 양쪽으로 너무 떨어져 있고, 코는 너무 넓적해. 턱도 너무 길고 말이야. 뭔가 손을 써야 되지 않겠어?'라고 말을 했죠. 사람들은 저를 뉴욕에 있는 요란한 살롱에 보냈는데, 그곳은 화려한 인테리어에 고객들에게 한 잔씩 제공하는 와인이 분위기를 압도해서 정작 살롱을 나설 때는 자신의 모습이 어떤지는 중요하지 않은 그런 곳이었습니다.

"프랑스인 미용사는 제 검정색 머리에 프렌치 파마를 했는데, 저는 그때 - 1977년이었죠 - 만 해도 미용사가 하는 대로 가만히 앉아서, 두피가 타들어가는 것처럼 아픈 데도 말 한 마디 못하고 참고만 있었습니다. 저는 속으로, '오프라, 아파도 참아. 저 남자가 어련히 알아서 하려고'라고 중얼거렸을 뿐이죠. 그런데 그 프랑스인 미용사가 어련히 알아서 해놓은 일은 제 머리를 홀랑 태워 버린 거예요."

"그가 사용한 로션이 제 두 개골을 다 태워 버리는 것 같았지만 저는, '죄송하지만, 이거 조금 아픈 것 같군요'라고 했을 뿐입니다. 그는 계속해서, '괜찮아요. 몇 분이면 끝나요'라고 했고요."

일주일 후 머리가 모두 빠지자 :

"대머리가 되면 인생에 대해 많은 것을 배우게 됩니다."

"사람들은 저를 푸에르토리코 사람으로 만들고 싶었나 봐요. 그때 제가 당당히 했어야 하는, 그리고 지금은 분명히 할 수 있는 말은, 아무도 내 헤어스타일에 대해 떠들지 말라는 것입니다. 저는 그 일을 겪고 나서, 나는 나, 내 인생은 내가 살겠다고 맹세를 했습니다."

1986년 『굿 하우스키핑』 8월호에 실린 인터뷰에서 :
"당신이 만일 흑인이고, 걷다가 우연히 프랑스어로 떠드는 사람들을 마주치게 된다면, 즉시 뒤로 돌아 전속력으로 뛰세요."

"제 머리 – 둘레가 24인치인데요 – 에 맞는 가발이 없는 거예요. 그래서 하는 수없이 저는 몇 달 동안을 스카프를 뒤집어쓰고 다녀야 했습니다. 잔뜩 주눅이 들다 보니, 어떻게든 자존감을 되찾을 방법을 찾아야 했습니다. 물론 흑인에, 대머리에, 맡은 프로도 없는 앵커로서는 힘든 일이었죠."

그녀는 60분에 출연해서 마이크 월리스에게 :
"네, 프렌치 파마를 했죠. 머리도 다 빠지고요. 앞머리에 솜털 세 개 남더라고요. (월리스는 여기서 웃음을 터뜨렸다.) 웃음이 나오시겠죠. 저를 바꾸어 보려던 사람들은 대머리 흑인 앵커 앞에서 할 말을 잃었어요. 저는 그 시기 진지한 자기 발견의 시간을 가졌습니다. 스스로의 가치를 매길 수 있는 다른 근거들이 필요했으니까요. 거기에 외모는 중요한 요소가 아니었습니다."

오프라 윈프리의 특별한 지혜

볼티모어에서의 삶과 '죽음'

볼티모어 시절, 그녀는 직장 성희롱 문제를 겪어야 했다 :

"그 남자는 끊임없이 제게 추근대며 음담패설을 지껄였습니다. 저는 아직 어리고 예민할 때였죠. 그의 행동엔 변명의 여지가 없습니다. 그는 저를 기분나쁘고 소름끼치게 했어요. 저는 그와 거리를 두면서 가능한 한 빨리 그곳에서 벗어나야겠다고 다짐을 했습니다. 그래서 시카고로 갈 기회가 생겼을 때 너무나 기뻤습니다."

볼티모어에서 그녀가 어려움을 겪고 있을 때 의지가 된 사람은 로이드 크레이머라는 기자였다 :

"로이드는 최고였어요. 그 사람은 제가 대머리였을 때도 저를 사랑해 주었습니다. 정말 멋진 사람이었어요. 그는 잔뜩 주눅이 들어 있는 저를 끝까지 지켜주었죠. 그와의 교제는 제가 경험한 가장 즐거운 로맨스였습니다."

로이드 크레이머가 뉴욕으로 떠난 뒤, 그녀는 친구들이 만류하는 한 남자와 교제를 했지만 :

"저는 발닦개였어요."

4년 간의 교제는 그녀가 볼티모어를 떠나 시카고행 비행기를 타면서 끝이 났다 :

"그 일은 저를 부쩍 성장하게 해주었습니다. 저는 다른 사람들을 변화시킨다는 것은 불가능하다는 교훈을 얻었습니다. 오직 자기 자신만이 가능할 뿐."

'자살' 기도

1981년 9월에 쓰여진 '유서'에 대하여 :

"지금 생각해 보면 정말 자살하려 했던 건 아니었어요. 가장 친한 친구에게 짧은 쪽지-토요일 저녁 8시 반쯤 되었을 거예요. 방바닥에 엎드려서 울다가, 펜을 꺼내서 제 보험증서와 현금이 어디에 보관되어 있는지, 그리고 제 화분들을 부탁한다는 내용이 담긴-를 썼죠. 최근에 우연히 그 쪽지를 발견하고는-이 얘기는 오늘 처음 하는 겁니다-그 시절의 제가 불쌍해서 한참을 울었습니다."

"무척이나 분주한 생활을 하면서도 저는 남자가 없이는 스스로가 아무것도 아니라 생각했습니다. 한 남자와 4년 간 만나면서-동거하지는 않았어요. 누구와도 동거한 적은 없습니다-그 남자가 없으면 저는 아무짝에도 쓸모 없다고 생각했던 겁니다. 그가 저를 거부하면 할수록 저는 그에게 더욱더 매달렸죠. 그 시절 저는 완전히 고갈된 상태의 무기력감에 빠져 있었습니다. 일을 해야겠다는 생각을 하면서도, 침대 속에 몸을 묻고 사흘을 보낸 적도 있었습니다. 일어날 수가 없었어요.

"너무 슬픈 일이죠?"

"그 유서는 무척이나 감상적인 것이었습니다. 저는 자살할 만한 사람이 못 됐어요. 저는 일을 저지른 바로 다음 순간 무언가 좋은 일이 생기면 아까워서 어쩌나 하는 생각을 했죠."

오프라 윈프리의 특별한 지혜

"저는 자존심이 워낙 강해서 누군가에게 상담을 받는다는 것은 상상도 해보지 않았어요. 그러다가 문득 깨달았죠 : 집에서 먹고 잔다는 것만 빼면, 저와 학대받는 여성을 위한 보호 시설에 있는 이들이 아무런 차이가 없다는 걸 말이죠. 그것은 정신적인 학대였고, 자신의 가능성을 모두 꺾어 버리는 그런 관계에 있는 여성들이 흔히 경험하는 일이었습니다. 매를 맞지는 않았지만, 날아오를 수 있다는 가능성을 두고 보면 저는 날개가 꺾여 있었던 셈입니다."

1987년, 청소년 자살 문제를 주제로 한 토크쇼에서, 그녀는 자신도 한때 자살을 고려했었다고 고백하면서 :

"남자 문제 때문이었어요. 믿어지세요? 앞으로 그런 일은 절대로 없을 겁니다. 절대로."

마약 상용

그녀가 마약을 상용한 시기는 20대 초반이었으며, 1995년 그녀의 토크쇼에서 그 사실을 처음 털어놓기까지 그것은, "제 인생의 가장 큰 비밀이자, 두 번째로 부끄러운 일이었습니다. 첫 번째로 부끄러운 일은 아이를 (10대 미혼모로서) 낳았다는 사실이고요."

오프라는 자신이 마약에 빠져 있던 시기가 내쉬빌의 『W TVF-TV』의 앵커우먼으로 있던 1973~1976년이었다고 말했다.

오프라는 그 시절 자신의 삶이 모순에 가득차 있었다고 돌이키며 :

"저는 일요일엔 교회를 갔고 수요일에도 시간이 나면 기도 모임에 참석했습니다……. 그리고 마약에도 빠져 있었죠."

자신의 토크쇼에서 과거 마약 사용 사실을 털어놓은 것에 대하여 :

"제가 얻은 교훈은, 우리가 가장 두려워하는 것이 실상은 아무것도 아니라는 사실이었습니다. 우리는 그것이 가지고 있는 힘을 두려워하지만, 그것 자체는 아무런 힘이 없습니다. 제가 그날 배운 것은 오직 진실이 우리를 자유롭게 해준다는 사실이었습니다."

"많은 이들이 마약이 하나님보다 더 강한 힘을 가지고 있다고 믿습니다만……. 우리 안에 있는 하나님의 영보다 그것을 극복할 수 있는 더 큰 힘은 없습니다."

그녀의 토크쇼에 출연했던 『워싱턴 포스트』의 패트리스 게인즈가 쓴 기사에는 :

"저는 스스로 마약보다 오히려 남자에 중독되어 있다고 늘 생각했지만, 그런 사실을 누구에게도 말을 할 수가 없었습니다. 부끄러웠죠. 제 인생의 주도권을 한 남자에게 완전히 넘겨주고 그를 위해서라면 못할 것이 없을 정도라 털어놓고 싶지는 않았습니다."

코카인을 상용한다고 털어놓은 한 방청객에게 윈프리는 :

"패트리스가 방금 TV 뉴스의 앵커로 일한다는 것이 어떤 것인지 말한 터라 충분히 이해가 갑니다."

"그것은 제 인생의 가장 큰 비밀이었습니다. 제가 공인임을 의식하면서, 그 사실이 폭로되었을 때 타블로이드 신문들의 반응과, 그것이 몰고올 엄청난 파장 때문에 그것은 점점 안으로 파고드는 비밀이 되었습니다."

"20대에 저는 지금 말씀하신 그 마약을 저에게 가르쳐 준 한 남자와 교제했습니다. 저도 패트리스와 마찬가지로 마약 그 자체라기보다, 그 남자에 중독되어 있었습니다. 그 남자를 위해 저는 안 해본 일이 없습니다."

힘들었던 그 시절을 돌이키며 :
"그 사실을 털어놓고 싶은 생각에 그 동안에도 이따금씩 빙빙 돌려 이야기하곤 했었습니다. 이십대에 부끄럽고 죄책감이 드는 일을 저질렀으며, 그것은 머리를 떠나지 않는 제 인생의 가장 큰 비밀이라는 식으로 여러 차례에 걸쳐 이야기했습니다."

"저는 그것을 감추고 싶은 심정을 이해합니다. 그 죄책감을 이해합니다. 그 가슴앓이를 이해합니다. 그 모든 것을 저는 이해합니다."

"저는 중독 상태가 아니었습니다. 그것은 차라리 짧은 기간 한 남자와 같이 했던 어떤 공유물이었다고 할 수 있습니다. (코카인을 흡입했을 때) 저는 그와 보다 잘 통할 수 있고, 그가 저에게 보다 솔직한 태도와 사랑을 보여준다고 생각했습니다. 리챠드 프라이어(코카인으로 거의 폐인이 된 배우)에 대해서는 들어서 알고 있었지만, 그것이 제게 건네졌을 때 저는 그게 바로 그것인지는 몰랐습니다.

"그 책(그녀가 펴내려 했던 자서전)의 내용에서 그 사실을 눈치채고는 언론에 폭로하겠다고 저를 협박한 사람들도 있습니다. 공인인 까닭에, 숨기고자 하는 생각은 그 비밀에 더욱더 들러붙었습니다."

패트리스 게인즈가 1995년 1월 13일자 『워싱턴 포스트』에 쓴 기사 가운데 :

"제가 (코카인에 손을 댄) 사실을 이야기하지 않는다면, 다른 사람들에게는 가면을 벗어 던지는 삶을 이야기하면서 정작 그 자리에서 그들이 하는 이야기는 남의 얘기처럼 듣고 있을 저 자신이 위선자로 느껴질 것 같았습니다.

"심장이 마구 뛰기 시작했어요. 타블로이드 신문들이 눈앞에 아른거렸습니다. 하지만 말을 하지 않으면 제가 사기꾼으로만 느껴질 것 같았습니다."

"너무 후련했습니다. 두 번 다시 그 일로 고민하지 않아도 되는 거예요."

1995년 5월 30일 에드 고든 쇼에서 :

"과거 마약을 한 적이 있다는 비밀을 안고 사는 동안, 전 늘 그 사실이 타블로이드 신문이나, 가족 혹은 동료의 배신에 의해 폭로될 가능성이 있다는 사실을 의식하며 지냈습니다. 그러한 두려움은 저로 하여금 비밀을 안은 채, 잔뜩 움츠린 삶을 살게 했죠. 그런 까닭에 저는 정말이지, 에드, 모욕적이라는 단어로밖에 표현할 수 없겠네요. 너무나 어두운 과거이며 누구에게도 말할 수 없었던, 가장 감추고 싶었던 그 비밀을 털어놓은 일을 시청률을 끌어올리기 위한 수작이라고 생각하

오프라 윈프리의 특별한 지혜

는 사람들에 대해서는 그저 놀랍고 모욕적이라고밖에 할 말이 없습니다. 정말 모욕적이에요.”

윈프리는 스테드먼 그래햄에게 한때 자신이 코카인에 손을 댔음을 일찍이 고백했다 :

“저는 그의 반응이 어떨까 걱정을 했지만, 그는 처음부터 그것이 제가 안고 있던 여러 가지 비밀들 가운데 하나임을 이해해 주었으며 그것으로 인해 제가 위축되지 않도록 용기를 북돋아 주었습니다. 그는 마약은커녕 술 한 모금 마실 줄도 모릅니다.”

시카고, 시카고

“저는 진실로 볼티모어에서 훌쩍 성장했습니다. 그곳에서 여유와 안정감을 얻었죠. 하지만 떠날 때가 되었던 것입니다. 전 어디로 갈 것인가에 대해 깊이 고민했습니다. 로스앤젤레스? 저는 흑인인데다 여성이고, 그런 조건으로는 LA에서 일을 할 수가 없습니다. 동양계나 히스패닉계에 비해서도 소수이니까요. 뉴욕? 저는 뉴욕을 그다지 좋아하지 않아요. 워싱턴? 그곳에선 남자 하나가 여자 열세 명을 거느리죠. 그만! 머리가 아팠습니다.”

“어느 때 혹은 어느 곳에서의 성장을 다 마치게 되면, 우리의 영혼은 떠날 때가 되었다고 속삭입니다.”

시카고로부터 이력서와 오디션 테이프를 보내 달라는 연락을 받고 :
"글쎄요, 저는 지구상에서 가장 정돈 안 하고 사는 사람일 겁니다. 아마 이번 생에서는 그냥 포기하고 살까 해요. 이젠 그것 때문에 고민하는 것도 지쳤어요.

"방송 생활을 하는 동안 저는 이력서나 오디션 테이프를 따로 챙겨둔 적이 없습니다. 늘 떠날 때가 되면 어디선가 절 부를 거라 생각했죠."

"저는 속으로, '이런, 뭐라고 말하지? 어떻게 해야 되는 거야?'라고 허둥대며 이력서 전문가를 찾았습니다."

뉴스를 해본 오프라의 경력 때문에, 시카고에 있는 『WLS-TV』는 그녀에게 새로 준비중인 뉴스 프로그램의 공동 앵커 자리를 제의했으나, 그녀로서는 그다지 반가운 일이 아니었다 :
"뉴스는 하고 싶지 않았고, 저는 그 점을 분명히 해두려 했습니다.
"그것은 오늘의 저에 이르는 성장의 한 대목이었습니다. 제가 더 나은 토크쇼 진행자가 될 수 있었던 것도 그 덕분입니다. 숱한 화재 현장과 앰뷸런스를 쫓아다니고, 비행기 추락사고 현장과 청문회장, 휘발유 회사와 전기 회사의 회의장을 발로 뛰어본 경험이 오늘의 저에 이르는 데 도움이 되었습니다. 그것은 또한 요령과 수완도 쌓게 해주었습니다. 사람들은 자신이 하고 싶은 말만 한다는 점, 그리고 저도 듣고 싶은 말을 이끌어내기 위해 그들을 필요로 한다는 점에서 그것은 거래라고 할 수도 있습니다. 그래서 실제로 '됐어요, 그 말은 이미 충분히 들었다니까요'라는 말을 하지 않고도 그런 속뜻을 전달할 수 있어야 되는 겁니다."

"제가 시카고에서 맞은 첫날인 1983년 9월 4일, 무작정 거리를 걸으면서 저는 뿌리 같은 느낌, 고향에 온 느낌을 가졌습니다. 이곳이 내가 있어야 할 곳이구나 하고 생각했죠."

"길을 걷다 모퉁이를 돌아서는데 바람이 엄청나게 몰아치는 거예요. 그래서 저는, '그래, 이건 계시다. 호텔로 돌아가자!'라고 중얼거렸습니다."

"(오디션을 위해) 이곳에 내린 바로 그날부터, 저는 이 도시에 흠뻑 빠져 버렸습니다. 그래서 저는 속으로 이렇게 말했죠. 좋아, 이번 일자리를 놓쳐도 좋아. 흑인에 뚱뚱보인 여자를 채용할 리 없지. 그럼 다른 방송사에 이력서를 내보는 거야. 거기서도 안되면, 글쎄, 그때는 방송국의 광고부에라도 이력서를 내보지 뭐. 사실, 광고 일은 한 번도 안 해봤잖아. 뭐라도 해볼 거야. 어쨌든 난 시카고에 있어야 되니까."

오프라는 『에보니』와의 인터뷰에서, A.M.시카고의 진행자가 되기 위한 오디션에 임하면서 들었던 느낌을 :

"말도 마세요. 아침 9시 프로에 흑인 여성을 앉히진 않아요 - 시카고에선 안돼요. 그것도 프라임 타임에는요."

"면접에 들어가서 사장에게, '전 흑인이고 그 사실은 변할 수가 없습니다' 했더니, '네, 압니다'라고 대답하더군요. 이어서 제가, '네, 다음으로 저에겐 체중도 문제입니다'라고 말하자, '네, 그건 저도 마찬가지입니다. 그것 때문에 불이익을 당하시진 않을 겁니다'라고 말하더군요.

"저는 이곳에 오면서, 사람들이 피켓을 들고 몰려와 저를 향해 고함을 질러댈까봐 걱정을 했습니다. 그런 일은 벌어지지 않았지만, 그렇다고 제가 - 세포 하나 하나에 이르기까지 - 흑인임을 잊거나 이 나라에서 흑인으로 산다는 것의 의미를 망각하게 되었다는 뜻은 아닙니다."

마침내 오프라는 1984년 1월, 『WLS-TV』의 A.M.시카고를 맡아서 진행하게 되었다. 모든 사람들이 그녀에게 도나휴와 부딪치는 일이 없도록 하라고 충고를 했다 :
"사람들은 제가 흑인이며 여성이고, 게다가 뚱뚱하기까지 하다고 말했습니다. 그들 말이 시카고는 인종차별주의 도시라고 하더군요."

오프라는 『시카고 선 타임즈』의 P.J.베드나르스키에게 :
"저는 시카고에서 작은 게임을 해보기로 했습니다. 1년 후, 내가 길을 걸어가면 사람들이 날 알아본다. 2년 후, 사람들은 내가 좋아서 몰려들어 구경한다. 3년 후, 필 도나휴가 피자를 먹고 있는 모습을 보면서, '오, 안녕하세요, 도나휴씨. 가끔 당신의 프로를 보고 있어요'라고 말한다."

"올해는 저의 해예요. 너무너무 좋아요. 정말 신이 납니다. 신나요!"
1986

"시카고에는 대중매체에 종사하는 흑인이 그리 많지 않습니다. 토크쇼 가운데에는 흑인 진행자가 저뿐이에요. 처음 방송을 시작했을 때는, 온 도시에 채널 돌리는 소리가 들리는 듯했다니까요."

그녀는 P.J.베드나르스키에게 :

"만사가 술술 풀릴 것 같습니다. 여기 온 지 6개월이 되었는데 계속해서 감이 좋거든요. 지금은 제 인생 최고의 행복한 시절입니다. 보통은 감이 좋은 상태가 6개월 계속되는 일이 없잖아요. 지금은 언제 끔찍한 일이 터져 나올지가 걱정이에요."

시카고에서 그녀의 토크쇼가 성공을 거두게 되자 :

"불리한 상황들을 잘 다루어낸 것 같아요. 토크쇼는 아주 잘 되고 있었고, 저도 모든 일을 잘 해내고 있었습니다. 사람들마다 어쩌면 그렇게 쉽게 성공을 거두었냐고 제게 묻곤 했습니다.

"하지만 수면 아래로 저는 겁을 집어먹고 있었습니다. 그래서 밤이면 니커보커 호텔의 제 방에 우두커니 앉아 있다가 프렌치 어니언 스프를 한 양동이씩 주문했죠. '치즈 샌드위치도 하나 같이 갖다 주실래요?' 그것이 제가 문제들을 해결하는 방식이었습니다."

"시카고나 구석진 시골 마을이나 사람들은 다를 게 없습니다. (여기에선) 사람들이 옷을 좀 잘 입고 고층 건물에서 생활한다는 게 다를 뿐, 인간의 욕구와 희망에 관한 한 우리는 모두 똑같습니다. 오늘 나간 방송에서처럼 제가 이 토크쇼를 기쁜 마음으로 진행할 수 있는 이유들 중의 하나는, 시청자들에게 그들이 결코 혼자가 아니라는 사실을 깨우쳐줄 수 있기 때문입니다. 자신의 내면에 깊은 분노를 가지고 있는 모든 여성들은 다른 여성들의 이야기를 통해 자신을 발견하게 될 것이며, 바라건대 그로 인해 도움을 얻을 것입니다."

"중서부에서 토크쇼를 하고 있다는 사실이 기쁩니다. 이곳 사람들은 아직 놀랄 줄을 알거든요."

오프라의 집에서 몇 블록 떨어진 러시 스트리트는 시카고에서 가장 잘 알려진 거리들 가운데 하나이다 :

"그곳은 저의 거리입니다. 특히 시카고에서 잘 알려진 사람이라면 그곳은 사람들을 만나기에 훌륭한 장소입니다. 절대로 혼자 있을 수가 없죠."

그녀는 데이빗 브레너에게 :

"저는 시카고가 좋아요. 이 세상 최고의 도시인지는 모르겠어요. 하지만 절반 가량 본 것만 따진다면 세상에서 제일 좋은 도시입니다.

"시카고는 뉴욕과 흡사해요. 뉴욕의 에너지를 가지고 있죠. 그럼에도 뉴욕처럼 압도당하는 느낌이 들진 않아요. 시카고에 있다 보면 지금도 놀랄 때가 있습니다."

"시카고는 떠올리기만 해도 가슴이 뜁니다. 저 개인적으로 이곳에 있으면서 전국적으로 알려졌기 때문이기도 하지만, 그보다는 시카고라는 도시의 독특함 때문이라 할 수 있을 겁니다. 저는 시카고를 도시국가라 부르고 싶어요."

"시카고는 인종문제가 가장 많이 발생하는 도시들 가운데 하나입니다. 우리의 성공은 인종과 성이 극복될 수 있는 것임을 보여주었습니다."

"전 이 도시가 좋아요. 시카고에 관해서라면 저에게 물어보세요. 이

도시는 엄청난 에너지를 가지고 있습니다……. 이 도시만의 느낌 같은 거라 할 수 있죠. 품위가 있는 뉴욕이라고 할까요! 사람들도 너무 좋고 친절합니다."

"추위는 정말 지독합니다. 장난이 아니에요. 길을 걷다가 그냥 미쳐 버리는 줄 알았죠. 흑인은 이런 기후에 맞게 만들어지진 않았나 봅니다. 우린 옛 고향을 그리워하기 시작했어요!"

"전 이 세상에서 제일 좋은 도시, 시카고를 절대로 떠나지 않을 겁니다. 사실 이곳의 지독한 추위가 사람들이 이곳으로 이주하기를 꺼리게 만드는 한 요인으로 작용하겠죠."

"만일 영하 20도의 혹한이 없었더라면 세상 사람들 모두가 이곳에 살겠다고 할 겁니다. 세상에서 제일 좋은 도시니까요. 세상에서 제일 좋은 도시고 말고요, 날씨만 빼놓고."

빅 시스터즈

1986년 그녀는, 시카고의 가브리니 그린 영세민 주택단지 출신의 10대 소녀 24명으로 빅 시스터 그룹을 만들었다 :

"저는 그냥 직격탄을 쏩니다 : '임신만 해봐라, 얼굴을 다 뭉개놓을 테니까. 사내놈한테 안돼, 라고 말할 줄도 모르면서 앞으로 무슨 일을 하고 싶다는 등 하는 소리는 꺼내지도 마. 무엇인가 사랑하고 껴안고 싶거든 말해, 강아지 한 마리씩 사줄게!'"

"가브리니 그린의 여자아이 하나가 하는 말이, 자기는 아이를 많이 낳아서 양육 보조금을 더 많이 타겠다고 하더군요. 우리 그룹에 스물 네 명의 아이가 있는데, 아마 두 아이 정도 사람 만들어 놓을 수 있을 것 같습니다."

"인생의 목표에 대해 이야기를 나눌 때 아이들이 캐딜락을 얘기하면, 저는 그럽니다, '말을 바르게 할줄 모르고, 글이나 셈도 제대로 못하고, 임신이나 하고, 학교에서 쫓겨나기나 하는 한에는 캐딜락은 절대로 가지지 못할 게다. 장담하지! 누구든 성적표에 D나 F가 있으면 이 그룹에서 쫓겨날 줄 알아. 학교에 워크맨 하나 달랑 들고 가면서 나중에 대단한 일을 하겠다는 얘기는 집어치워!"

도나휴

"사람들은 필 도나휴의 고향에 온 저를 보며 하나같이 성공하기란 불가능하다고 말했습니다. 그때마다 저는 마구 먹어댔습니다. 불안과 중압감에서 벗어나기 위해 쉴새없이 먹었습니다……. 시간이 좀 지나면서부터는, '당신 집 앞에 피켓이 물결치겠어요'라는 말을 듣게 되었습니다."

"저는 도나휴를 챙겨 보았고 녹화도 해봤습니다. 그러다 어느 땐가 문득 제가 마이크를 잡는 모양새가 그와 똑같다는 것을 알아채고는, '이건 필이 하는 거야'라고 혼잣말을 했죠. 한번은 방송 중에, '거기, 저 좀 도와주시죠?'라 말한 직후, '이런, 제가 필을 너무 많이 봤나 봐요'라고 말한 적도 있습니다.

"하지만 저는 그에 대해 최고의 존경심을 가지고 있습니다. 지금 제가 하고 있는 모든 것은 그에게서 배운 것입니다."

그녀의 쇼가 처음 전국으로 방송된 것은 1986년 9월이었으며, 많은 지역에서 도나휴와 시청률 경쟁을 벌이게 되었다. 1986년 『새비』 9월호에는 오프라와 도나휴의 스타일이 어떻게 다른지를 다룬 기사가 실렸다. 기자는, 이를테면 도나휴라면 남아프리카 공화국의 데스몬드 투투 대주교와 인사를 나눌 때 포옹을 하지는 않을 것이라고 썼다. 오프라는 지금도 그 기사에 웃음을 터뜨린다. 그녀는 최근 투투 대주교와 조우하면서, 그때까지 한 번도 만난 적이 없었던 그를 포옹했고 투투 대주교도 그녀의 등을 토닥거려 주었다.

"투투 대주교가 도나휴를 포옹하지는 않겠죠."

1987년 그녀는 에미상을 수상했다. 그녀는 토크쇼라는 장르가 정착되도록 길을 닦은 필 도나휴에게 감사의 말을 전했는데 :
"그때 제 인생 최고의 순간들 중의 한순간이 펼쳐졌습니다. 제가 그 말을 마치고 내려오자마자 그가 제 테이블로 오더니 저에게 입을 맞추는 거예요. 그때야 비로소 저는 그간의 일들이 모두 언론에 의해 꾸며진 이야기라는 것을 알았습니다. 그는 저에게 너무나 호의적이었고, '당신은 이 상을 받을 자격이 있어요. 암요, 자격이 충분하십니다'라고 말했습니다."

"핵무기 감축 협상 같은 건 그가 저보다 훨씬 잘할 겁니다. 그는 빈틈없고 아주 철저하거든요. 반면 저는 늘 감정이 지나쳐서 탈입니다."

"도나휴가 없었더라면 (저의) 토크쇼도 없었을 겁니다. 그는 여성들의 관심사는 자신들의 삶에 영향을 끼치는 문제들이지, 채소 썰기가 아니라는 것을 보여주었습니다. 그 덕분에 저는 길을 새로 내는 어려움 없이 그저 좋은 방송을 하기만 하면 되었습니다……. 이를테면 그는 왕이고, 저는 그의 왕국의 작은 땅덩어리를 원할 뿐입니다."

1987년 2월 오프라는 도나휴의 시청률을 앞지르기 시작했다. 그 해 그녀는 에미상을 수상하는 자리에서 :

"필 도나휴에게 감사의 말을 전하고 싶습니다. 20년 전 필 도나휴가 자신의 토크쇼를 시작했을 때만 해도 방송국의 윗분들은 여성들은 그저 마스카라에나 관심이 있다고 생각하고 있었지만…… 필 도나휴는 여성들의 관심이…… 가능한 한 가장 나은 삶을 사는 것이라는 점을 보여주었습니다."

"저는 필 도나휴를 좋아합니다. 하지만 그를 이겼을 때 기분이 좋았다는 점은 인정해야겠습니다. 너무나 오랜 시간을 저는 사람들로부터, '네, 좋아요. 하지만 도나휴에 비길 수야 있겠습니까?'라는 말을 들으며 일해야 했습니다."

1987

1993년 그녀는 에미상의 탁월한 토크쇼 진행자 부문을 다시 수상했고, 토크쇼의 새로운 전형을 창조한 도나휴에게 감사의 뜻을 표했다 :

"그는 그의 분야에서 장인입니다. 그가 바로 오프라를 있게 했습니다."

도나휴는 시청률에서 오프라가 그를 앞선 직후 뉴욕으로 방송 무대를 옮겼다. 오프라는 그가 떠난 것과 관련해 반사이익(혹은 탓)이 돌려지는 것을 거부했다 :

"그를 시카고에서 내보낸 것은 제가 아닙니다. 저는 경쟁하던 방송 시간대에서 그를 밀어냈을 뿐입니다. 만세!"

"우리는 시청률에서 그를 이겼고, 그리고는 갑자기 - 그가 떠나 버린 겁니다. 정말 얼떨떨했죠."

"네, 그는 정말 대단한 사람입니다. 필은 처음 토크쇼에 뛰어들면서부터, 전업주부들이 쿠키를 잘 굽는 법 그 이상의 많은 것을 알고 싶어하는, 이성적이고 섬세하며 지적인 이들이라는 사실을 이해하고 있었습니다. 그래서 저는, 참으로 필이 표준을 만들었다는 생각을 합니다. 물론 우리는 표준도 변화하기 마련인 것을 알고 있습니다. 그럼에도 확실한 철학과 주관이 있는 이들이 없다면 - 모두들 얘기하듯 TV가 세상에서 가장 강력한 매체이기 때문에 - 또 누군가 고집을 지켜나가는 사람이 없다면 우리 모두는 같이 추락할 수밖에 없습니다. 그래서 저는 필이야말로 방송의 책임을 확실히 알고 있는 몇 안되는 이들 가운데 하나라 믿고 있습니다."

뉴욕에서의 필의 토크쇼가 취소된 것과 관련해서(1995년) :
"그 일에 대해 정말 안타깝게 생각합니다. 그는 품위 있는 TV를 옹호하는 몇 안되는 이들 중의 하나이기 때문입니다."

필 도나휴의 활동 중단에 대하여 :

"저였으면 이미 오래 전에 잊혀졌을 겁니다. 저는 그의 방송 25주년 축하 모임에 참석했을 때, '당신은 제가 스물다섯 개의 초가 꽂혀 있는 케이크를 받아든 모습을 볼 수 없을 거예요'라고 생각했습니다."

1996년 1월, 필 도나휴의 은퇴 발표가 있자, 오프라는 :

"그 소식을 듣고 너무너무 섭섭했습니다. 필은 진실로 이 장르의 문을 연 사람이고, 저는 그 점에 대해 그에게 깊이 감사하고 있습니다. 저는 제가 토크쇼를 시작한 날로부터 줄곧, 필이 없었더라면 저도 없었을 거라고 말해 왔습니다. 당신이 그리워질 거예요, 필."

자신의 일에 대하여

그녀는 방송 대본을 가지고 일하기를 싫어하는데 :

"저한테는 잘 안 맞아요. 대본이 앞에 있으면 균형을 완전히 잃게 됩니다. 어떤 대답이 나올지 미리 알고 있는데 어떻게 질문을 해요? 그런 식으로 한다면 제가 사기를 치는 것 같이 느껴질 것 같습니다."

"지난 5월, 모두들 일에만 파묻혀 있을 때, 저는 스탭진에게 말했습니다. '좀 쉬면서 원기를 되찾도록 하세요.' 전 모두에게 두 달 간의 휴가를 주었죠. 하지만 정작 저는 그럴 수 없었습니다. 여름 내내 저는 영화 『이곳엔 아이들이 없다(There are no children here)』 작업을 했으니까요. 시간이 좀 지난 뒤에 혼자 생각했죠. '그 일을 뭐 하러 했지? 나도 스스로를 위한 시간이 필요한 거야.' 여하튼 그것이 이번 여름에 얻은 교훈입니다. 스테드먼은 결국 저를 빼놓고 휴가를 떠났어요. 딸

아이를 데리고 말입니다. 아이가 지중해의 리비에라를 무척 좋아하더랍니다. 고마워요. 저는 죽어라 일만 했어요."

1993

"글쎄요, 저는 항상 넘지 않는 선을 가지고 있습니다. 절대로 하지 않는 것들이 있죠. 방송 생활 초기만 해도 저는 사람들에게 해악을 끼치지 않으려고만 애를 썼습니다. 말하자면 이런 식이었죠. '이건 안 했으면 해요. 오해를 살 수 있을 것 같거든요. 수백만 명의 시청자들이 지켜보는 것 아닙니까. 그러니 해가 될만한 것은 하지 않도록 해요.' 지금의 저는 제 삶과 저의 토크쇼를, 모든 좋은 것들을 전달하는 수단으로 이용하는 것에 관심을 쏟습니다. 저 자신을 위해, 정신적으로, 육체적으로, 금전적으로, 영적으로 발전한다는 것, 바로 삶이 지닌 정신의 역동성이 저에게 가장 중요한 것이라 생각합니다."

"사실 저는 이 일의 대가로 너무나 좋은 대우를 받고 있습니다. 하지만, 저는 지금 하고 있는 일을 돈 한 푼 받지 않고도 할 수 있었습니다. 이 일을 사랑하기 때문이죠……. 무보수로 이 일을 하는 게 아니라는 건 기쁜 일이죠. 그렇지만 부업을 해서라도 저는 이 일을 대가 없이 할 수 있었을 겁니다. 일에 대한 사랑이라는 것을 저는 그렇게 생각합니다……. 매일 일을 하면서도 자신의 일을 끔찍하게 싫어하는 사람들을 제가 탐탁지 않게 여기는 이유도 거기에 있습니다."

"지난 10년 동안 저의 프로가 사람들 내면의 온갖 상처들을 다루어 오는 가운데 제가 깨달은 것은, 우리 사회가 안고 있는 문제들은 결국 우리가 가정에서 어떻게 양육되었는가에 관련되어 있다는 것입니다.

그러한 문제들이 더 이상 벌어지지 않도록 하기 위해선 – 우리 세상과 아이들을 구하기 위해 – 우리는 부모들로 하여금 우리의 가정과 학교와 지역사회에서 무엇이 잘못되어 가고 있는지를 깨닫게 하고, 그들이 그 문제에 맞서 행동을 취할 수 있게끔 도와야 합니다."

"저는 그러한 문제들을 옷장 밖으로 끄집어내는 것이 필요하다고 생각했습니다. 이 나라의 모든 사람들이 그 문제들을 터놓고 이야기하는 것이 필요하다고 생각했습니다."

자신의 토크쇼에서 가장 흥미로웠던 주제라고 생각하는 것은 :
"지금까지 수천 회를 했죠. 가장 뿌듯한 때는, 사람들이 더 나은 삶을 향해 생각을 바꿀 수 있도록 도움을 주었을 때입니다. 예를 들어서, 관련된 주제로 방송이 나가게 되면 매맞는 여성들부터, 방송을 보고 문제에 맞설 용기를 얻었다는 편지를 수백 통씩 받고는 했습니다. 또 '자녀들을 위험 요인이 있는 이들로부터 보호하는 법'이라는 주제로 나간 방송이 소름끼치도록 강렬한 기억으로 남습니다. 우리가 아이들을 지켜내고 있다는 것을 알고 있었기 때문입니다. 그런 기억들이 많습니다. 소름끼치는 일이 많았으니까요."

오프라는 지난해 브루클린에서의 일정 도중 어느 가정을 불쑥 방문해서 주위 사람들을 놀라게 했는데 :
"화장실 좀 써도 될까요?"

"저는 늘 아무 집이나 그냥 무작정 들어가 보고 싶었어요. 정확하게 오후 네시에 들러서 오프라 윈프리 쇼를 보고 있나 확인해 보는 거죠.

대개는 보고 있으세요."

"미국에서는 부모 노릇 제대로 하기가 제일 힘든 일입니다. 제가, 성실하게 학교에 다니면서 마약 따위 멀리하고 정직한 사람으로 커 가는, 그런 자녀들을 두고 있는 부모들과 얘기를 나누고 싶어하는 이유도 거기에 있습니다. 저는 그런 부모들에게 박수를 보내고 싶습니다. 그리고 올곧은 길을 가고자 하는 모든 아이들과 그들의 부모에게 힘을 실어주고 싶습니다."

홈 스위트 홈

내부 수리중인 그녀의 저택을 묘사하기를 :
"엉망진창입니다 - 폭격을 맞은 것 같다니까요."

1986년 여름 그녀는 부동산업계의 거물(이며 전 뉴욕주 주지사 휴 케리의 부인)인 에반젤린 케리가 살던 아파트로 이사를 했다. 오프라는 『코스모폴리탄』과의 인터뷰에서 :
"에반젤린은 그녀의 취향이 엿보이는 멋진 흔적들을 남겨 두었습니다 - 와인 창고, 옷장 안에 달린 크리스탈 샹들리에, 그리고 돌고래 모양의 수도꼭지가 달린 대리석 욕조 등등.
"저는 제 약속을 어기지 않았습니다……. 그 아파트를 (32살에 백만장자가 된 것에 대해 스스로에게 주는) 저 자신의 선물로 구입했죠."

"물론 지금은 의자의 다리 하나도 남아 있지 않아요. 실내 장식 전문가가 오래 된 물건들은 모조리 내다 버렸거든요."

"이곳에 산다는 것은 정말 멋진 일입니다. 아침엔 호수 위로 떠오른 해가 바로 이 창문 안으로 - 제 영혼의 기쁨이죠 - 들어와요! 정말 복을 통째로 받은 느낌입니다."

청소부를 위해 대강 청소를 해두는 것에 대하여 :
"그분이 이곳이 돼지가 사는 곳이라고 생각하지 않기를 바라거든요."

그녀가 인디애나에 있는 자신의 별장에 있었을 때의 일이다. 그녀는 자신의 별장 근처에서, 차를 진흙탕에 처박은 채 길까지 잃은 어느 사람에게 말을 건넸는데 :
"그 남자는, '여봐요, 이 근처에 오프라 윈프리가 산다고 해서 왔는데 맞게 찾아온 겁니까?'라고 하더라고요."

이 억만장자 TV 스타는 오도가도 못하는 그 여행자를 지긋이 바라보다가 남부 사투리로 입을 열었다 :
"네, 잘 찾아오신 것 같은데요."

"인디애나의 집 밖에는 넓은 들판이 있죠. 그 들판을 따라 달려 내려가는 상상을 늘 합니다. 잠깐의 여유가 생겨서 그곳을 찾을 때마다 꼭 하고 싶은 일이 그것이죠. 지금껏 상상으로 해본 것만큼 기분이 좋을지 꼭 확인해 보고 싶습니다."

오프라 윈프리의 특별한 지혜

그녀의 레스토랑

1989년, 그녀는 시카고에 자신의 레스토랑 익센트릭의 문을 열었다. 그녀는 손수 레스토랑의 구석구석을 살폈으며, 심지어 화장실의 화장지를 갈아끼우는 것에까지 주의를 기울였다 :

"30분에 한번씩 화장실을 체크해야 마음이 놓입니다. 그런 부분들은 매우 엄격하게 관리되고 있어요. 또 감자 껍질을 벗길 때는 - 제가 제일 좋아하는 - 페리어 소다수를 사용하도록 합니다. 그렇지만 전화는 직접 안 받습니다. 그곳까지 오는 길을 설명할 줄 모르거든요."

3장

오프라 윈프리 쇼

방송 생활 초기

1984년, 『WLS-TV』는 무명에 가까운 윈프리를 기용한 프로그램을 오전 9시대 필 도나휴의 프로그램에 대응 편성했다. 그녀는 긴장과 흥분 속에서 :

"줄곧 '잘 안 풀리면 당장 모가지다'라고 생각했습니다."

그녀는 자신이 성공할 수 있었던 이유를 그 프로그램을 혼자 진행한 데서 찾는다 :

"그때까지 저는 줄곧 다른 사람과 공동 진행을 했었습니다. 앵커나 M.C.를 다른 사람과 같이 하다 보면 숨이 막히죠. 마치 불행한 결혼 생활처럼 말입니다. 누군가 한 사람은 양보해야 하거든요. 그런데 보통은 그 양보하는 쪽이 저였어요……. 저는 지금 이 자리에 와 있다는 것이 무척 행복합니다. 이제까지의 어려움들은 모두 여기에 다다르기 위함이었던 것 같아요."

"토크쇼를 처음 시작했을 때 저는 TV의 엄청난 영향력에 대해서 제대로 생각조차 해보지 않은 채 마냥 흥분해 있기만 했습니다. 이제는 TV가 가지고 있는 위력과 막중한 책임을 동시에 느끼고 있습니다."

전국 방송

> *"제가 진행하는 프로그램이 인류에게 알려진 모든 도시에서 방송되었으면 합니다."*
>
> 1986

자신의 토크쇼가 미국 전역으로 알려지기 시작할 무렵 :

"이 프로는 잘될 거예요. 혹 잘 안된다 해도 저는 의연하게 잘 헤쳐나갈 겁니다. 그럼요, 저는 TV 프로 하나에 규정되거나 하지는 않으니까요. 저는 우리 모두는 자기 스스로를 어떻게 여기는가와 다른 이들을 어떻게 대하는가에 의해 규정된다고 생각합니다. 물론 사람들의 갈채를 받는 토크쇼의 진행자가 된다는 것은 굉장한 일이죠. 정말 멋진 일이에요. 하지만 그렇지 못하다 해도 제 인생에는 다른 중요한 가치들이 있을 겁니다."

"저는 방송사가 마치 저를 재림한 예수처럼 홍보하는 것이 부담스럽습니다." 내쉬빌 배너의 그렉 베일리에게 오프라는 말했다. "과장된 홍보로 일단 사람들을 TV 앞으로 끌어들일 수는 있겠죠. 그러나 시청자들은 그 다음 순간 저에 대한 나름의 평가를 내릴 것이고, 그들 모두가 저를 좋아하게 되지는 않을 겁니다."

토크쇼 진행

-·*·-

"저는 타고난 것 같아요. 준비를 그다지 많이 하지는 않습니다. 또 방송 대본에 얽매여 일하는 것도 좋아하지 않고요. 그건 공연히 어지럽기만 하죠. 일단 앉아서, 이야기를 시작하고, 그러면 일종의 통찰 같은 것들이 떠오르는데 그때부터 저는 최고의 상태가 되는 겁니다."

"토크쇼를 하는 것이 저에겐 호흡과도 같아요. 늘 생기있고 재미있죠."

"이 일은 매일매일이 도전입니다. 제 능력이 허락하는 범위에서 최고가 된다는 것이 저에게는 중요한 일이에요."

"선정적이라거나 사생활을 침해한다라는 비난을 받으면 기운이 빠집니다. 사실은 그렇지 않기 때문입니다. 우리는 프로그램을 신중한 태도로 제작하죠. (잠시 말을 멈추었다가) 간혹 실수할 때는 있지만요."

1986

"저는 이 프로가 무척 자랑스럽습니다. 사람들에게 힘을 북돋아 주는 것, 그리고 우리의 토크쇼를 통해 사람들 각자가 자신의 삶에 책임을 져야 한다는 사실을 깨닫게 되는 것이 제 바람입니다. 아마도 사람들로 하여금 자기 자신과, 자신의 삶에 대해 보다 깊이 생각해 볼 수 있도록 제가 촉매 역할은 할 수 있겠죠."

1991

"저는 어떠한 토크쇼라도 열린 자세와 진실함을 가지고 있다면 생명력을 지닐 수 있다고 생각합니다. 그럴싸한 꾸밈과 과장으로 시청자들을 속이려 들 때에 그 프로는 끝장입니다. 진실한 것에 덧붙여, 우리 식대로 하는 것, 그게 열쇠인 것 같아요. 텔레비전은 지구상 가장 거대한 매체이며, 거기에 종사하는 우리는 축복받은 위치에 있다고 저는 생각합니다. 우리는 사람들을 일깨우고 그들에게 힘과 웃음을 줄 책임이 있습니다, 우리가 할 수 있는 한 말이죠. 우리가 그런 자세를 가지고 있다면, 신념을 가지고 그렇게 실천해 나간다면 절대로 실패하는 일이 없을 겁니다. 성공은 정직함이라는 것과 잇닿아 있어서, 일의 문제일 뿐만 아니라 결국엔 인생의 문제라고 생각합니다. 일을 하는 가운데 그런 원칙을 지켜 나간다면 아무 문제가 없을 겁니다."

오프라는 『시카고 선 타임즈』의 P.J. 베드나르스키에게 :
"자연스러운 게 제일입니다. 그래서 전 그렇게 해요. 대부분의 토크쇼는 출연자들에게 토크쇼 타입의 질문들만 해요. 틀에 박힌 거죠. 진행자는 다리를 꼬고 앉고 말투며 표정까지 다 진행자 타입이에요."

"저는 방송에서도 지금 편하게 얘기하고 있는 것과 똑같이 합니다. 다른 게 하나도 없어요. 대단한 방송인으로서가 아니라, 약점이 있고 빈틈이 있는 그런 모습을 그대로 비춰주는 겁니다."

"사람들이 TV를 볼 때 그들이 보고자 하는 것은 그들 자신입니다. 제가 진행하는 토크쇼가 성공을 거둔 이유는 사람들이 그 안에서 현실감을 느끼기 때문일 겁니다."

오프라 윈프리의 특별한 지혜

"제가 가지고 있는 가장 큰 재능은 늘 저 자신일 수 있다는 거예요. 저는 백만 명의 시청자와 카메라 앞에서도 지금 이야기를 나누는 것처럼 편안합니다."

"저는 대개 어떠한 사전 준비도 하지 않습니다. 저 스스로에게나, 제 인터뷰 스타일을 보더라도 준비를 적게 할수록 더 나은 방송이 나옵니다. 사람들이 오프라의 성공이라 부르는 것도 실은 자연스러운 모습의 저를 가리키는 것이죠. 그게 전부입니다."

"마치 카메라에 포근히 안기는 기분이 들어요. 그러면 해야 할 바를 정확히 하게 됩니다."

"이야기가 끝난 직후의 2초, 카메라가 뒤로 빠지면서 세트 전체를 보여주는 그때가 매우 중요합니다. 초대 손님과 계속 함께 해야 하죠. 잠시라도 소홀히 여기는 태도를 보여선 안됩니다. 광고가 나가는 동안에도 세트에서 벌어지는 일들을 계속해서 설명해 줍니다. 사람들은 알고 싶어해요. 그들은 토크쇼의 진행자가 인간적이기를 바라죠."

"제 마음에 있는 이야기들을 자유로이 하게 되었고, 시청자의 입장에서 제 프로그램을 바라보게 되었습니다. 시청자들은 다음에 뭘 묻고 싶을까? 저는 제가 원하는 얘기를 분석해 들어가는 대신 대화의 흐름을 타게 되었습니다. 방송을 하는 도중에 깜짝 놀라게 되는 경험도 좋아하게 되었죠."

"제가 생각하는 바람직한 매체로서의 TV는 주고받는 것이어야 합니다. 방청객들에게 무언가를 주면 그들도 무언가를 되돌려주죠. 때문에 저는 저의 방청객들과 초대 손님들이 저만큼 열린 마음을 갖기를 기대합니다."

"모든 토크쇼가 갖는 차별성이란 결국 각각의 진행자들에게 있다고 생각합니다. 저의 개성은 샐리와 다르고, 필의 개성은 또 저와 다르니까요. 우리 각자가 가지고 있는 것, 그것을 우리는 제한된 시간에 쏟아내는 것이고, 그러한 순간들에 무엇을 가져다 놓을 수 있는가가 바로 그 순간들을 다르게 만든다고 생각합니다. 정말 그래요."

"매일 시청률을 체크합니다……. 운 좋게도 우리 프로그램이 토크쇼들 중에서 1위를 차지하고 있고, 그래서 우리 프로의 시청률에 늘 마음이 쓰이기는 합니다. 하지만 다른 토크쇼들에 대해서 크게 신경을 쓰거나 하지는 않습니다. 제게 다른 프로그램들이 어떤지는 중요하지 않아요. 다른 프로그램들이야 어떻든 그게 중요하지 않은 이유는, 우리가 같은 소재를 다룬다 할지라도 그 소재들을 다루는 방식은 다르기 때문입니다. 그렇기 때문에 필이나 샐리가 어떤 초대 손님을 섭외했을 때, '이런, 저쪽이 선수를 쳤구나' 하지는 않는 거죠. 그들이 나누는 이야기가 꼭 제가 나눌 이야기와 같지는 않을 테니까요. 저는 경주를 하면서 다른 주자를 돌아보는 것이 때로는 균형을 잃게 할 수도 있다고 생각합니다. 그러니 앞만 보고 뛰는 겁니다."

"만일 제가 한 회의 토크쇼를 통해 '오, 굉장한데요'라는 말을 일곱 번쯤 한다고 하면 그건 그날 방송이 제대로 안된다는 뜻이에요."

오프라 윈프리의 특별한 지혜

"지금 막 2회 분을 녹화했습니다. 어떤 내용이었는지는 묻지 마세요. 무엇 때문인가 울기는 했는데 무슨 내용이었는지 기억이 안 나요.

"제가 마음의 균형을 잃지 않는 것도 그 때문입니다. 밖에서의 일을 집에 가지고 가지 않아요. 다른 이들의 문제를 집에까지 들고갈 필요는 없잖아요. 제게도 나름의 문제가 있는데 말입니다."

1995

"제게는 이것이 단순한 토크쇼 이상입니다. 다시 말씀드리면 제가 토크쇼 진행자라 불리는 것은 큰 의미가 없다는 거죠. 그것은 사람들의 삶에 다가서고, 그들 삶 안에 변화를 불러일으키는 통로인 셈입니다. 그리고 제가 이 일을 좋아하는 이유도 거기에 있어요. 저는 그 일을 아무런 대가 없이도 할 수 있습니다."

비판적인 의견에 반응하는 방식은 :

"경우에 따라 다르죠. 그 비판이 정당하다고 느껴지면, 저도 진지하게 반응합니다. 그리고 그 비판을 성장의 밑거름으로 삼아 적극적으로 받아들입니다. 만일 편견에 의한 것이라거나, 그건 부당한 거잖아요, 아니면 저에 대한 선입견이나 부정확한 인식에서 나온 비판일 경우엔, 저도 가만히 있지 않죠."

"그 토크쇼가 이 모든 것들의 기초가 되었습니다. 저는 이 일을 놓고 싶지 않아요. 토크쇼를 진행한다는 것이 정말 좋습니다. 그것은 사람들로 하여금 자신이 외롭지 않다는 것을 알게 해주고 또 제가 저 스스로일 수 있게끔 해줍니다. 그것은 제가 하는 일들 가운데 가장 쉬운 일이기도 해요. 확실히 연기보다는 쉽죠."

1990

"아뇨, 평생 하지는 않을 겁니다. 제가 필처럼 오래 할 거라 생각지도 않아요. 제 말은 그러니까, 제······ 삶이 늘 그래 왔다는 겁니다. 일단 한 분야에서 제가 할 수 있는 모든 것을 다 해낸 뒤에, 보통 저는······ 다음에 어떤 일이 기다리고 있는지 알지 못하더라도 새로이 시작해 봅니다. 지금으로서는 1995년까지 해볼 생각이에요, 그 다음은 두고 봐야죠. 저도 모르겠어요."

'배심원단의 오프라화'와, 토크쇼가 범죄와 형사처벌에 대한 일반인들의 인식에 어떤 영향을 끼치는가를 다룬 『타임』(1994. 6. 6) 기사에 대해 :

"누구에게든 과거의 경험은 현재의 자신을 이루는 한 부분이 됩니다. 그러나 혹시 그 과정에서, 우리가 사람들로 하여금 각자의 인생에 책임질 필요가 없다는 생각을 갖게 했다면 그건 잘못이죠."

초대 손님

"저의 초대 손님들은 무슨 대단한 사람들이 아닙니다. 오히려 저는 어떤 개인적인 불행을 극복했다거나, 정신적으로 혹은 정서적으로 더 나아지는 것에 대해 무언가 가르쳐 줄 수 있는 사람들에게 관심이 있습니다. 제 토크쇼에 출연한 분들은 마치 저를 친구로 생각하는 듯합니다. 저를 그렇게 대하죠. 그건 정말 굉장한 일입니다. 아마도 제가 철저히 저 자신일 수 있다는 것이 그 비결이라 생각합니다. 마치 우리를 하나로 묶고 있는 끈 같은 것이 있다고 느껴지죠."

가정을 가지고 있는 어느 매춘 여성이 어떻게 연락을 받고 '일'을 나

가는지 설명하자 :

"우린 그 삐삐들이 다 의사들의 것이려니 했죠. 극장의 객석에 앉아 있을 때 온통 울려대는 삐삐들 말이에요. 그게 다 의사들 것이려니 했지 뭐예요!"

1985년 큐클럭스클랜(Ku Klax Klan, 미국의 백인우월주의 비밀결사, KKK단으로 불리기도 함 - 옮긴이)의 여성 단원들을 초대 손님으로 출연시킨 일에 대해 :

"신문을 읽다 말고 제가 그랬죠. '클랜 여자들을 한 번 출연시켜 보죠.'"

"분명히 알아두셔야 할 것은 토크쇼가 끝났을 때, 그 사람들은 여전히 클랜 단원이고 저는 여전히 오프라라는 점입니다. 우리가 기대하는 것은 인종차별주의를 있는 그대로 보자는 것, 그게 전부입니다."

"어느 흑인 아버지가 출연해서 어린 딸을 보호하기 위해 자신이 그동안 겪어온 일들을 얘기한 적이 있습니다. 그날 방송을 진행하면서 저는 줄곧, 이것이야말로 스킨헤드와 KKK 단원들과 인종차별주의에 대해 우리가 말하고자 하는 것 - '들어보세요, 이것이 우리가 분노하는 이유입니다' - 을 제대로 하는 것이라 생각했습니다."

"가정 폭력에 대해 이야기하는 흑인 여성들을 접할 때면…… 그런 분들은 쉽게 만날 수 있습니다. 이를테면, '글쎄요, 남편이 그냥 손바닥으로 몇 차례 때리기는 하지만 구타는 아니에요' 라고 말하는 경우 말이죠. 그런 식의 학대에 익숙해지다 보니까, 이제는 사랑이 얼마나 마음을 편안하게 해주는 것인지조차 잊게 된 것입니다."

1995

"방송 도중에 저를 아찔하게 만든 순간이 몇 번 있는데요, 남편의 외도로 고통을 겪고 있는 여성들이 남편들과 함께 출연한 때가 그랬습니다. 그 남편들 중의 하나가 자신이 만나고 있는 여자의 임신 사실을 방송 중에 이야기한 거예요. 부인은 그런 사실을 까맣게 모르고 있었거든요. 절대로 있어서는 안될 일이 일어난 겁니다. 그래서 저는, 뭐라 얘기해야 할지 막막했지만, 그 부인에게, '남편이 그 사실을 TV에 나와서 말씀하신 게 정말 유감이네요. TV로 그런 사실을 듣게 되는 일은 없었어야 하는 건데 말입니다'라고 말했죠."

"토크쇼를 처음 시작했을 때부터 저의 철학은 모든 초대 손님들의 품위가 스튜디오에 들어서는 순간부터 나갈 때까지 지켜져야 한다는 것이었습니다. 오늘 방송 중에 벌어진 일은 이제껏 전례가 없는 일이었습니다. 저는 어느 누구도 여기 나와서 모욕적이거나 수치스러운 일을 당하지 않기를 바랍니다."

시청자와 방청객들

'거기 빨래 걸고 계시는 분'(이 오프라가 자신의 시청자들을 표현하는 방식이었다.) "가끔은 이렇게 말하고 싶어요. '잠깐만 여기 좀 봐주세요. 물론 지금 냉동실에서 꺼낸 고기를 녹이고 계시다는 거 압니다.' 저는 사람들이 일상 속에서 매일 똑같이 하는 일들에 매혹됩니다. 저는 평범한 전업주부와 온종일 얘기를 나눌 수도 있을 것 같아요. '어떤

오프라 윈프리의 특별한 지혜

일을 하시죠?'라고 물으면서 말입니다."

"저는 그분들 축에 끼지도 못합니다. 전 그분들에게, '저는 여러분이 하는 일에 대해 아무것도 모를지도 몰라요'라고 말합니다. 저는 고기를 잘 못 구워요. 지난 2년 동안은 식료품점에 한번도 가본 적이 없죠. 마지막으로 식료품점에 갔을 때 저는 야채 코너에 들렀는데, 싱싱한 채소를 산답시고 62달러를 썼습니다. 어느 날은 냉장고 속을 들여다 보다가 기절하는 줄 알았습니다. 안에 브로콜리가 있었는데 온통 싹이 돋아서 징그러울 정도인 거예요. 얼마나 놀랐던지 경비원을 불렀다니까요."

"저는 꼼꼼하지가 못합니다. 이불을 절대 안 개죠. 열두 시간만 있으면 다시 올 텐데 뭐하러 개요?"

"제가 바로 모든 여성들입니다. 저는 그분들 하나 하나이고, 그분들 역시 저이기도 합니다. 우리가 잘 맞는 건 그 때문이죠.
"백인 여성들이 저를 세워 놓고 얘기해요. '사람들이 글쎄 절 보면 당신 생각이 난대요.' 그러면 저는 대답합니다. '제가 훨씬 키가 큰데요.' 그것은 인종간의 장벽을 넘어서는 겁니다."

그녀가 입장을 기다리는 방청객들을 지나쳐 스튜디오로 들어설 때 :
"제 등 뒤에서 사람들이 이렇게 수군대죠, '저 여자라고? 그런 것 같다니까. 아니야, 저 여자 아냐. 설마 그 여자가 저런 차림으로 오겠어?'"

"그분들은 정말 숨김이 없으세요. 대담하시죠. 저는 그분들이 스튜디오 안에 있을 땐 무슨 얘기든 하실 수 있었으면 합니다."

오프라는 늘 방청객들에게 일일이 인사를 건네느라 한참을 보낸다 :
"방청하러 오신 분들이 저더러 오라고 하는 데가 이루 헤아릴 수가 없어요. 바비큐 파티에 소풍에. 어떤 분은 딸의 졸업식에 와달라고 하시더군요. 지난주에는 부모님의 50회 결혼 기념일인데 꼭 좀 와달라고 하시는 분도 계셨어요. 물론 갈 수야 없었죠. 어떤 분은 제가 감자 좋아하는 것을 아시고 집에 놀러와서 감자 요리나 함께 들자고 하세요."

방청객들에게 :
"오늘 오신 분들 차림이 정말 멋지고 풋풋하시네요. 목욕 물기도 채 안 마르셨어요."

"정말 좋아요. 그분들 모두가 이 쇼를 보기 위해 아침에 일어나서 곱게 차려 입고 여기까지 오신 거잖아요. 정말 존경스럽습니다."

1994년 9월 9일자 『엔터테인먼트 위클리』와의 인터뷰에서, 만일 당신이 다소 선정적이라 할 만한 소재들을 다루지 않는다 해도 시청자들이 당신의 프로를 볼까요? 라는 질문에 :
"상당한 용기가 필요하겠죠. 시청률이 0.1%만 떨어져도 시청자들은 벌써 시시하다고 생각하고 있었다는 얘기가 됩니다. 그러면 정말 힘들죠. 어느새 우리는 우리 자신이 깨뜨려야 할 규범이 되고 만 겁니다."

토크쇼의 주제

1989년, 『뉴욕 데일리 뉴스』의 케이 가들러에게 앞으로의 계획에 대해 말하면서 :

"앞으로도 재미있는 주제들을 가지고 많은 명사들을 모실 겁니다. 하지만 제가 절대로 초대하지 않을 이들은 스킨헤드와 KKK 단원, 악마 숭배자 그리고 새도매조키스트입니다."

"다이어트 전문가를 데려다 놓는 것보다, 우리는 체중 감량을 위해 엄청난 노력을 기울인 분을 초대합니다. 인생에 대한 절망을 주제로 얘기할 때, 우리는 정신과 전문의를 앉혀 놓기보다는 자살 기도의 경험이 있는 분들을 모십니다."

휴일 우울증에 대해 이야기를 나누다가, 오프라는 12월 31일 밤마다 자신이 거는 전화가 있다면서 :

"전화 교환원들에게 전화를 걸어서 인사를 하곤 했습니다. 소방서, 전화 교환원, 그리고 제가 아는 근무중인 모든 분들께 전화를 해서 말하는 겁니다, '수고 많으십니다. 새해 복 많이 받으세요!'"

"포르노를 주제로 했을 때 그것은 사회적 이슈로 다루어진 게 아니었습니다. 우리는 사람들이 알고 싶어하는 바를 다뤘죠. 저는 보통 방청객의 분위기에 맞춰 진행을 합니다. 저도 궁금했고, 방청객들도 호기심이 많았어요. 저는 모두가 알고 싶어하는 점들에 대해 질문을 했습니다.

"제가 그 주제를 다시 다룬다면 그때처럼 허둥지둥 진행하지는 않을 겁니다. 제가 그때 얻은 교훈은 언제나 솔직해야 한다는 것입니다. 방청객들에게는 저 역시 여러분과 마찬가지로 당혹스럽다고 털어놓고, 적당히 할 말이 없을 때는 광고를 내보내는 거죠."

"저는 문제를 지나치게 단순화시키고 싶지는 않습니다. 확실히 쉬운 일은 아니죠. 하지만 우리가 주제에 적합한 전문가들을 모시고, 다소 오랜 시간이 걸리더라도 우리가 할 수 있는 범위 내에서 문제의 해결책을 얻어내는 가운데, 사람들이 자신의 삶을 변화시키고 더 행복해질 수 있도록 여러 가지 방법을 제시할 수 있다고 생각합니다."

1993

A.M.시카고에서 광장공포증을 다루며 :
"우리는 전화번호를 알려 드렸고, 이 여성은 그곳에 전화를 하셨습니다. 그런데 거기에 있는 누구도 도움을 줄 수 없었던 까닭이, 이 분이 사시는 곳이 너무 멀리 떨어져 있다는 것과 방문에 따르는 장거리 출장 비용을 이 분이 부담해야 한다는 것이었답니다."

그 여성이 다시 오프라에게 전화를 걸어서 이젠 어떻게 해야 할지 모르겠다고 말했다.
"저는 도움을 주실 수 있는 분을 찾기까지 지난 2주 동안 줄곧 이 분과 통화를 했습니다. 마침내 제가 알고 있는 목사님 한 분이 도움을 주셔서 이 분을 집 밖으로 모셔 나왔다고 합니다. 이 분은 지난 2년 동안 한번도 집 밖에 나와본 적이 없었다고 하는군요."

"저는 사람들이 고함을 치고 비명을 질러대며 서로를 헐뜯게 하지는 않을 겁니다."

"자극적인 소재를 많이 다룬다는 이유로 토크쇼들이 그리 좋은 평판을 얻지는 못하고 있습니다만, 우리는 또한 사람들의 삶에 변화의 힘을 불어넣는 경이로운 작업도 해왔습니다. 우리는, 이혼 가정의 아이들이 억누르고 있던 감정을 처음으로 표출하며 울음바다를 이루는 가운데 방송을 해보았습니다. 우리는 시간이 6주밖에 남지 않은 시한부 환자와 함께 방송을 해보았습니다. 우리는 남편으로부터 버려진 여성들과 함께 방송을 해보았습니다……. 그런 것들을 깎아내리고 들쑤시는 것이, 비평가들이 좋아하는 일인 줄은 압니다만 그 일들을 겪고 있는 당사자들에겐 그것들이 너무나 심각한 일입니다."

그녀의 토크쇼와 같은 프로그램들이 사람들의 인격을 침해한다고 지적하는 평론가들에 대해 :

"제가 토크쇼의 사회자라 불린다는 것이 저로선 참 재미있는 일입니다. 왜냐하면 제 마음 속에는 이 프로를 통해 변화를 경험하는 이들과 나란히 공유하는, 더 깊고 강하며 중요한 어떤 것이 있기 때문입니다."

"사람들은 우리가 성전환 수술을 받은 이들과 그들의 부모를 초대 손님으로 모신다는 이유로 조소를 보내곤 합니다. 하지만 이 세상에서 실제로 벌어지고 있는 일들이라면 그 일을 겪고 있는 사람은 반드시 있기 마련이며, 아마 그것에 관심을 가지고 있는 이들도 있을 겁니다. 저는 좋은 의도를 가지고 있다면 무슨 일이든 할 수 있다고 생각합니다."

가장 끔찍스러웠던 방송은 언제죠? 라는 질문에 :

"사탄 숭배자들이 출연했을 때입니다. 십년째 사탄 숭배 집단의 일원으로 있다는 열다섯 먹은 한 소년과 전화 연결이 됐는데, 자기는 사람을 제물로 바치는 의식을 목격했으며, 언젠가 자기 자신도 제물이 될 것임을 알고 있다는 거예요. 그 소년은 고등학교를 다니고 있었는데, 오랫동안 그 집단의 충실한 일원이었다고 합니다. 저는 그것이 상상 속에서나 있는 일이 아니라는 것을 알게 되자 온몸에 소름이 끼쳤습니다. 사탄 숭배가 도처에 퍼져 있는데, 우리 사회는 그것에 대해 너무나 모르고 있습니다."

"어떤 일도 제가 원하지 않는 한 기획되지 않습니다. 우리는 한 팀이죠 : 제가 원치 않는 것을 기획한다는 것은 말이 안돼요. 왜냐하면 우리 쇼의 많은 부분이 제 관심도와 에너지에 의존하고 있으니까요."

오프라는 1987년 2월 9일, 시청자들에게 :

"오늘은 애틀랜타에서 북쪽으로 30마일 떨어진 조지아의 포사이시아 카운티로 여러분을 초대했습니다. 지난 몇 주간 인종차별주의의 온상으로 악명이 높았던 곳이죠.

"우리가 여기에 온 유일한 목적은, 전 주민이 백인인 이곳 포사이시아 카운티의 분위기를 직접 느껴보기 위해서입니다. 사람들의 감정을 깊이 이해하는 것, 그것이 우리의 토크쇼가 매일 하고 있는 일입니다."

"저는 우리 나라가 시급히 풀어야 할 문제들이 아직도 많이 있다는 것을 느끼게 됩니다. 그 가운데 가장 중요한 것은 우리가 우리의 아이들을 어떻게 대하고 있는가에 관한 것입니다."

1995

매맞는 여성이 쇼의 주제로 다루어지는 것에 대해 :

"초대손님도, 전문가도, 주제 자체도 다시는 그쪽으로 기획되지 않았으면 합니다. 이 문제에 대해선 더 이상 할 말이 없어요. 매맞는 여성, 혹은 자신의 삶에 책임을 지지 않으려는 그 누구도 이젠 지쳤습니다."

"5년이나 10년 전만 해도 매맞는 여성의 이야기에 귀를 기울이는 것이 중요한 일이었습니다. 이젠 그분들에게 이렇게 말하고 싶습니다. '이제 어떻게 하시겠습니까? 상황을 바꿔보기 위해 어떤 행동을 취하시겠습니까?'"

"예전에는 누구에게도 싫은 소리를 하지 않으려 무척 애를 썼습니다. 제가 사람들에게 도움이 된다고 믿는 일을 하는 것이 다 옳다고 생각했죠. 이제는 의식적으로 사람들 각자가 스스로에 대해, 그리고 그들의 삶에 대해 다른 시각을 가져보도록 몰아치고, 진정 사람들에게 도움이 되는 일을 하려고 의식적으로 노력합니다. 저는 이 세상에 옳고 그름을 가를 수 있는 절대적인 의지가 있다고 믿습니다. 이전보다 훨씬 더 그러합니다."

총기 사고를 주제로 이야기하면서 :

"저는 미국의 양심을 키우고 싶습니다."

1995년 1월 5일자 『데이 원』의 포레스트 소여와의 인터뷰에서, 당신이 TV에서 보여준 솔직함으로 인해 사람들이 이제는 무엇 하나 얻을 것이 없음에도, 그저 맹목적으로 모든 얘기를 다 끄집어내려 한다고 하면 온당한 얘기일까요? 라는 질문을 받고 :

"저는 그 점에 대해 상당 부분 우리가 촉매제 역할을 했다고 생각합니다. 하지만 애초의 저의 의도는 사람들이 자신의 진실을 정면에서 응시하도록 하는 것이었습니다. 이 쇼는 제가 그래왔듯 변화해 온 것입니다."

1995년 6월, 『에보니』에 :

"제가 느끼는 가장 큰 책임감은 창조주께로 향해 있습니다. 제가 스스로 성취하고자 하는 일도 역시 창조의 위업을 영광스럽게 하는 것입니다. 제가 흑인 여성으로 지음 받은 것과 제 삶에 있는 모든 것들은 그분의 창조를 영광스럽게 하기 위해 설계되어 있습니다. 저는 그 점에 대해 경외심을 느낍니다. 또 신성하게 받아들이죠. 그래서 전 늘 이렇게 자문합니다. '흑인 여성으로 지음 받아 살아오면서 나는 어떤 빚을 지고 있지?'"

그녀의 토크쇼에 일어난 변화들

"지난 10년 간 우리는 성장해 왔습니다. 시청자들과 이 토크쇼, 그리고 저 모두 말입니다. 저는 이 쇼가 그러한 성장을 반영하기를 바랍니다 - 시청률이 곤두박질친다 해도 괜찮습니다. 이번 시즌에는 다른 모습을 보여드릴 계획입니다."

 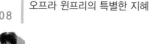

"저는 지금부터 2000년이 될 때까지는 사람들의 내면적 상처에 대해 이야기하지 않으려 합니다. 네, 우리는 상처투성이죠. 이제 그것을 이겨내기 위해 무엇을 해야 하겠습니까?"

1994

"우리는 그것을 구경거리 TV라고 부릅니다 – 그것을 거부하는 것이 쉬운 일은 아니죠."

1995

"TV에서 어두운 뉴스만 보는 아이들에게 우리는 어떤 세상을 그려 주어야 할까요?

"아이들은 잔인한 살인 사건, 극악한 범죄로 가득찬 어두운 세상을 봅니다. 우리 아이들이 이토록 냉소적인 것도 이상한 일이 아닙니다. 너무나 많은 사람들이 점점 커지는 무력감을 느끼며 이토록 거친 세상에서 자신의 운명에 대한 통제력을 잃어가는 것도 이상할 게 없죠.

"이젠 온갖 상처들에 관한 이야기를 듣기보다는 회복을 위해 힘쓸 필요가 있습니다. 우리는 해결과 회복을 필요로 합니다……. 낮시간대의 토크쇼에서 뿐만 아니라 대중매체 전체에서 말입니다."

"제가 토크쇼를 처음 시작한 1978년, 프로듀서였던 지니는, '제기랄, 출연자가 1부에서부터 울면 어떡해!'라고 말하곤 했습니다. 그것이 저의 목표였죠. 이제 저는 사람들이 각자의 위엄을 지키는 것에 더 관심이 있습니다. '왜 우는지 말씀해 보세요. 마음을 차분히 가지시고요. 만일 지금 하고 계시는 얘기 때문에 울음이 나온다면, 그만 말씀하도록 하세요.' 저는 그것에 관심이 없습니다."

"이제 토크쇼는 상처로 인한 흐느낌과 토로와 비난으로부터 앞으로 나아가야 할 때가 되었습니다. 저는 사람들의 상처에 대해 충분할 만큼 들었습니다. 저는 사람들이 자신의 어머니를 탓하는 얘기를 한 시간 동안 마냥 듣고 싶지 않습니다. 말하자면 저는 지쳤습니다 - 네, 그래요. 이젠 지겹습니다. 저는 그것이 불필요한 일이라고 생각해요. 우리 모두는 각자 어떤 문제들을 가지고 있다는 것과, 그 문제들을 해결하기 위해 무언가 해야 할 필요가 있다는 것을 알고 있습니다. 그 문제들을 어떻게 하시겠습니까? 그것이 우리의 쇼가 앞으로 다루고자 하는 바입니다."

1994

1994년 9월 9일자 『엔터테인먼트 위클리』와의 인터뷰에서, 이제까지 다루어온 주제들의 성격이 앞으로 좀더 부드럽고 덜 자극적인 쇼를 해야겠다는 배경이 된 것은 아닙니까? 라는 질문을 받고 :

"저는 부드럽다는 단어를 무척 싫어합니다. 그런 단어는 꺼내지도 마세요. 저는 무언가 가치있는 것을 표현하고 싶을 뿐입니다. 그것이 제가 폭력적인 내용이 가미된 영화나 TV를 하지 않는 이유입니다. 최근 제 조카아이들과 스테드먼의 딸이 저의 집에 놀러와서 TV를 본 적이 있었는데, 그때 화면에는 어느 여자 하나를 묶어 놓고 남자 여러 명이, 마치 어린 시절 제가 앤디 그리피스(1960년대 초에 방송되었으며 미국 역사상 최고의 TV 프로로 회자되는 앤디 그리피스 쇼의 주인공 - 옮긴이)를 보던 것처럼 그 여자를 쳐다보며 오렌지를 까먹는 장면이 나오고 있었습니다. 저는 아이들에게, '화면에 나오는 건 너희들이야. 한 여성이 강간을 당하고 살해당할 때, 그건 다 너희들이야. 너희들은 저걸 보며 앉아서 오렌지를 까먹을 수 있겠지. 난 정말 참을 수가 없구나'라고 말을 했습니다. 그러자 아이들은, '오프라 이모, 어떻게 저게 우리예요?'라고 말하더군요."

1995년 9월, 오프라 윈프리 쇼의 열번째 시즌이 폴 사이먼의 주제 가와 오프라의 새로운 헤어스타일과 함께 시작되었다 :

"우리는 지난해 '쓰레기더미'로부터 우리 자신을 건져내는 큰 일을 해냈다고 생각합니다. 10년 전 저는 TV에 출연한다는 것만으로도 감사했습니다. 그러나 이제는 제가 하는 일에 더 큰 사명의식과 책임감을 느낍니다."

"매일마다 쇼가 시작되는 것이 기다려져요. 주제가가 너무 좋거든 요."

"저는 이제 마흔하나입니다. 많은 이들이 저와 더불어 – 이 쇼와 더불어 – 성장해 왔다는 느낌이 듭니다. 또한 그분들은 현재에도 스스로를 더 낫게 만드는 작업을 하고 있을 겁니다. 저는 이제 사람들 각자가 일상에서 필요로 하는 것들을 이야기했으면 합니다. 저에겐 우리 삶 가운데 중요하지 않은 문제를 다룬다는 것이 아무런 의미가 없습니다."

"책임있는 방송을 하고 싶습니다."

1994

자신의 토크쇼의 초점을, 다른 토크쇼에서도 흔하게 다뤄지는 주제들에서 벗어나 보다 건강한 이야기들로 변화시키려는 것에 대하여 :

"우리가 지향하는 바가 옳은 길이라는 생각이 지금보다 더 분명했던 적은 없습니다."

1995

"현재 시청률이 1포인트 떨어지고 말고 하는 것이, 우리 프로가 분명한 방향을 고집하기 때문이라 생각지는 않습니다. 다만 토크쇼가 너무 많이 생겼기 때문이겠죠."

"확고하게 우리의 입장을 밀고 나가려 합니다. 저는 사람들이 자신의 상처에 대해 이야기하는 것을 듣는 데 지쳤습니다. 물론 예전엔 그랬죠. 하지만 몇 년이나 더 어머니 탓들을 해야 합니까?"

"지금 저를 이끄는 힘은 방송을 통해 누군가의 마음이 움직였음을 알게 되는 순간들에서 나옵니다."

"저는 이 프로를, 사람들의 양심을 자라게 하고 선한 삶을 살게 하며 그들로 하여금 자신의 삶을 더 낫게 만들도록 도와주는 목소리로 이용하고 싶습니다. 제가 이 프로를 통해 의도하는 바가 그것입니다."

"어떤 경우에도 과거로 돌아갈 생각은 없습니다. 저에게 인생이란 앞으로 나아가는 것을 의미합니다. 우리는 고집을 꺾지 않을 겁니다. 사람들이 우리 프로를 봐준다면 정말 좋죠. 하지만 그렇지 않을 경우에는, 아마 진행자를 새로 구해야 될 겁니다."

1997~1998 시즌의 재계약에 대하여

1993년, 그녀는 토크쇼를 그만둘까 생각했었다 :

"헬스클럽에서 운동을 하다가 우연히 우리 프로가 나오는 것을 보게 되었습니다. 사실 그런 일은 거의 없거든요. TV를 지켜보면서 문득 4, 5년 전 스킨헤드들이 출연했을 때 들었던 느낌이 되살아났습니다. '마구잡이로 출연시켜서 뭘 어쩌자는 거지?' 그제서야 저 자신이 우리의 프로가 세상을 향한 외침이 되기를 바라고 있다는 것을 깨달았습니다."

"저는 요즘 매일마다 제작진 회의에서, 이제 게임은 그만두고 옳다고 믿는 방향으로 가겠다는 말을 합니다. 그것은 우리 토크쇼 자체에 대해서 뿐만 아니라, 다른 토크쇼와의 경쟁에서도 마찬가지입니다."

"매일 흔들립니다. 한 주 한 주 지날 때마다 결심이 흔들리죠. 저는 돈을 벌기 위해 그런 결심을 했던 것은 아닙니다. 그렇기 때문에 문제는, 우리가 필요하다고 느끼는 그런 프로를 앞으로도 계속 해나갈 수 있겠느냐는 것입니다. 저 자신은 물론 시청자들에게서도 끊임없는 격려가 절대적으로 필요한 그런 프로를 과연 해낼 수 있을까 하는 것이죠."

완전히 고갈된 느낌이 들지 않습니까? 라는 질문에 :

"아뇨. 그런 느낌은 없어요. 오히려 일을 할 수 있다는, 제가 사람들의 삶에 다가가 그들을 고양시킬 수 있다는 것이 제 인생의 소명이라고 생각합니다 – 사람들을 고양시킬 수 있다는 것 말입니다."

오프라는 자신의 쇼를 2년 간 연장하기로 동의했다. 캐피털 시티즈와 ABC의 회장인 밥 아이거가 그녀를 설득하기 위해 시카고로 날아왔고, 그는 오프라가 ABC의 다른 주요시간대 프로그램의 제작에도 참여해 줄 것을 부탁했다 :

"저는 현재 10년째 하고 있는 이 토크쇼를 최소한 2년은 더 할 수 있기를 바랍니다. 개인적으로는 그러한 결정이 어렵고도 중요한 것이었습니다. 왜냐하면 저는 이 쇼가 아직도 사람들의 삶을 변화시키는 힘을 가지고 있고, 그러면서도 늘 새롭고 재미있기를 바라고 있었기 때문입니다. 저에겐 지금보다 우리가 나아가는 방향이 옳게 느껴진 적이 없었습니다."

"하루하루가 갈등의 연속이었죠. 2주 전 같았으면 제 결정은 완전히 달랐을지도 모릅니다. 킹 월드에서 계약 만료를 (1995년) 10월 6일까지 연장하지 않았더라면, 저는 그냥 거절했을지도 모릅니다. 그러던 중 지난 금요일 (9월 29일) 밥 아이거가 저를 찾아온 겁니다. 그게 결정적이었죠.

"밥 아이거는 ABC의 입장에서 그 쇼가 얼마나 중요한지를 얘기했지만, 정작 그가 한 일은 제가 지치지 않고 계속 나아갈 수 있도록 힘을 실어주었다는 것입니다. 그는 저에게 현재 누리고 있는 것보다도 훨씬 많은 재량권과 기회들을 장기적으로 보장하겠다고 했습니다. 2년 간의 계약 연장에 대한 대가로 말입니다."

"저에게는 계속 할 것인가를 결정짓는데 가장 문제가 되었던 것들 중 하나가, 그렇게 하기 위해 필요한 사람들과 지원 체계를 제대로 꾸릴 수 있겠는가 하는 것이었습니다. 사람이 충분치 않다는 것도 저를

지치게 한 이유였기 때문입니다……. 그가 제안한 것들 중 하나가 지원팀을 만들어주겠다는 것이었습니다. 게다가 ABC의 인력을 사용하는 것도 가능하게 해주겠다는 것이었습니다.

"지난주 금요일에 쓰여진 일기는 이렇게 시작합니다. '하나님, 저는 그 동안 어떤 계시를 찾고 있었습니다. 그런데 오늘, 밥 아이거가 그것을 가져다주었습니다.' 그것은 저에게 커다란 힘이 되었습니다. 이제는 뭘 어떻게 해야 될지 알겠습니다. 그 계시는 제가 TV라는 매체를 통해 하고자 하는 바의 다음 단계로 넘어가는 기회였습니다. (앞으로의 계획에 대해서) 나중에 보다 자세히 말씀드릴 기회가 있을 거예요."

"저는 쇼가 계속되도록 성원을 보내준 시청자들로부터 큰 용기를 얻었습니다. 또 전국에 있는 우리의 제휴 방송사들에도 고마움을 전합니다. 이것이, 최근 저에게 주어진 다른 기회들과 더불어, 쇼를 계속하겠다는 결심을 내리게 된 원동력이 되었습니다."

"저의 마음 속에서 대답이 나왔습니다. 마침내 저는 쇼를 계속하며 하나의 외침이 되고자 노력해야 한다는 것, 그리고 꼭 해야만 되는 이야기들을 하는 것이 가장 옳은 길이라 느꼈습니다."

"특히 한 시즌의 계약 기간이 끝나갈 즈음에 그만두고 싶다는 유혹을 느끼곤 합니다. 지치니까요. 매일매일 으깨지는 기분이 들곤 합니다. 화요일의 방송이 얼마나 굉장했는가는 중요하지 않아요. 그 순간 수요일이 다가오고 있으니까요."

미래

"요즘은 새로운 것을 창조하는 꿈을 꿉니다. 그것이 무엇이 될지는 아직 모르지만, TV를 통해 우리 모두가 고양될 수 있는 방법을 찾는 것과 관련되어 있습니다. 바닥에 들러붙어 있는 것들은 이제 그만입니다. 저의 목표는 제가 다다를 수 있는 한 인간 존재의 가장 높은 단계에까지 이르는 것입니다. 그래서…… 모든 일 다 마치고, 이 세상 떠난 뒤, '오, 제가 해냈어요! 저 해낸 거 맞죠?'라고 말할 수 있기를 바랍니다. 그리고 그곳에서 천사들과 하이파이브를 하는 겁니다. 그러면 천사들이, '그래요, 당신은 해냈어요'라고 하겠죠."

1994

향후 쇼의 제작을 어떻게 해나갈 것인지를 묻자 :

"함께 일하고 있는 팀을 보강하려고 합니다. 이쪽에서 일하는 사람들에게, 지난 10년 간 줄곧 이 쇼가 다섯 명의 프로듀서에 의해 제작되어 왔다고 말하면 모두들 제 면전에서 웃음을 터뜨립니다. 그게 어떻게 가능하냐고 말입니다. 정말 그건 불가능한 일이에요. 그래서 이번 시즌에는 프로듀서를 열 명으로 늘렸고, 연말까지는 현재의 스탭을 두 배로 늘릴 생각입니다."

1995

채널을 돌린 시청자들을 다시 끌어오기 위해 한 시간 정도는 충격 요법을 쓸 수 있지 않겠느냐는 질문에 :

"그 전에 제가 방송을 그만둘 거예요."

| 오프라 윈프리의 특별한 지혜

"ABC는 이미 2000년까지 오프라 윈프리 쇼를 방송하기로 했습니다만, 저는 계약의 연장은 물론 새로운 프로그램의 제작에도 협력이 이루어졌으면 합니다. 우린 오래도록 생산적인 관계를 맺어왔으며, 밥 아이거는 우리의 협력 관계가 지속될 것이라는 점을 확인한 바 있습니다."

"십 년 후에는 이 프로를 하고 있지 않겠죠."

1993

"하지만 문제는 이 토크쇼 자체가 아닙니다. 저는 이 프로를 하는 것이 좋아요……. 그럼에도 문제는 제가 언제나 가족적인 분위기에서 일하기를 원했다는 거죠. 지난 수년 간의 실수는, 함께 일하는 사람들을 따뜻하게 대하고 저 역시 그들로부터 가족처럼 대우를 받을 수 있다면 그것으로 족하다는 생각에서 비롯되었습니다. 하지만 이제는 조직과 체계가 없이는 아무것도 되지 않는다는 것을 깨달았습니다. 그러한 토대 위에서 모두를 자매나 친구처럼 대하며 일할 수 있는 겁니다.

결국 우리의 목소리를 가지고 꼭 필요한 이야기들을 계속해 나가는 것이 가장 올바른 선택이라고 느끼게 되었습니다. 지금 우리는 샴페인과 무지방 비스킷을 놓고 파티를 벌이고 있어요."

"결국에는 우리가 (다른 토크쇼들보다) 더 오래 남게 될 것입니다. 우리의 지향점이 훨씬 낫기 때문입니다. 사람들은 차이를 분간해 냅니다. 한동안은 눈요깃감을 선택할지도 모르지만, 그런 것들은 생명이 짧습니다."

1995

"토크쇼를 진행한다는 것이 기분 좋은 일인 한에는 이 일을 계속할 겁니다. 만일 제가 하고 있는 일이 사람들에게 더 이상 긍정적으로 작용하지 못한다고 생각될 때에는 그만둘 겁니다. 지금으로서는 기분이 좋은 상태예요."

그녀의 쇼의 미래상

"지난해, 저는 정말이지 무슨 일이든 할 수 있다는 것을 배웠습니다. 저는 그 동안 사람들에게 각자 꿈을 가질 필요와 그것을 이룰 수 있다는 확신에 대하여 자주 이야기하곤 했습니다. 그것은 분명한 진실입니다. 처음에는 몇 번의 좌절 때문에 어려움을 겪기도 했죠. 하지만 그러한 좌절은 저에게 어떠한 것도 이겨낼 수 있다는 가르침을 주었습니다. 우리가 도무지 할 수 없다고 생각하는 모든 것들을, 우리는 할 수 있습니다."

1995

"저는 오프라 윈프리 쇼를 통해 제가 바라는 세상을 이야기하고 있습니다. 제가 하는 일은 사람들을 저와 함께 높이 들어올리는 것, 그들을 제가 있는 곳까지 인도하는 것입니다."

"인생이란 앞으로 나아간다는 것입니다……. 저는 제 삶이 진보하는 방식이 매우 기쁩니다."

에미상 수상

⟶⟡⟵

1990년 그녀는 데이타임 에미 어워드 시상식의 사회를 맡았다 :

"비눗물보다 더 많은 눈물과, 퀴즈 프로그램보다 더 많은 상과, 기도 모임보다 더 많은 감사와, 오프라 윈프리 쇼보다도 이야깃거리가 더 많은 시간이 될 것입니다."

1994년 5월 25일 데이타임 에미 어워드 시상식에서 3년 연속 탁월한 토크쇼 진행자 부문을 수상하고 :

"감사합니다. 정말 감사합니다. 이 상을 받게 된 것은 진실로 축복이며, 제가 방송을 통해 매일 저 자신이 될 수 있었음에 대한 보상이라 생각합니다. 저는 진정 저 자신입니다. 만일 여러분이 마이크를 잡고 있다면 물어보고 싶어하는 그런 질문들을 제가 할 수 있다는 것이 축복이라 여겨집니다."

1995년 에미상 시상식에서 :

"너무 좋아요. 매일마다 제가 좋아서 하는 일을 가지고 상을 받는다는 것은 정말 축복입니다."

1995년 2월 『레이디즈 홈 저널』의 스마트 레이디상(Smart Lady Award)을 수상한 일에 대하여 :

"만일 지금의 제 나이가 되어서 인생이 준 교훈들을 마음에 잘 새겨보면, 몇 가지는 확실히 배우게 됩니다. 저도 몇 가지를 배우긴 했습니다만, 스스로가 현명함과는 도무지 거리가 먼 사람이라는 생각이 들 때도 있거든요. 제가 그 상을 받고 이토록 좋아하는 이유가 거기 있습니다. 저는 그 상을 꺼내들고, '이걸 한번 보세요. 저는 스마트 레이디란 말입니다'라고 말할 수 있게 되었죠."

"오즈의 마법사에서 착한 마녀가 도로시에게 하는 말 중에, '그것은 늘 거기에 있었단다. 너는 그 힘을 항상 네 안에 가지고 있었지'라는 구절이 있죠. 마흔이 되고서야 저 역시 그것을 가지고 있었음을 깨달았습니다."

오프라가 인정하기를 그녀는 아직도 :

"똑같은 실수를 열네 번씩 하는 날도 있어요. 그리고는 속으로, '내가 지금 정신이 있는 거야?'라고 하죠. 이번에 저는 제가 정신을 가지고 있음을 증명하는 상을 받았습니다. 그래서 이제는 실수할 때마다 이렇게 말할 겁니다. '나도 한때는 스마트 레이디였다 이거야-증인도 많아.'"

'오프라히즘'

1971년 라디오 방송국 『WVOL』은 미스 불조심 선발 대회에 참가한 17세의 오프라의 스폰서가 돼 주었다. 그녀는 내쉬빌에서 뽑힌 최초의 흑인 여성이었다. 마지막까지 남은 세 명의 참가자에게, 만일 백만 달러가 생긴다면 무엇을 하고 싶느냐는 질문이 던져졌다. 첫번째로 대답한 참가자는 부모님께 드릴 선물을 사겠다고 했고, 다음에 대답한

참가자는 그 돈을 모두 가난한 사람들에게 나누어 주겠다고 말했다. 오프라의 대답은 :

"만일 백만 달러가 있다면…… 저는 흥청망청 멍청이가 될 거예요!"

방송 중에 갑자기 구두를 벗어던지며 :

"제 발이 저를 죽이려 드는데요."

1985

A.M.시카고에 출연한 포르노 배우들이 그들의 일에 대해 이야기를 하고 있을 때 :

"쓰리지 않나요?"

"저는 방송 중에 사용하는 용어들에 주의를 많이 기울이거니와, 그런 주제로 이야기를 나눌 때에는 평소의 '오프라'를 버리려 합니다. '쓰리지 않나요?'도 그런 배경에서 나온 말입니다. 그때 제가 속으로 하고 있던 말은, '맙소사, 저 여자 하루에 열세 시간을 일한다고?'였죠. 세상에 어떻게 그럴 수가 있어요?"

1987년 그녀의 쇼에 출연한 미혼의 백만장자 남성들은 첫번째 데이트에서 상대와의 잠자리를 기대하는 일은 없다고 말했다. 그녀는 그들 가운데 가장 번드르르한 출연자에게 말하기를 :

"당신은 어때요, 지미? 당신 같으면, '다음에요'라고 말할 것 같지 않은데요."

방청객들에게 :

"방청석에 앉아 계신 분들 중 첫번째 데이트에서 상대와 잠자리에 드신 분 있으세요?"

KKK의 여성 단원들이 그녀의 점심 식사 초대를 거절하자, 그녀는 믿을 수 없다는 듯이 :

"계산을 제가 해도요?"

샐리 필드에게 :

"버트는 잘 때는 가발을 쓰나요, 벗나요?"
샐리는 : "뭐……라고……하셨……죠?"

베스트셀러 작가 재키 콜린스가 "제 생각에는 요즘 여성들은 (남성을 선택할 때) 근육보다는 두뇌를 선호하는 것 같습니다"라고 말하자 :

"네, 하지만 근육도 나쁘진 않죠."

"정말 밍크는 죽기 위해 태어난 것 같습니다."

"저는 모든 여성의 삶을 겪어 보지는 못했지만, 모든 사이즈는 경험해 보았습니다!"

방송에 출연한 어느 사회학자가, 평범한 룸메이트였던 두 명의 여성이 갑자기, 그야말로 하룻밤 사이에 레즈비언 커플로 바뀐 일에 대해 이야기하자 :

"앞으로는 무슨 일이 있어도 방을 혼자서만 써야겠어요."

배우 더들리 무어에게 :

"당신보다 키가 큰 여성들과 잠자리를 같이할 때 어떤 기술적인 문제는 없습니까?"

TV 광고물에 대한 진지한 토론이 이어지는 가운데 캘빈 클라인류의 중간 광고를 내보내기 직전 :

"저는 청바지 광고는 다 싫습니다. 그런 광고엔 늘 작고 예쁜 엉덩이만 나와요."

4장

하포 프로덕션

스튜디오

"집과 스튜디오는 제가 완전한 안정감과 아늑함을 느낄 수 있는 유일한 곳입니다. 저의 스튜디오에서 일하는 사람들은 모두 저의 집에 놀러온 손님들 같습니다."

1985

자신의 토크쇼에 대한 소유권을 획득하고 그녀 자신이 소유한 하포 프로덕션을 통해 쇼를 제작하게 된 일에 대하여 :

"과도기였어요. 그 일은 제 시간과 제 인생에 대한 결정권을 저 자신이 행사할 수 있도록 해주었습니다……. 더 나아가 저는 이제 스튜디오를 하나 인수하고 그곳에서 프로그램들을 제작할 생각입니다."

1988

1987년, 『60분』과의 인터뷰에서 거의 백인들로 구성된 그녀의 스탭에 대한 이야기가 나오자, 오프라는 스탭의 규모가 커지게 되면 그때는 다수의 흑인들을 채용하겠다고 말하면서 :

"저는 능력을 중시합니다. 그리고 저를 도와 일하는 분들은 능력이 있습니다. 제 말은, 단지 그들이 백인이라는 이유로 그들을 쫓아낸다면 그건 정말 웃기는 일이 될 거라는 것입니다. 그것은 또 다른 인종차별주의인 셈이죠. 네, 스탭이 충원될 때는 반드시 흑인들이 포함될 수 있도록 하죠.”

1987

1988년, 오프라 소유의 하포 프로덕션은 오프라 윈프리 쇼의 소유권을 획득했다. ABC방송이 5년 간 쇼를 방송하기로 했고, 킹 월드가 배급을 맡기로 했다. 그녀는 시카고에서 인수한 프로덕션에 하포 스튜디오라는 새 이름을 붙였다. 그녀는 스튜디오를 새로 단장하는 데 천만 달러를 들였다 :

“그 프로의 소유권을 갖게 되지 않았더라면, 제 소유의 스튜디오를 사들인다는 생각은 결코 하지 못했겠죠. 모든 일에 원인과 결과가 있듯이 말입니다. 저는 제가 하고자 원했던 분야에서 더 많은 일을 하기 위해, 그리고 다른 TV 기획 프로그램들도 할 수 있는 시간적 여유를 얻기 위해 그런 결정을 내렸습니다.”

“그 프로의 소유권을 제가 직접 소유한다는 생각을 처음 하게 되었을 때는 정말 두려웠습니다. 저는 줄곧 종속된 위치에서 일하는 것에 익숙했으니까요.”

1989

1988년 8월, 오프라는 필요한 경우엔 단호해지고 싶다고 말하면서 :
“저와 통화가 되지 않으면 건물에서 뛰어내리겠다고 말하는 한 남자로부터의 전화를 걸려오는 대로 받고는 했어요. 하지만 이제 더 이상 제 정신이 아닌 사람 모두를 도울 수는 없을 것 같아요. 지난 2년 간 저는 모든 이들이 제게 요구하는 모든 것들을 다해 왔습니다. 저는 이제 공인으로서는 완전히 지쳤습니다."

1990년 그녀는 하포 스튜디오의 특집 기획으로 31개 신문사와 잡지사의 기자들과의 대담을 마련했다 :

"자화자찬으로 들리지 않았으면 좋겠습니다만, 이제껏 세세한 것까지 제가 직접 챙겨 온 덕분에 모든 일들을 매우 만족스럽게 해왔다고 생각합니다. 물론 저를 도와주는 분들도 많이 있습니다. 하지만 어느 누구도 저를 들러리로 만들며 일하지는 않습니다."

"다른 사람이 대신 하는 건 재미없어요. 저는 타일 하나, 문 손잡이 하나까지 그리고 전기배선이며 카펫의 샘플까지 직접 골랐어요."

"분명히 그게 본업이죠. 저는 오프라 윈프리 쇼를 정말 아낍니다. 그 프로는 다른 모든 것들이 성장할 수 있었던 원천입니다. 스튜디오가 생긴 것은 그 덕분입니다. 우리가 이번 가을 TV 영화에 처음 뛰어들 수 있는 것도 그 덕분입니다. 내년 봄 촬영에 들어갈 영화를 기획하고 있는 것도 그 덕분입니다. 이 모든 것들이 상상도 못했던 일들이죠."

그녀는 자신의 스튜디오에서 제작되는 프로그램들에 대해 :

"네, 저는 이제껏 대부분 흑인들과 관련된 프로젝트들을 구매해 왔습니다. 그렇다고 흑인을 주제로 한 작품들만 하고 싶지는 않습니다. 제가 진정 추구하는 것은 무언가 의미있는 작품을 하는 것입니다.

"저는 최소한 두 개의 매우 이질적인 프로젝트를 찾고 있습니다. 우선, 보다 현대적인 인물, 뭐랄까 도발적인 - 그렇지만 옷은 벗지 않는-캐릭터가 그 중 하나고요, 다음은 어딘가 모자라고 웃기는 그런 캐릭터입니다."

1989

1990년 3월, 하포 스튜디오가 문을 열었고, 그곳에서 TV 시리즈물 『양조장 여자들』의 녹화가 시작되었다 :

"이 모든 일들을 자신의 과거로 기억하고 있는 내면을 파고들기란 힘든 일입니다."

1990년, 스튜디오의 오프닝 행사에서 :

"우리는 이 스튜디오를 마련했으며, 이는 전부터 제가 하고자 했던 일들을 해나가기 위함입니다. 저는 좋은 작품들을 하고자 합니다. 바로 이곳이 그 산파의 역할을 수행하게 될 것입니다."

오프라는 대규모 스튜디오 시설을 소유한 첫번째 흑인이며, 여성으로는(메리 픽포드와 루실 볼에 이어) 세 번째이다 :

"말로는 제 기분을 다 표현할 수 없을 것 같습니다. 어제 조깅을 하다가 문득 이 모든 일이 실감이 나기 시작했습니다. 제가 어디까지 와 있는지는 생각해 보지 않았지만, '이건 너무 대단한 일이야'라고 생각이 들 때는 있습니다. 저는 지금이 이제껏 들어보기만 했던 '잘 나가는 때'라는 생각이 듭니다."

"현재 돈을 엄청나게 벌고 있습니다."

"돈으로 저택의 수를 늘려갈 수는 있을 겁니다…… 돈이 중요한 게

오프라 윈프리의 특별한 지혜

아닙니다. (하포 프로덕션의) 목표는 우리가 가치 있다고 여기는 프로젝트들에 투자하는 것입니다."

"스튜디오를 만든 것은 제 생애 최대의 실수입니다……. 시간이 없어서 영화에 출연할 수가 없어요."

1995

경영 스타일

그녀가 직원들을 대하는 태도는 :

"제가 대접받고 싶은 그대로 그들을 대합니다. 또 실수를 용인하죠."

1993

"제가 생각하는 좋은 경영자의 덕목으로 가장 중요한 것은 따뜻한 심장이 있는 경영입니다. 물론 사업에 대해서 잘 알아야겠죠. 그러나 동시에 그 사업의 중심이 무엇인지를 알아야 하며, 그것은 바로 사람입니다. 사람이 중요합니다."

1995

1994년의 인사 개편에 대하여 :

"실수를 저질렀어요. 저의 목표는 공평무사입니다."

데브라 디마이오

"그녀에게 많은 빚을 졌습니다."

1986

"그녀는 프로듀서 데브라 디마이오에게 6캐럿짜리 다이아몬드 팔찌를 선물했다. 함께 건넨 카드엔 :

"탁월함은 탁월함을 누릴 가치가 있습니다."

1987

"많은 프로듀서들이 데비가 자신들을 대하는 태도 때문에 어려움을 겪었습니다. 그리고 지난 수년 간 제가 데비로 인해 어려웠던 유일한 문제도, 그녀가 다른 사람들을 대하는 방식에 있었습니다. 저는 그녀와 함께 오랜 세월 토크쇼를 함께 해왔으며, 그녀는 저의 오른팔이자 왼팔이었고 제 두뇌의 일부분이었습니다. 그녀 없이 이 모든 일들을 한다는 것은 상상할 수가 없습니다."

1994

데브라 디마이오는 1994년 『TV가이드』의 기사에서 '독선적이며 차가운' 인물로 그려진 적이 있는데 :

"그런 단어들은 적절하지 않습니다. 데비는 엄격한 교사와도 같았죠. 함께 일하는 이들의 실수에 더욱 너그러워져야 하겠습니다."

"그녀는 진실로 좋은 친구이자 파트너였습니다. 그녀는 이곳에 남아 있을 마지막 사람으로 항상 생각되었죠. 그녀가 그만두겠다는 말을 한 직후 아득해지던 느낌과 함께, 문득문득 '데비가 정말 떠났구나'라는 생각이 걷잡을 수 없이 밀려들던 기억이 납니다. 그것은 가족의 죽음과도 같았습니다."

데브라 디마이오를 놓아준 것에 대하여 :
"이런 일을 온전히 겪어낼 수 있다면 우정이라는 것의 의미가 새로워집니다."

1994년 9월 9일자 『엔터테인먼트 위클리』와의 인터뷰에서, 디마이오의 독선적인 성격 때문에 다른 프로듀서들이 많은 어려움을 겪었다고들 하던데? 라는 질문에 대해 :
"지어낸 얘기는 아닙니다……. 그렇지만 저는 우리 둘 중에 한 사람은 옳고 한 사람은 그르다는 식의 얘기는 듣고 싶지 않습니다. 저는 누구도 나쁜 사람으로 몰리는 것을 원치 않습니다. 그녀는 딱딱 부러지는 성격에 추진력이 강했고, 저는 보다 느슨했을 뿐입니다."

1994년 『레이디즈 홈 저널』 11월호에서 :
"혼자 (토크쇼 제작을 디마이오 없이) 해나가는 가운데, '결국 이걸 배우기 위함이었나? 그래, 방송은 계속되고 있고, 이제 내가 모든 것을 이끌어갈 때가 온 거야'라는 생각을 합니다."

그녀 밑에서 일하고 있는 사람들의(데브라 디마이오와 관련한) 불만과, 그들에 대한 그녀 자신의 불만은 없는지를 묻자 :
"없습니다. 성인이라면 자신의 선택에 책임질 줄 알아야 합니다. 여기에 있는 모든 사람들도 마찬가지입니다. 대중 매체에서 일하고 있는 이들이라면, 그것이 뉴스건 신문이건 다른 TV 제작물 혹은 영화이거나 관계없이 이쪽 일이 고되다는 사실을 잘 알고 있습니다. 정말 고됩니다. 그래서 젊은 사람들, 미혼의 20대에게나 어울릴 만한 일이죠. 어쩌면 젊은 시절 힘닿는 데까지 벌어보겠다는 생각을 가지고 있는 사람들이라면 이 일이 딱히 고될 것도 없습니다. 그건 각자의 선택일 뿐입니다. 일에 상응하는 대우는 받습니다. 아주 좋은 대우를 받는단 말입니다. 또 일 관계를 떠나서라도 이곳에서는 각자의 인격과 품위가 존중됩니다. 결국은 자신의 분야에서 나름의 꿈과 계획이 있는 이들이 각자 선택한 길입니다."

1995

그녀는 『WTVD』에 있던 옛 동료, 팀 베네트를 하포 프로덕션의 사장으로 선임했으며, 디마이오의 자리에 수석 제작 감독 다이안 허드슨을 승진시켰다 :

"경영자로서 제가 저지른 실수들 가운데 하나가 모든 이들이 서열에 따라 승진하게 되리라는 기대를 갖게 했다는 것입니다."

디즈니와의 제휴

1995년 10월, 오프라와 하포 프로덕션은 월트 디즈니 모션 픽처사와 장기 독점 계약을 맺고 향후 5년 간 만화 영화를 제작하기로 합의했다 :

"일 분에 한 건씩 계약을 맺는 것 같아요. 그런데 그 일들을 다룰 시간이 없어요."

"전부터 줄곧 좋은 감정을 가지고 있던 회사와 제휴를 맺게 되었으며, 이 일은 제가 평생토록 염원해 오던 것입니다. 전 가족 영화를 만들고 싶습니다. 어드벤쳐 영화를 만들고 싶고, 역사를 다룬 영화를 만들고 싶습니다. 인간이 할 수 있는 일들과 인간의 영혼이 다다를 수 있는 가능성을 보여주는 것이라면 무엇이든지 말입니다.

"제작사의 규모를 키울 생각입니다. 이건 저 자신을 위한 일이기도 합니다. 토크쇼를 그만두게 되면 그때부터는 영화 제작에 저의 시간을 쏟아 부을 작정이니까요."

"평생의 꿈을 성취했습니다. 대학을 졸업한 이래로 저는 줄곧 영화를 만들고 싶다는 생각을 해왔는데, 디즈니와 제휴를 하고 나니까 정말 황홀하기만 합니다. 좋은 작품을 만들어 보겠다는 우리의 열정을 그들과 나누어 가지게 되어서 기쁩니다. 우리는 『빌러비드(Beloved)』를 준비하고 있으며 리차드 라그라비니즈가 이 훌륭하고 힘있는 작품의 각색을 맡기로 했습니다."

"휴가를 가는 것보다 영화를 하는 쪽을 택하겠어요. 이 일은 평생토록 기다려온 것입니다."

전망

"미래를 내다보면 너무 밝아서 눈이 멀 것 같아요."

"의미 있는 작품들을 하고 싶습니다. 그저 피상적으로 들릴 수도 있다는 걸 알지만, 그것은 사실입니다. 언젠가는 제가 이제껏 해온 그 어떤 일보다도 오래 남을 수 있는, 다음 세대에 물려줄 유산으로서의 가치가 있는 작품을 만들었노라 말할 수 있기를 바랍니다."

1993

1995년 10월 30일, 『아틀란타 저널』과의 인터뷰에서 :

"저에게 맡겨진 작은 역할을 수행하면서 큰 외침을 얻고 그럼으로써 많은 사람들의 삶에 다가서고자 합니다. 그것이 바로 TV의 힘입니다 - 미국에서 가장 부유한 인물 순위에 올려주는 그런 힘이 아니라, 사람들로 하여금 귀 기울여 듣고 행동으로 옮길 수 있도록 무언가를 말할 수 있는 힘 말입니다.

"요즘 저는 현재의 2년 계약이 만료될 즈음에 ABC의 주요 시간대에 나갈 특집 프로들을 만들고 있는 중입니다. 또 인종문제를 다룬 시리즈물도 기획중입니다. 다이안 소여와 저는 그것에 대해 지난 1년 간 의견을 나누어 왔습니다. 그리고 O.J.심슨의 판결 바로 다음 날 저는 그녀에게 전화를 걸어서, '지금이 바로 때입니다'라고 말했습니다."

"저는 새로운 목표를 세워 나가는 일을 중단하지 않을 것입니다. 다음 목표요? 1996년 여름에 자전거로 미국을 횡단할까 합니다. 그냥

해본 소리예요……."

1995년 1월 7~13일 『TV가이드』에서 :

"전 지금 완전히 다른 환경에 놓여 있습니다. 제 삶에 새로이 주어
지는 도정이 저를 무척 기쁘게 합니다. 이제야 드디어, 마침내 성장하
고 있다는 느낌이 듭니다."

1995년 10월 3일자 『아메리카 온라인』과의 인터뷰에서, 10년 후에
는 무엇을 하고 계실 거라 생각하십니까? 라는 질문을 받고 :

"정말 어려운 질문이군요. 그래선 안되는데 어려워요. 저는 삶을 현
재로서 받아들입니다. 그래서 다음 주에 할 일을 생각하는 것도 저에
게는 어렵습니다. 10년 뒤에도 이 일을 하고 있지는 않을 겁니다. 만일
계속하고 있거든 오셔서 제 엉덩이를 걷어차 주세요. 감사합니다."

5장

유명세

인기

열여섯 살 때 그녀는 어느 교회 행사에 초청되어 로스엔젤레스를 방문했다가 할리우드의 명예의 거리에 있는 별들을 보았다. 그녀는 아버지에게 :

"언젠가는 저기 있는 별들 옆에 저의 별을 새겨 넣고 말 거예요!"

1986년 12월 14일 『60분』에 출연해서 :

"마이크 월리스! 세상에! 제 세금고지서가 잘못 찍혀 나온 것 같아요"

사생활이 어렵지 않느냐는 질문에 :

"어렵냐고요? 불가능해요."

"여성들, 대개는 몸무게가 135~180킬로그램이 나가는 흑인 여성들이 뒤뚱거리며 제게로 다가오죠. 그러면서 건네는 말이, '사람들이 언제나 저를 당신으로 착각한다니까요.' 저는 이제 그런 사람들을 한눈에 알아 볼 수 있어요. 그래서 속으로, '아, 저기 또 날 닮았다고 말하려는 여자가 오고 있구나' 하죠."

윈프리에게는 왁자지껄한 팬들이 많은데 :

"하루는 길을 걸어가고 있는데, 어느 여자 버스기사 한 분이 길가에 차를 대놓고는 뛰어내리시는 거예요. 그리고는 저에게 달려와서 악수를 청했죠. 버스는 만원이었고, 그때가 오후 다섯 시였는데 승객들은 불평은커녕 박수를 치며 싱글벙글인 거예요. 저는 속으로, '이런 일도 다 있네! 내가 정말 유명한가 봐!' 했죠"

가끔은 팬들이 그녀를 이용하는 일도 있어서 :

"최근에 어느 레스토랑에서 스테드먼과 저녁 식사를 하고 있었는데요, 옆 테이블에 있던 여자 분이 저를 알아보시고는 반갑게 우리 테이블로 다가오셨죠. 그러더니 남편을 부르고 그 다음에는 아예 자리를 옮기셨어요. 그때 웨이터가 왔고 그분들은 음식을 약간 더 주문하셨습니다. 계산서를 결국 누가 집어들었을지는 생각해 보세요."

1987

"제 생활은 정말 흥미진진해요. 재미도 있고 안락하기도 하죠. 전화를 하면 리무진이 와서 대기하고, 룸서비스를 제공받을 땐 제가 마시는 차의 온도까지 물어오곤 한답니다. 대단한 생활이죠."

1989

"사람들은 선물을 가져와서는 저의 집 정문 경비원에게 맡겨놓고 가요. 빵, 케이크, 피클 따위의 이런저런 먹을거리들이 많죠. 마침 제가 집을 나설 때 버스라도 한 대 지나가면 버스에 탄 승객들은 일제히 저에게 손을 흔들면서, 아마 서로들 그러겠죠. '저기가 오프라가 사는 데야.'"

오프라 윈프리의 특별한 지혜

"비행기 탑승을 기다리며, 앉아서 신문을 읽고 있는 중이었어요. 어느 여자 분이 제게 다가오더니 거의 얼굴이 맞닿을 정도로 가까이에서 말을 건네시는 거예요. 얼마나 가까웠던지 저는 입술이 닿지 않도록 잔뜩 입을 오므려야 했습니다.

오프라는 그녀와 몇 분 간 이야기를 나눈 뒤 다시 신문을 읽기 시작했다. 그때 그 여자의 친구가 오프라의 무례함을 꾸짖고 나섰는데 :
"저에게 너무 많은 것이 요구되는 게 아닌가요? 제가 사람들에게 무슨 빚이라도 졌나요? 여하튼 저는 그때 이 유명세에 따르는 불편함은 감수해야만 한다는 것을 깨달았습니다. 공항에 있던 모든 사람들과 포옹을 나누지 않는다면 마음 편히 걸어다닐 수조차 없다는 것도 깨달았죠. 그래서 이제는 더 이상 사람들과 포옹하지 않습니다. 그게 늘 마음에 걸리기는 하지만 그럴 필요가 있다고 생각해요. 이런 결론에 도달하는 데에는 마이애미까지 날아가는 동안 제 마음을 내내 몹시도 불편하게 했던 공항에서의 그 여자 분의 도움이 컸죠."

1989

유명인사들이 명성을 어떻게 다루어 나가는가에 대하여 오프라는 :
"자기 자신에 대한 이해가 없이 명성과 인기를 얻게 된 사람은 명성이 자기 자신을 규정짓게 합니다. 명성 따위가 그 사람 자체를 변하게 하는 그런 일은 있어서는 안되죠. 혹 그런 경우라면 명성을 얻은 바보는 더 큰 바보가 되고 맙니다. 명성은 자기 자신을 돋보이게 하고 또한 그것을 세상 모두가 볼 수 있도록 커다란 접시에 올려놓는, 그런 것입니다."

"카페라(프랑스 남서 지방에 있는 항구도시이자 휴양지 - 옮긴이)에서 있었던 일입니다. 아마도 제가 흑인이기 때문에 생긴 일이라 생각해요. 드캅인가 뭔가 하는 호텔의 레스토랑에 갔죠. 독일인들이 많이 있었는데 제가 들어서자 포크를 다 내려놓는 거예요. 그리고는 모두들 저를 뚫어지게 쳐다보더군요. 사람들이 제 몸무게가 지금보다 20킬로그램은 덜 나가던 시절에 저를 쳐다보듯이 말입니다. 그래서 저는 생각했죠, '이런, 이 친구들은 흑인 구경을 제대로 못해 봤나보군.' 그리고는 제가 레스토랑 한가운데에서 뭘 했는지 아세요? 무릎을 굽히며 가벼운 인사를 건넨 뒤, 저를 어느 섬나라에서 온 시바 공주라고 소개했답니다."

"사람들은 제게 크고 작은 인형들을 보내줍니다. 어떤 분은 오프라 인형을 만들어 주기도 하셨어요. 어제는 집에서 직접 만든 잼을 받았는데요, 다이어트용 잼이래요."

"모든 여성 방청객들의 얘기가 만일 도나휴가 눈앞에 있으면 너무 떨릴 거래요. 그런데 저를 만나면 저녁이나 같이 먹자고 얘기하게 될 것 같답니다."

전국방송을 앞둔 그녀의 토크쇼에 대한 지나친 예고방송에 대하여 :
"뭐랄까, 저를 외줄 위에 올려놓은 거죠. 저도 처음엔 줄 위에서 춤을 추었는데, 나중에는! 이건 정도가 지나치더군요."

"제가 상품화되었다는 생각을 하게 됩니다. 마치 스스로가 '포장된 리얼리즘' 같다는 생각이 드는 거죠. 그런 생각을 하면 마음이 그다지

  오프라 윈프리의 특별한 지혜

편치 않아요. 나는 나일 뿐이니까요. 저는 일단 저의 토크쇼가 전국으로 나간 뒤 시청자들의 판단을 받고 싶습니다. 과장된 예고 방송들은 저로서도 어떻게 할 수가 없었어요. 마치 제가 재림한 예수라도 된 것 같았죠. 하지만 저는 그저 오프라입니다. 변함없는 예전의 오프라."

1986

"저는 저 스스로를 대단한 사람으로 보지 않습니다. 제가 보는 저 자신은 니베아 로션을 사러 월그린에 가는 그런 사람입니다. 그게 저예요."

1993

팬들로부터 받는 사랑이 당신이 유년기에 얻지 못한 것들을 보상해 주던가요? 라는 질문에 :

"2백만 배는 보상해 주죠. 지난주 세가 뉴욕에 갔을 때의 일이에요. 길을 건너고 있는데 어느 여자 분이 다가와서 하시는 말씀이, '당신의 열린 자세에 대하여 제가 얼마나 고마워하는지를 말씀드리고 싶어요. 제가 고마워하는 것은, 사람들이 훤히 다 들여다 볼 수 있을 만큼 당신이 열린 자세를 가지고 있다는 거예요. 당신의 그런 모습을 보면, 나도 저렇게 해볼 수 있겠다 하는 자신감을 얻게 된답니다.' 저는 그 자리에서 울고 싶었습니다. 그때 속으로 든 생각은, '바로 그거예요!'였거든요. 저에게는 그것이 어떠한 상보다도 나아요. 어떠한…… 그런데 시청률 13%보다 나을지는 모르겠네요. 좋아요, 13. 2%라면 포기하죠!"

1994

"유명해진다는 것은 위험한 일이에요. 동경의 대상이 되는 것이 유익하지 않은 까닭은, 사람들이 그것을 넓게 보지 못하기 때문이죠."

그녀가 파악하는 공인으로서의 자신은, "오프라 이미지, 오프라 체험, 오프라물(物)"이다.

그녀는 자기 자신이 가장 평범한 사람들 가운데 하나라며 :
"저는 제가 평범한 사람이라는 사실이 너무 행복해요."

공적으로나, 타블로이드 언론으로부터 주목의 대상이 되는 것에 대하여 :
"약간 놀랄 때도 있죠. 하지만 그냥 대수롭지 않게 받아들여요. 저의 가장 친한 친구가 누군지, 제가 키우는 개의 이름이 뭔지 따위는 이미 모든 사람들이 다 알고 있으니까요. 저는 모든 여성의 마음 속 깊은 곳에는 무언가 똑같은 것이 있다고 믿습니다. 그리고 제가 가장 감사하는 것이기도 하지만, 저는 본질적으로 아무것도 변하지 않았어요. 저는 모든 여성들의 마음 속에 있는 그 무언가에 제가 가 닿아 있는 것을 느낍니다. 남성들에게도 마찬가지지만, 이번 생에서는 여성의 경험만을 이해할 수 있을 뿐이죠."

오프라는 『엔터테인먼트 투나잇』과의 인터뷰에서 말하기를 :
"사람들은 저를 스타나 유명인사로 취급하지 않아요. 그냥 저를 친한 이웃 정도로 생각하는 것 같아요. 사람들은 제게, '잠깐만 기다려요. 연필 좀 가져올게요'라고 하거든요. 다른 스타들에게는, '실례합니다만 사인 좀 해주실 수 있습니까?'라고 할 분들이 말이죠, 제게는 '잠깐만 기다려요'라니까요."

그녀는 래리 킹에게 :

"제 삶의 외양적인 부분, 그러니까 제가 사는 집과, 타고 다니는 차, 제가 어떤 팬티 스타킹을 입고 다니며, 어떤 것들을 사들일 수 있는가 하는 따위들은 결국 아무런 의미도 없다는 생각을 해요. 제가 저 자신에 대해 가장 자랑스럽게 생각하는 것은, 많은 것들을 얻었음에도 그어떤 것으로도 저를 규정하지 못하게 했다는 것입니다. 당신의 딸 채이어가 토크쇼에 출연했던 20년 전이나 지금이나, 저는 하나도 달라지지 않은 것 같아요. 제가 이것저것 안 가리고 – 아시죠, 저는 온갖 잡지며 타블로이드 신문을 다 읽잖아요 – 읽는 까닭은 거기에 적혀 있는 저에 관한 얘기들이 마치 다른 사람의 이야기인 것처럼 느껴지기 때문이에요. 그게 저라는 기분이 들지가 않아요. 저라는 사람의 참모습 같지가 않아요."

인기에 대하여

그녀 자신의 생활에 대하여 :

"정말 재미있어요. 정말 굉장하죠. 제가 생각했던 것보다도 훨씬 더 재미있어요."

1986

"유명해지고 인기를 얻는다는 것은 정말 흥미로운 일이에요. 저는 예전이나 지금이나 똑같은 사람이거든요. 한 가지 차이가 있다면 사람들이 제가 누구인지를 알아본다는 것이에요."

"저는 사람의 성격이 매우 이른 시기에 형성된다고 믿습니다. 좋은 의미에서든 나쁜 의미에서든, 명성은 사람의 품성을 보다 분명히 부각시킬 수 있죠. 하지만 천성을 바꾸는 못해요. 그렇기 때문에 사람들이 제게, '절대로 변하지 마'라고 할 때면 저는 속으로, 무엇으로? 어떤 사람으로? 하며 되묻죠. 제가 저 아닌 누가 될 수 있겠어요?"

"저의 토크쇼의 테마는 '저는 모든 여성입니다'라고 할 수 있어요. 왜냐하면 저의 삶은 제가 얻은 그 모든 명성에도 불구하고 평범한 사람들의 삶에 더 가깝다고 생각되기 때문이에요."

1995년 5월 30일, 『에드 고든 쇼』에 출연해서, 평소에 거의 질문을 받지 않는 것들 중 꼭 하고 싶은 이야기가 있느냐는 질문에 :
"유명세를 치르며 산다는 것에 대해 얘기해 보고 싶습니다. 제 생활 가운데 가장 재미있는 부분이기도 하니까요. 저도 남들처럼 편하게 뒤로 기대고 앉아서 제 삶에서 일어나는 일들을 여유롭게 지켜보고 싶어요. 예전이나 지금이나 저는 스스로를 똑같다고 느끼기 때문이죠. 그런데 체중이 줄었다더라, 늘었다더라, 다시 줄었네, 늘었네, 어쩌고, 결혼을 하네 마네, 스테드먼에 관한 온갖 소문과, 스테드먼이 배신을 했네 어쨌네 하는 이야기들을 여러분이 즐겨 읽으시는 이유도 다 제가 잘 알려진 사람이기 때문이잖아요. 그 모든 것들은, 왜들 그러는지 저도 잘 모르겠지만, 대중매체의 창작품이며 남들이 저와 스테드먼에게 투사한 모습일 뿐입니다. 사람들과 대중매체는 그들이 지목한 누군가를 어떤 일정한 종류의 범주나 상자 안에 넣어야 직성이 풀리는 것 같아요.
"시카고에 와서 처음 방송을 시작했을 때, 저는 뚱뚱한 흑인 여자라는 상자 안에 있었겠죠. 날씬하지도, 금발도, 백인도 아니며, 토크쇼 진행자라면 이렇고 저렇고 해야 한다는 그들의 거푸집 안에 들어갈 요소는 하나도 지니지 못한 제가 어떻게 시카고에 올 수 있었는지 그들은 이해할 수 없었을 테죠. 그래서 저는 저 스스로만 바라보았습니다. 저 스스로만 바라보았어요. 제가 처음 살을 빼는 데 성공했을 때 내셔널 인콰이어러는, 아시죠, 오프라의 체중 감량 풀 스토리 어쩌고 하면서 긴 이야기를 실었고, 당시 내셔널 인콰이어러는 역사상 최고의 발매 부수를 기록했죠.

"그때부터 고생길의 시작이었어요. 온갖 잡지며 타블로이드 신문들은 제 얘기가 잘 팔린다는 것을 알아챘죠. 그렇게 해서 제가 누리고 있던 평화는 끝이 났습니다."

1992년 그녀는 연예 산업을 집중 분석한 4부작 특집물을 했다 :
"저는 유명한 사람들을 만나면 겁부터 집어먹어요."

"사람들에게서 명성이라는 방패를 걷어내고 평소에는 잘 보이지 않던 그들의 삶의 단면을 들여다본다는 것은 정말 흥미로운 일입니다."

"명성이란 방패를 걷어내면 거기에는 그냥 사람만 있을 뿐입니다."

유명 인사

그녀가 가장 데이트하고 싶은 사람은 :

"로버트 드니로와 데이트를 할 수 있다면 제 오른쪽 다리를 내놓겠어요, 일주일 동안.

그와 함께 영화를 할 수 있다면 제 삶의 몇 주를 지금 당장 포기할 수도 있어요."

1985

데이빗 레터맨에게 :

"오디션, 그러니까 스크린 테스트를 한참 받던 중에, 제가 스티븐에게, 성을 뺐군요, 스티븐 스필버그에게 그랬죠. '하포(Harpo)는 오프라(Oprah)의 철자를 거꾸로 한 거잖아요. 이건 하나님의 계시라고 생각해요.'"

"더들리 무어라면 내일이라도 결혼하겠어요. 저는 저보다 키가 작은 남자들을 그리 많이 알고 있지는 못하지만, 더들리 무어라면 내일이라도 결혼하겠어요. 정말 굉장한 사람이에요. 너무 웃겨요, 사람 웃기는 재주가 타고난 것 같아요. 게다가 성실하기까지 하죠."

그녀는 볼티모어 시절 마리아 슈라이버를 만난 적이 있다. 슈라이버와 아놀드 슈왈츠제네거의 결혼식에서, 오프라는 엘리자벳 배럿 브라우닝의 시, "내 어찌 그대를 사랑하는지"를 외워서 낭독할 생각이었는데, 혹시 중간에 한 줄을 잊어버리지나 않을까 걱정이 되었다. 아무도 오프라에게 적당한 조언을 해주지 못하고 있을 때 재클린 부베이 케네디 오나시스가 그녀에게, "그냥 들고 읽지 그러세요?"

"재키가 읽어도 된다고 하면 그렇게 해도 되는 거라고 생각했죠."

오프라 윈프리의 특별한 지혜

그리고 그녀는 그렇게 했다.

캔디스 버건이 A.M.시카고에 출연했을 때 :

"저는 『숲에 노크하세요(Knock Wood)』를 읽어 봤습니다. 그때 저는 캔디스와 한 자리에서 좋은 이야기들을 나누어 보고 싶다는 생각을 했었죠. 하지만 지금 생각으로는 TV에 나와서, 깊이 있는 이야기를 나눈다는 것은 어렵지 않나 싶습니다. 이 프로는 오전 9시 한적한 교외에서 촬영하는 게 아니니까요."

캔디스 버건이 출연한 날 오프라는 독감으로 심하게 고생하고 있었는데 :

"그날 방송은 별로 좋지 않았어요. 캔디스는 훌륭했습니다. 귀족적인 풍모 그 자체였죠. 그런데 그날 저는 이따금씩 사물이 둘로 보이기도 했고 두통도 심했으며 몸에 기력이 하나도 없었습니다. 좋은 상태가 아니었어요."

이야기의 여왕, 오프라 윈프리도 1995년 6월 13일 백악관 만찬에서 일본의 미치코 왕비와 악수를 나눌 때는 혀가 굳더라고 털어놓았다 :

"무슨 말을 해야 될지 모르겠더라고요. 그런 경우는 평생 몇 번 없었습니다."

크리스티 브링클리에 대하여 :

"왜 저는 그런 몸매를 가지고 태어나지 못했을까요?"

"누가 그녀의 연기력에 신경이나 쓰나요? 저는 그녀와 빌리 조엘과의 관계가 궁금합니다."

크리스티의 집에 있는 가구에 대해 이야기하며 오프라는 :
"바바라 월터스와 인터뷰를 할 때 그녀가 앉아 있었던 분홍색 소파는 도대체 어디서 산 걸까요?"

1995년 1월 4일, 래리 킹 라이브에 나와서 래리 킹에게 :
"저는 당신이 딸을 끔찍이도 아끼는 모습이 좋습니다. 정말 보기 좋아요. 제가 당신과 이야기를 나눌 때면 화제가 무엇이든, 우리가 어디에 있든 당신은 항상 딸의 이야기를 빼놓지 않죠. 그때마다 드는 생각은 - 저의 아버지가 그렇게 해주셨더라면 하는 것이죠."

폴 매카트니에 대하여 :
"저는 비틀즈의 열성 팬이었습니다. 그 시절 누구라도 그랬듯이 제 방에는 여기저기 포스터가 붙어 있었죠. 여하튼, 사실대로 말씀드리면, 폴 매카트니가 출연하게 되었다는 소식을 듣고는 일주일 동안 무슨 질문을 할까 고민에 고민을 거듭했습니다. 평소에 저는 결코 어떤 질문을 할 것인가를 미리 생각하는 법이 없었습니다. 카메라에 불이 들어오면 보통 이렇게 말을 시작하죠, '오늘은 아주 특별한 손님을 모셨습니다.' 하지만 폴 매카트니가 나왔을 때는 이런 식이었어요, '무슨 얘기부터 할까요? 첫 번째 질문으로 어떤 게 좋을지 모르겠네요.' '폴, 어렸을 때 저는 비틀즈의 포스터를 방에다 잔뜩 붙여 놓았죠. 아침에 일어나면 그 포스터들을 쳐다보면서 말했어요, 하나님, 제발 언젠가는 폴을 만나게 해주세요. 저는 그 정도였는데 혹시 당신도 저에 대해 그

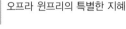

런 생각해 보셨나요?' 토크쇼는 그렇게 시작됐고, 우리는 요란스레 유쾌한 시간을 가졌습니다. 폴 매카트니가 중요한 게 아니었어요. 왜냐하면 저는 속으로, '오, 하나님! 드디어 제가 이 사람을 만났습니다! 이젠 죽어도 여한이 없습니다'라고 생각하고 있었으니까요."

톰 셀릭이 출연했을 때 오프라는 첫번째 질문으로 불쑥 :
"당신의 눈이 투명한 푸른 바닷빛이라는 것을 아세요?"

1987년 말, 오프라의 토크쇼는 전국으로 방송되는 토크쇼들 가운데 시청률 5위 안에 들게 되었고, 비로소 그녀는 자신이 스타의 대열에 끼게 되었다고 느꼈다. 성탄절 휴가 기간에 그녀는 콜로라도의 애스펀으로 퀸시 존스의 초대를 받았으며, 그곳에서 바브라 스트라이잰드, 제인 폰다, 단 존슨(1970년에 데뷔한 이래 약 20여 편의 영화에 출연한 배우로 DJ라는 애칭으로 불림. 우리나라엔 1991년작『할리 데이빗슨과 말보로 맨』으로 알려져 있음 - 옮긴이) 그리고 다른 여러 유명인사들과 어깨를 나란히 하고 있는 자신을 발견하게 되었다 :
"그분들과 비교하면 저는 세상에서 가장 따분한 사람들 중 하나일 거예요. 애스펀에서 보낸 성탄절은 정말이지 대단했어요!"

"방으로 들어갔더니 바브라 스트라이잰드와 제인 폰다가 그냥 바닥 위에 앉아 있는 거예요. 짐짓 근사하게 보이려고 : '오, 안녕하세요, 바브라. 안녕하세요, 제인. 만나서들 반가워요.'"

"하루는 단 존슨이 파티를 열기로 되어 있었어요. 퀸시는 저에게 단의 집으로 같이 가자고 말했죠. 우리가 단의 집 앞에 도착했을 때, 초청객 명부에 오르지 않은 사람들이 발걸음을 돌리는 모습이 보였어요. 저는, '하나님, 만일 당신이 저를 사랑하신다면 부디 제 이름이 저 명부에 올라 있게 해주세요.'

차에서 내리자 한 남자가 다가오더니, '안녕하십니까, 윈프리 양. 들어가시죠' 하는 거예요. 저는 그때, '하나님은 참으로 계시는구나! 내가 창피를 당하며 돌아가지 않아도 된다니!'라고 생각했어요."

"(그가 문을 열어주) 안에서 기다리고 있던 단이, '안녕하세요, 오프라. 칵테일 한 잔 하시겠습니까?'라고 하는 겁니다. 마치 저를 기다리고 있었다는 듯이 말입니다. 저는, '오, 하나님, 믿을 수가 없어요. 제 눈앞에 있는 사람이 정녕 단 존슨이란 말입니까!'

보이 조지에게 :

"당신이 외출할 때 어머께선 무슨 생각을 하실까요?"

"어머니는 옷을 계집애처럼 차려 입은 아들놈이 자랑스러워질 날은 결코 오지 않을 거라 생각했다고 말씀하세요."

로잔느가 오프라의 토크쇼에 출연한 후, 로잔느의 체중을 두고 두 사람 사이에 싸움이 벌어졌다는 타블로이드 신문 보도에 대해 그녀는 무척 화가 나서 :

"단 한 줄도 사실이 아닙니다. 저는 로잔느가 방송에 출연한 이후로 그녀를 다시 만난 적도 없고, 그 기사에서 주장하는 것처럼 편지에 옵티패스트(Optifast, 회원제로 운영되는 체중 관리 전문 프로그램의 이름 – 옮긴이) 회원증을 넣어 보낸 적도 없습니다. 저는 그녀에게 저의 쇼에

출연해 준 것에 대한 감사의 표시로 크리스탈 샴페인 여섯 병과 일흔 두 송이의 장미를 보냈습니다 ─ 그리고 감사의 글이 적힌 예쁜 답장을 받았습니다."

『프렌즈(Friends)』에서 로스 역을 맡은 데이빗 슈위머를 소개하면서 :

"다음 나올 친구는, 정말 오프라 쇼에 꼭 어울리는 분입니다. 그의 아내는 그를 버리고 다른 여자에게로 갔다가 ─ 우린 그런 주제를 몇 년 전에 다룬 적이 있죠 ─ 그의 아이를 임신한 상태로 다시 나타났습니다."

다이애나 왕세자비

"다이애나 왕세자비는 제가 모시고 싶은 초대 손님들 중 단연 첫 손가락으로 꼽는 분입니다."

바바라 월터스는 비록 오프라의 우상이자 역할 모델이었지만, 그녀는 바바라를 제치고 다이애나 왕세자비와 최초의 생방송 인터뷰를 가지고 싶어한다 :

"왕세자비를 초대 손님으로 모시는 것은 제 방송 경력의 정점이 될 것입니다. 저는 왕세자비 자신이 더 이상 동상처럼 높이 서 있는 존재이기를 거부해 왔다는 점에서 그녀에 대해 각별한 존경심을 가지고 있습니다."

"글쎄요, 왕세자비의 사람을 끌어들이는 힘은, 제 생각으로는 현재 그녀가 결혼한 상태가 아님으로 인해 – 말하자면 아니라 할 수 있죠 – 더욱 흥미를 불러일으키는 것 같습니다. 그녀는 모든 것을 가지고 있는 여성의 고전적인 전형입니다. 그럼에도 그녀는 – 왕실의 지위, 왕관, 곳곳의 성들 그리고 그 모든 외적 요소들을 다 가지고 있음에도 행복을 얻지는 못했습니다. 그녀는 우리가 어떻게 자신의 내면으로부터 움직여야 하는지를 보여주는 고전적인 전형입니다."

"그녀는 신데렐라입니다. 그럼에도 진정 나는 누구인가? 라는 문제에 늘 부딪혀야 했습니다. 그것이 다 무엇을 의미하겠습니까? 저는 그녀가 전세계 많은 여성들에게 하나의 좋은 실례가 된다고 생각합니다."

"제가 그녀를 인터뷰하고 싶어하는 이유는 여러분의 그것과는 크게 다를 겁니다. 저는 궁극적으로 많은 여성들을 향해 – 여성과 남성 모두지만 여성이 더 많고 제가 여성인 까닭에 – 말을 하고 있는 것이기 때문입니다. 저는 수많은 여성들이 각자의 정체성과 씨름을 벌이고 있다고 생각합니다. 여성들은 유리 구두가 있다면, 왕자가 나타난다면, 집을 갖게 된다면 만사가 다 순조롭게 풀릴 것이라 생각합니다. 그녀는 실제로는 그렇지 않다는 사실을 보여주는 증거입니다."

편지들

"요컨대 하나같이 칭찬 일색의 편지 백 통을 받는 겁니다. 그리고 어쩌다 한 통이……

"편지 봉투에 발신인 주소가 적혀 있지 않다는 것은 불길한 징조입니다. 그런 편지는 개봉하면 안돼요. 하루를 망칠 수도 있으니까요."

"온갖 편지를 다 받습니다. 여러분도 그 편지들을 한번 보셔야 해요. 저는 답장은 꼬박꼬박 보냅니다. 그 일을 도와줄 사람을 하나 고용했죠. 우리는 새로운 컴퓨터 시스템을 마련해서 모든 편지에 천편일률적인 답장을 보내지 않게 되었습니다. 저는 마치 7년 전에 쓰여진 그대로 한번도 고친 적이 없는 것 같은 편지는 질색입니다. 저는 편지마다 개인적인 답신을 주고자 노력합니다."

"저는 우리의 쇼가 발전해 오고 있음을 눈으로 확인하면서 줄잡아 일주일에 사천 통의 편지를 받고 있습니다. 편지들은 대개 방송을 보고난 뒤 그들의 삶이 어떻게 바뀌기 시작했는지에 대해 쓰여져 있습니다."

1991

"매주 받는 수천 통의 편지들 중엔, 통신 판매 회사의 대금 청구서나 전기 회사의 요금 고지서를 동봉해서 보내오는 사람들의 편지들도 섞여 있습니다."

"오, 그럼요. 돈이 지불되지 않은 사실을 확인하고 마구 화를 내는 사람들도 있습니다. 그런 사람들이 보내는 마지막 편지는 이래요. '당신 돈을 내지 않았어.' 물론 틀림없는 사실이죠."

"매월 저는 저의 프로에 반감을 가지고 있는 시청자들과 점심 식사를 하는 날을 정해 두었습니다. 저는 그 달 받은 편지들로부터 가장 적대적인 열두 명의 시청자를 뽑아서 점심 식사에 초대합니다. 첫번째 모임에선 사람들에게 네 시간 동안이나 말을 했죠. 그리고 우린 샴페인을 열네 병 마셨습니다."

타블로이드 신문

"제가 언론 쪽으로 유일하게 싫어하는 것이 타블로이드 신문입니다. 제 생각에 그런 신문들은 글로 하는 포르노 같아요."

"저는 그 사람들한테는 말 한번 건넨 적도 없습니다. 그냥 자기들 쓰고 싶은 대로 쓰는 거예요."

"저는 모든 사람들이 제가 어떤 음식을 주문해서 먹는지를 다 보고 있다는 걸 알아요. 그런 일은 이제 의식하지도 않습니다.

"제가 어떤 곳에 있든지 그들이 숨어 있다는 걸 압니다. 그리고는 최악의 장면들만 골라서 찍죠. 입을 크게 벌리고 음식을 막 떠먹을 때라든가."

1995

"여러분도 정체를 알 수 없는 잡지나 가십난에 여러분에 관해 있지도 않은 이야기가 실리는 것을 보게 되는 때가 있을 겁니다."

오프라 윈프리의 특별한 지혜

그녀가 임신을 했다는 기사에 대해 :

"제가 임신중이라면 저만 그 사실을 모르고 있는 거네요."

그녀가 성형수술을 받았다고 보도한 기사에 대해 :

"저는 어떠한 성형수술도 받은 적이 없습니다. 성형수술을 받았다 해도 저는 그 사실을 벌써 말했을 겁니다. 혹시 제가 대통령에 입후보한다고 보도한 신문은 없던가요?"

"스테드먼이 오늘 씩씩대면서 오더니 예의 그 신문에, 제가 그에게 3만5천 달러짜리 말을 사주었다고 실렸는데 그 말 지금 어디 있냐고 묻더군요."

"제가 어떤 생각을 하고 있는지 아십니까? 저는 지금 미국을 생각합니다. 허무맹랑한 이야기들을 끊임없이 지어내는 사람들이 있고, '유명하다 보면 그런 일은 으레 있기 마련이야'라고 말하는 사람들도 있습니다. 저는 이러한 일들이 그치지 않고 계속해서 일어난다는 사실이 미국의 장래에 대단히 위험한 신호라고 생각합니다. 오늘은 제가 그 일을 당하고 있지만, 언젠가 그 대상은 여러분이 될 수도 있기 때문입니다."

6장

친구들과 조언자들

"저는 원래 친구를 쉽게 사귀지 못하지만, 영화『컬러 퍼플』을 찍으면서 평생 갈 친구들 – 퀸시 존스 같은 – 을 만났습니다. 보통은 사람 사귀기를 조심스러워 해요. 누군가, '어머, 이게 누구야, 세상에 어쩜 좋아, 같이 점심 먹으면서 얘기나 좀 하실 수 있겠어요?'라고 말할 때는 겁이 납니다. 그런 경우, 저는 아주 높은 곳에 군림하고 있어서 보통 사람들과는 멀리 떨어진, 그래서 그들과는 아무런 공통점도 없는 사람이라는 기분이 들거든요. 누가 숭배의 대상이 되고 싶겠어요? 그냥 여자 대 여자로 만나기를 원할 뿐이죠."

"사람들은 종종 저보고 집에 가면 뭘 하냐고 묻습니다. 글쎄요, 저는 친구 게일과 통화하는데 많은 시간을 보냅니다. 그리고 어떤 조언이 절실할 때는 마야 안젤로 박사님과 통화를 하죠."

그녀의 삶에 큰 영향을 끼친 사람들을 묻는 질문에 :
"마야 안젤로 박사님이요. 제가 막 성인이 되어서,『나는 새장 속의 새가 왜 노래하는지 안다(I Know Why the Caged Bird Sings)』를 처음으로 읽었을 때, 저는 그분이 저의 인생을 얘기하고 있다고 생각했습니다. 그 책을 읽고, 또 저자에 대한 여러 이야기들을 들어보면서도－저는 정말 대단한 축복을 받은 거예요－그분과 때로는 모녀지간처럼, 때로는 친구나 자매처럼 지내게 될 거라고는 꿈에도 생각지 못했죠. 제게 미치는 그분의 영향력은 정말 대단합니다."

"저의 4학년 담임이셨던 던컨 선생님도 그 중 한 분이세요. 그분이 저에게 가르쳐 주신 것은 나눗셈이 전부가 아니었습니다. 진실로 저는 4학년 때 배움을 사랑하는 법을 배웠습니다."

게일 킹 범퍼스

오프라는 1976년 볼티모어에서, 이후 그녀의 가장 친한 친구가 된 게일 킹 범퍼스를 만났다 :

"게일과 저는 1976년 『WJZ-TV』의 뉴스 제작팀에서 만났습니다. 저는 앵커였고 게일은 조연출을 하고 있었죠. 하루는 늦은 시각 퇴근할 즈음에 눈보라가 엄청나게 몰아쳤고, 저는 집이 방송국에서 35마일이나 떨어져 있는 게일을 저의 집으로 초대했습니다. 게일은 동의했고－그날 우리는 새벽 동이 틀 때까지 앉아서 이야기를 나누었죠. 그때부터 우리는 매일, 어떨 때는 하루에 서너 차례씩 이야기를 나누게 되었습니다."

오프라는 자신이 시카고로 갈 수 있도록 용기를 준 사람이 게일이라며 :

"시카고에서 제안이 왔을 때, 제가 그것을 받아들일 거라 생각한 사람은 하나도 없었습니다. 그 프로는 시청률이 최하위인데다 도나휴의 토크쇼에 대응 편성되어 있었거든요. 하지만 게일은, '볼티모어를 떠나! 나는 네가 도나휴를 꺾고 말 거라는 걸 알아'라고 말해 주었습니다. 게일은 언제나 제게 힘이 되어 주었고, 시카고로 가라는 그 친구의 말은 제 평생 최고의 조언이 되었습니다."

"게일은 제가 중심을 잡고 방향을 잡을 수 있게 도움을 주는 친구예요. 그 친구는 제 삶에 안정감을 더해 주죠. 우리는 1976년 이래로 둘도 없는 사이로 지내고 있습니다. 친자매나 다름없어요."

1989

제프리 제이콥스

그녀의 친구이자 변호사이며, 동료인 제프리 제이콥스를 일컬어 :
"그는 뛰어난 예지를 지닌 사람이에요. 우리가 지금껏 해온 일들의 대부분이 그의 작품입니다. 그가 아니었다면 저는 지금도 시카고의 어느 조그만 지역 방송국에서 토크쇼를 진행하고 있을 거예요."

"그는 저로 하여금 드높은 하늘조차도 한계가 될 수 없다는 사실을 보게 해줍니다. 우리는 한계 내에서 무엇이든 될 수 있으며, 그건 누구에게라도 마찬가지라고 저는 믿습니다."

바바라 월터스

“맨 처음 진행한 토크쇼에서부터 저는 바바라를 흉내냈어요.”

1992

오프라는 후일 바바라 월터스에게 미스 불조심 선발 대회에서 있었던 일을 이야기하며 :

“저는, 사람들로 하여금 진실을 이해함으로써 자기 자신을 보다 잘 이해할 수 있도록 돕는 일에 관심이 많고, 그래서 언론인이 되고 싶다고 말했어요. 심사위원들이, ‘어떤 부류의 언론인 말이십니까?’라고 물어봤을 때 저는, ‘바바라 월터스요’ 하고 대답했죠.”

“대부분의 토크쇼, 특히 지역 방송의 토크쇼에서 흔히 볼 수 있는 문제는, 모두들 똑같은 모양새의 진행자가 되려고 애쓴다는 점입니다. 저는 19살 때 처음으로 WTBE에서 오디션을 받았는데 뭘 어떻게 해야 할지 모르겠더라고요. 그래서 저는 바바라 월터스 흉내를 냈죠. 그녀가 저에겐 유일한 교과서였던 것 같아요. 그때 저는 투데이 쇼를 보곤 했는데, 속으로 그랬죠. ‘바바라가 하는 식으로만 하자.’ 저는 바바라가 앉는 것처럼 앉아서, 방송 대본을 내리깔고 보다가 곧바로 카메라를 응시하는 흉내를 냈어요. 바바라는 그렇게 하더라 하는 생각이 있었기 때문입니다. 모든 게 바바라가 하는 걸 본 것으로부터 나왔어요. 그것은 지금도 제가 바바라에게 감사하는 점이기도 해요. 그런데 문제는 너무 오래도록 딴 사람 흉내만을 낼 수는 없다는 것이었죠. 자기 자신만의 스타일이 필요해진 겁니다. 그래서 저는 바바라를 조금씩 떨쳐내려 했고, 그렇게 오프라는 바바라의 그늘을 조금씩 벗어나기 시작했습니다. 그리고 그것이 제게 더 편하다는 사실도 깨달았어요. 그래도 초기에 저를 살려준 것은 바바라 흉내였습니다. 그렇게 하지 않았더라면 저는 아예 돌처럼 뻣뻣하게 굳어 버렸을 테니까요. 이제는 저말고는 어떤 누구도 되려 하지 않습니다."

"바바라 월터스 덕을 정말 많이 봤어요. 저는 그녀가 없었더라면 우리 중 누구도 이 자리에 있지 못할 거라 생각합니다. 그녀는 개척자이며, 우리보다 앞서서 길을 닦았습니다."

그녀는 『A.M.시카고』에 초대 손님으로 나온 바바라와의 대담을 떠올리며 :

"정말 끔찍했습니다. 저는 제가 좋아하는 사람들이 나오면 몸이 굳어 버리거든요. 그런데 바바라는 어디 좋아할 뿐인가요, 제가 아주 홀딱 반한 분인데요. '드디어 내가 바바라 월터스를 마주 대하는구나!' 저는, '정말 예쁘시군요'라는 말을 연신 내뱉었죠. 제 말은, 다른 뜻 없이 진심으로 그랬다는 얘기예요. '분홍색 스웨터가 너무 예쁘세요! 구두는 어디서 사신 거예요?'"

바바라에게서 이야기 나누기가 가장 힘들었던 초대 손님이 누구였냐는 질문을 직접 받고는, "바바라 월터스요"라고 대답하며 :

"왜냐고요? 바바라 월터스는 저의 스승이었고, 저의 우상이기 때문입니다. 정말 좋아하는 사람이 나오면 말이 잘 안 나와요. 스스로가 바보가 된 느낌이 들죠. 마치 무언가에 홀린 사람처럼 자신도 모르게 그냥 중얼거리듯 내뱉게 되는 거예요. '오, 당신을 사랑해요. 당신을 너무나 사랑해요. 언제나 당신만을 사랑해요, 당신의 드레스와 당신의 목걸이를 사랑하고, 그리고 당신의 머리칼을 사랑해요.'"

(여기에서 바바라 월터스는 오프라의 말을 가로채고 농담을 한 마디 내뱉었다 - "저는 당신을 사랑하지 않는데요.")

빌 코스비 부부

"한때는 저에 관한 기사는 무조건 다 읽었습니다. 그리고는 어떤 부분이 사실과 다르다고 생각될 때에는 그 기사를 쓴 사람들에게 전화를 걸어서 그건 사실이 아니라고 말해 주고 싶었습니다. 그런데 빌 코스비는 제게, 때가 되면 그런 글들이 덤덤하게 받아들여질 때가 올 것이며, 그때가 되면 제가 한층 성숙해졌음을 알게 될 거라고 얘기했어요. 이제는 그런 기사에 나오는 제 이야기가 딴 사람 이야기처럼 느껴져요."

1989

1989년 11월 5일, 그녀의 몸무게가 최저점에 이른 지 꼭 1년 후, 그녀는 자신의 토크쇼에서 다시 체중이 느는 것을 막기 위해 계속되는 그녀의 투쟁을 주제로 삼아 :

"고구마 파이를 먹으러 코스비씨의 집에 간 적이 있어요. 그가 말하기를, '이건 제일 좋은 파이가 아니고 정말 맛있는 건 따로 있어요.' 그러더니 제가 머물고 있던 호텔로 고구마 파이 세 개를 보내주었는데, 저는 그걸 그 주 내내 먹었답니다……. 일단 마음을 독하게 먹으면 그렇게 되어야 해요.”

“마흔이 된다는 것은 늘 저에게 각별한 의미가 있었습니다. 캐밀 코
스비도 그런 이야기를 했죠. 그녀는, ‘마흔에서 마흔둘 사이 어디쯤에
선가 다른 사람들의 이런저런 일들이 일순간 지겨워지는 때가 올 거
예요. 그때가 되면 당신이 정말 하고 싶은 일들이 분명하게 보이면서
다른 사람들이야 뭐라 하든 신경 쓰지 않게 될 겁니다’라고 말했죠. 그
리고 정말 그렇게 되더군요. 정확히 언제 그리고 왜 그랬는지는 모르
겠어요. 캐밀은 그것이, 진정한 의미에서 사람이 가지고 있는 것은 시
간뿐이라는 깨달음이며, 나이 마흔이 되면 좋은 의미에서든 나쁜 의미
에서든 다른 사람들이 자신의 시간을 사용하도록 내버려두지 않게 된
다는 것이었습니다.”

1995

빌 코스비의 충고를 따라 오프라는 모든 수표에 직접 서명을 한다 :
“수표에 서명하는 것이 귀찮아지고 돈이 어디 있는지 잘 모르게 될
때, 그것은 자기 자신에 대한 통제력을 잃어가고 있다는 증거라고 생
각합니다. 그것은 또한 하나님께서, 우리가 너무 많은 것을 가지고 있
음을 말씀해 주시는 방법이기도 합니다.”

마야 안젤로

⋙※⋘

그녀의 조언자이자, 시인이며 작가 그리고 영화배우인 마야 안젤로

에게 자신의 수치스러운 과거(20대에 마약을 상용했던 일에 대하여)를 이야기한 뒤, 윈프리는 그녀의 따뜻한 조언으로부터 큰 힘을 얻었다고 말했다 :

"그 일을 마야 안젤로에게 털어놓았죠……. 그런데 그분이 제게 뭐라고 말씀하셨는지 아세요? 그때의 그 말이 제게 얼마나 큰 힘이 되었는지 모릅니다. 그분은 이렇게 말씀하셨죠, '사람은 자신이 아는 삶의 방식대로 행동합니다. 그러나 더 많은 것을 알게 되면 더 낫게 행동하게 되죠.' 저는 그 말을 잊을 수가 없습니다."

"가만히 혼자 있게 둘 수 없는 그런 사람이 있죠……. 제 삶의 조언 자이며 영감의 원천인 마야가 바로 그런 분이세요. 가혹한 시간을 겪고 있는 모든 이들에게는 그 시간의 처음과 끝을 메워주는 누군가가 있음으로 해서, 시련의 때가 멋진 시간이 되기도 합니다."

마야 안젤로가 NAACP가 수여하는 스핑간 메달을 받게 되었을 때 :
"그분의 말은 저의 마음을 움직입니다. 그분의 말은 저의 감정에 커다란 울림을 주죠……. 그분은 우리에게 치열하게 살아가는 법을 가르쳐 주며, 저에게 영감과 명쾌한 해답을 줍니다. 무엇보다 중요한 것은, 제가 용기와 배짱을 가질 수 있도록 이끌어 준 것이죠. 이 모든 것과 더불어 훈제 닭고기 요리도 아주 잘 하세요."

1994

퀸시 존스

그녀의 시카고 시절, 퀸시 존스는 그녀의 토크쇼를 우연히 보고 그녀가 『컬러 퍼플』의 소피아 역에 적임자라는 것을 알았다. 자신에게 배역이 맡겨졌다는 사실을 통보받은 그날을 떠올리며:

"제 삶에서 가장 행복한 날이었어요."

"퀸시는 제 삶을 통틀어서 주체하지 못할 만큼 좋아해 본 첫 번째 사람입니다. 그는 빛 가운데를 걸어가는 것 같아요. 만일 퀸시 존스에게 무슨 일이 생긴다면 저는 남은 평생 내내 울게 될 겁니다."

7장

영화배우 오프라 윈프리

연기에 대하여

"미시시피에서 보낸 어린 시절, 저는 텔레비전이라고는 구경도 못해 봤습니다. 그리고 밀워키에서 미시시피로, 다시 내쉬빌로 가서 성장하는 동안에도 TV에 출연한다거나 토크쇼의 진행자가 될 생각은 한번도 해보지 않았습니다. 저는 영화배우가 되고 싶었어요."

영화배우인지 토크쇼 진행자인지 대답해 달라는 질문에 :
"둘 다예요, 차이는 좀 있지만. 좋은 진행자가 된 것이 연습과 노력 덕분이라면, 연기는 타고났다고 할 수 있죠."

"저는 늘 스스로 영화배우인 양 살아왔고, 제가 그러한 재능을 타고났다는 것도 알고 있었습니다. 제가 퀸시 존스의 눈에 띄었다는 것과, 그에게 저의 잠재된 재능을 알아본 예지가 있었다는 것이 저로서는 큰 축복입니다."

"저는 남을 흉내내는 재주가 있어요. 스페인 태생의 택시 기사가 모는 택시를 타면 이내 스페인 액센트를 섞어가며 말을 하죠. 제가 필 도나휴의 프로를 보지 않는 이유가 바로 거기에 있습니다. 그의 흉내를 내게 될까봐 무섭거든요."

"고등학교 시절, 연극 경연대회가 있을 때면 저는 늘 억척스러운 캐릭터를 맡곤 했어요. 소우주너 트루스(Sojourner Truth, 1797~1883. 노예 출신의 여성 설교가. 노예 출신 흑인들과 여성의 인권 신장을 위해 활동함 - 옮긴이)나 해리엇 텁맨(Harriet Tubman, 1820~1913. 노예 출신으로 남북전쟁 당시에 부상병들을 돌보았으며 흑인 노예들의 해방을 위해 노력했음 - 옮긴이)과 같은 캐릭터 말이죠. 그렇게 따지면 일찍부터 예행연습을 한 셈이에요. 저는, 우리가 삶 가운데 해온 모든 일들이 현재의 이 순간을 위한 준비 과정이었다고 생각합니다. 때문에 제가 지금 하고 있는 일도 어쩌면 이미 예정된 것이었다고 할 수 있겠죠."

"우리는 자신의 에고를 속이며 삽니다. 평범한 일상 가운데, 우리는 아침에 일어나 자신이 누구인지를 거울 속의 자신에게 말해 주죠. 너는 못생겼어. 너는 머리가 좋아. 너는 힘이 없어. 그리고 집을 나서면 그것이 자신의 모습이 되어 살아갑니다. 하지만 연기를 하게 되면 달라져요. 스스로에게 자신이 뭔가 다른 모습임을 말해 주게 되죠."

"연기를 계속할 생각이에요. 저는 그것이 정말 할 만한 일이라고 생각합니다. 여러분도 제가 스스로 할 만한 배역이라고 판단한 것만 맡게 되는 것을 보시게 될 거예요. 저는 운 좋게도 집세를 물기 위해 연기를 해야 하는 그런 형편에 있지는 않습니다. 덕분에 저는 좋은 작품을 고를 수 있는 여유가 있죠."

그녀는 ABC의 연속극 『나의 아이들』에서 처음 연기를 해보았다.

오프라 윈프리의 특별한 지혜

극작가 아그네스 닉슨은 오프라의 볼티모어 시절 토크쇼, 『사람들 이야기』에 출연했었고, 오프라는 그 자리에서 자신이 아그네스 닉슨의 팬이라고 말했었다. 후일 그녀는 그 드라마에서 그리 비중이 높지 않은 배역 하나를 제안받고는 :

"저로서는 정말 큰 행운이에요!" 오프라는 『볼티모어 선』의 루터 영과 가진 인터뷰에서 말했다. "제가 이 배역을 연기한다고 상상해 보세요. 지금 저는 흥분하지 않으려고 노력중이에요. 또 주연배우를 동경하지 않으려고 노력중이에요."

오프라가(캐더린 카미와) 나오는 장면은 넥서스라는 레스토랑에서 촬영되었는데 :

"데이트하는 것도 아니면서 제가 넥서스에 와 있다는 게 믿어지지 않네요.

"저는 늘 화면 뒤쪽에 나오는 엑스트라들은 그냥 입술만 오물거리는 줄 알았거든요. 그런데 그 사람들은 진짜로 제게 날씨 얘기를 하더군요.

"언젠가는 이 일이 정말로 좋아질 겁니다. 저는 쇼 비즈니스 쪽으로 타고났나 봐요."

"제가 『이곳엔 아이들이 없다』를 찍으면서 깨달은 것이 있다면, 저는 배우를 전업으로 할 생각이 없다는 거예요. 물론 한동안은 그랬으면 좋겠다고 말했었죠. 하지만 이 일은 정말 힘들어요. 그리고 무엇보다도, '이 배역은 반드시 내가 해야겠어'라고 할 만한 기회가 그리 자주 있지는 않죠. 저는 『빌러비드』(토니 모리슨 원작)의 주연을 하고 싶지만 우선 그 책을 읽어봐야겠어요. 제가 그 배역에 제격이 아니라면 누군가 다른 사람에게 그 자리가 돌아가겠죠."

1993

오프라는『엔터테인먼트 투나잇』과의 인터뷰에서 :

"사람들이 제게, '그 영화를 봤는데 거기에 나오는 게 당신이라는 생각이 들지 않았어요'라고 말할 때 정말 너무 신이 납니다. 속으로, '하나님, 제가 해냈습니다! 해냈다고요!'라고 외친다니까요."

배우로서의 이력

"가만히 앉아서 누군가 대신 그 일을 해주길 기다릴 수도 있겠죠. 하지만 그런 식으로 해서는 싸구려 대본이나 얻어볼 수 있을 겁니다. 저는 좋은 작품이 눈에 띄면, 어떻게든 건져보려고 애를 씁니다. 여러 작품에 출연할 필요는 없어요. 저는 그저 좋은 작품이 관객들에게 보여지는 데에 관심이 있을 뿐입니다."

오프라는『엔터테인먼트 투나잇』과의 인터뷰에서 성적으로 자유분방한 여성의 역할을 맡아볼 용의가 있다고 밝히면서 :

"저는 줄곧 백발이 듬성듬성하고 다리에 스타킹을 촌스럽게 말아 올린 그런 여자들의 역할만 맡아왔어요. 이제는 폭발 직전의 상태까지 잔뜩 흥분해서 망가져 볼 준비가 되어 있습니다."

영화 쪽으로 더 많은 활동을 하면서도 TV 토크쇼는 계속 병행해 나

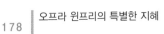

가겠다고 밝히면서 :

"저는 모든 것을 다 해볼 작정입니다. 영화와 TV 드라마, 그리고 토크쇼에서 모두 활동해 보고 싶어요. 아무도 저에게 이렇게 살아라 저렇게 살아라 할 수 없는 이상, 저는 이 모든 일들을 다해 보이겠습니다. 저는 저 자신의 가능성을 신뢰하고, 또 다 해낼 수 있으리라는 예감도 듭니다."

"토크쇼의 진행자 자리에 앉아 있다는 것은 굉장한 일입니다. 왜냐하면 그것은 돈벌이를 위해 영화를 하지 않아도 된다는 뜻이며, 또 저로서는 최고의 작품만을 선택할 수 있다는 뜻이기 때문입니다. 저는 맡은 배역을 연기하며 필름과 스크린 위에 생명을 불어넣을 수 있다는 것에 흥미를 느끼고 있고, 또 그로 인해서 어떤 식으로든 사람들이 그들 자신을 더 잘 이해하고 다른 사람들의 삶을 지켜보는 가운데 작은 기쁨을 얻을 수 있도록 돕고 싶습니다."

앞으로의 영화 출연 계획에 대해 질문을 받고 :

"제게는 시간이 충분치 않다는 것과, 좋은 대본이 충분치 않다는 게 문제입니다. 저는 총질을 하거나 총에 맞는, 강간을 당하거나 미행을 당하거나 매를 맞는 캐릭터는 절대로 하고 싶지 않거든요. 그런데 그러고 나면 남는 게 거의 없어요. 계속 기다려봐야죠."

연기해 보고 싶은 인물을 묻는 질문에 :

"최초의 흑인 여성 백만장자 가운데 하나인 C. J. 워커 역이요. 머리카락을 곧게 펴주는 빗을 발명한 분이죠."
"다이너 워싱턴 역을 해보고 싶습니다 – 너무너무 뛰어난 블루스 가

수이며, 결혼을 여러 번 했는데 남편들을 죄다 성적으로 고갈시킨 여자예요."

컬러 퍼플

"이번 여름에 앨리스 워커의 『컬러 퍼플』을 읽었습니다. 뉴스위크의 서평을 보고는 그날로 사서 읽기 시작했죠. 그런데 아주 달라요. 원작은 소설의 틀 안으로 들어온 일련의 편지들인데요, 정말 너무 잘 읽었어요."

그녀는 『볼티모어 이브닝 선』의 루 세드론과의 인터뷰에서 :
"결혼을 할 때 한번 읽어보세요. 아이가 생기면 또 한번 읽으세요. 혹시라도 이혼을 하게 되면 또 한번 읽어보세요. 이 책은 이제껏 제가 읽어본 책들 가운데 최고라는 생각이 듭니다."

그녀는 책을 읽으며 속으로 이렇게 말했다고 한다 :
"오, 세상에! 나 혼자가 아니구나 했죠. 어린 시절에 성적 학대를 경험했던 저는, 처음 책장을 넘기면서부터 책을 놓을 수가 없었습니다. 저는 제 나름의 '사랑하는 하나님께' 편지를 (샐리가 그렇게 하듯) 써보면서, 여기 나오는 모든 이들의 심정에 공명할 수 있었습니다. 그것이 이 책의 매력입니다."

1984년 스티븐 스필버그는 오프라를 『컬러 퍼플』에 캐스팅했다. 그녀는 그 작품이 영화화된다는 소식을 처음 들었을 때부터 줄곧 :
"밤마다 기도를 했죠. '사랑하는 하나님, 제게 그 영화로 향하는 길

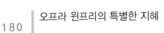

을 보여주세요. 무엇이든 하겠습니다. 조명 기구를 날라도 좋고 비오는 장면에서 살수차의 물을 뿌리는 일을 해도 좋습니다."

그녀는『뉴욕 타임즈』의 낸 로버슨에게 말하기를 :

"이 놀라운 책을 읽자마자 저는 곧바로 앨리스 워커에게 편지를 썼습니다. 저의 이력과 책을 읽은 느낌 등을 적어 넣으면서, 만일 이 책이 영화화된다면 오디션을 받기 위해 세상 어디라도 달려가겠다고 했습니다."

퀸시 존스가 우연히 시카고에 들렀다가 오프라가 진행하는 토크쇼를 TV에서 본 것은 뜻밖의 행운이었다. 그는 TV를 보면서 오프라가 소피아 역의 적임자라고 생각했다 :

"루빈 캐논이 영화에 관한 일로 전화했었다는 메모가 남겨져 있었어요. 그 순간 저는 직감했습니다. 그게 컬러 퍼플이라는 것을."

제프리 제이콥스가 오프라에게 개런티로 더 많은 액수를 요구해야 한다고 했을 때 :

"저는 돈을 좋아합니다. 하지만 꼭 그래야만 한다면 저는 이 일(토크쇼)을 동전 한 닢 받지 않고도 할 수 있어요. 제프리는 저 대신 출연료 협상을 진행하면서 저를 줄곧 들볶아댔죠. 저는 그랬어요, '난 이 일을 동전 한 닢 받지 않고도 할 수 있어요. 그러니 제발, 제발 돈 얘기는 그만 해요.' 그랬더니 그가 하는 말이, '이봐요, 이건 거저 해주는 일이 아니에요.'"

오프라는『드라마-로그』의 개리 발라드와의 인터뷰에서 :

"제 삶 가운데 가장 짜릿했던 순간은 스티븐(스필버그)이 월러드와 저에게 배역이 맡겨졌다고 말해 주었을 때예요. 오스카 상 후보에 올랐을 때도 그때만큼 짜릿하지는 않았습니다. 아마 제가 태어난 날이 더 짜릿했을지 모르지만 그날 기억은 잘 나지 않거든요.

"컬러 퍼플에 캐스팅되었는데 아무에게도 미리 말하지 말라고? 저는 그때 마침 시카고에서 천 명 정도 되는 청중을 앞에 두고 강연을 하기로 되어 있었어요. 저는, '이 얘기는 하면 안 되는 건데…… 제가 지금부터 하는 얘기 아무한테도 하지 마세요'라고 하고 싶었어요. 저는 그런 얘기는 혼자 담아두지를 못하거든요."

『늦은밤 데이빗 레터맨과 함께(Late Night With David Letterman)』에 출연해서 스티븐 스필버그와의 첫 대면에 대해 이야기하기를 :

"방으로 걸어 들어갔는데 거기에 스티븐 스필버그가 있는 거예요. 잔뜩 움츠려드는 기분이 들었죠. 속으로 제일 먼저 든 생각은, '세상에, 저 사람 생각했던 것보다 키가 작네'였습니다. 다음으로는, '세상에, 저 사람이 내 이름을 부르다니!'였죠. 그리고는 그 방에서의 모든 기억을 담아두고 싶어졌습니다. 최소한 친구들에게 이야기해 줄 수 있도록, 그리고 그 순간을 결코 잊지 않게 말입니다."

그녀는 당시 다이어트 중이었으나 소피아 역을 하기 위해 다이어트를 중단했다 :

"저더러, '절대 살을 빼시면 안돼요. 지금까지는 뭘 빼셨든 지금부터는 나가서 뺀 것 도로 찾아두세요'라고 말하더군요."

오프라는 『볼티모어 선』의 스테판 헌터에게 :

"만일 제가 컬러 퍼플에 욕심이 난 나머지 스티븐 스필버그와 퀸시 존스에게 먼저 전화를 걸어서, '저는 그 역을 소화해 낼 자신이 있어 요. 저에게 기회를 주세요'라고 했다면 만사가 그걸로 끝이었겠죠."

"저는 머리 속으로 파니 루 해이머(1960년대 미시시피 지역의 흑인 민 권운동 지도자)를 그리고 있었습니다. 그녀의 감옥 생활과 그녀에게 가 해진 온갖 야수적 탄압을 떠올렸죠. 저는 저의 뿌리를 알고 있으며, 그 때문에 소피아 역을 맡게 된 것을 큰 영광으로 생각합니다. 소피아는 오랫동안 저의 뇌리 속에 있던 수많은 여성들의 일부분이었어요. 고등 학교 시절 웅변대회가 있으면, 다른 학생들이 모두들 바람의 유산에서 원고를 따올 때, 저는 남북전쟁 당시 어느 흑인 여성 노예의 삶을 옮겨 놓은 마가렛 워커의 주빌리나, 소우주너 트루스의 '나는 여자가 아니 던가?'라는 연설문에서 원고를 준비했죠."

"제 평생 처음으로, '최선을 다했는데도 잘 안되면 어쩌지?'라는 생 각을 해봤어요."

"촬영 첫날의 첫번째 씬은 제가 나오는 장면이었습니다. 저는 속으 로, '다른 사람들 하는 걸 하루나 이틀만 볼 수 있어도 좋을 텐데'라고 했죠. 정말 얼떨떨했어요."

영화 『어느 군인의 이야기(A Soldier's Story)』로 오스카상 후보에 오른 아돌프 시저가 '미스터'의 아버지 역을 맡았다 :

"그는 저 자신을 영화 속의 캐릭터에게 내어주고 그 캐릭터로 하여금 모든 일을 하도록 내버려두라고 말해 주었습니다. 캐릭터가 스크린 저 안쪽에서 생명을 가지고 있는 것처럼 여기라고 했죠."

스티븐 스필버그에 대해 :

"그는 모든 캐릭터들의 감정에 민감했어요. 마치 자신의 캐릭터가 5년 전 어느 아침에 무엇을 먹었는지 알고 있을 것 같았습니다. 그는 각각의 캐릭터들이 눈동자를 어떻게 움직이며 매순간 어떤 느낌을 가지고 있는지, 그리고 다음 순간 어떻게 반응할 것인지를 모두 알고 있는 듯했습니다."

"소피아가 처음 등장하는 장면에서, 그녀는 자신의 남편이 될 하포를 몇 발자국 앞서 걸으며 그의 아버지가 사는 집을 향합니다. 스티븐이 저에게 요구한 걸음걸이는 힘있고 자신에 찬 것이었어요. 제가 몇 발자국을 떼자, 스티븐은, '자 이제 돌아서서 하포를 향해 크게 미소짓습니다!'라고 했죠. 네, 바로 그 미소야말로 거리에서 흔히 볼 수 있는 그저 명랑하고 쾌활한 여자와, 진정한 자신감과 남자들에 대한 당당함을 지니고 있는 여자를 구분 짓는 것이라 생각합니다. 그 미소로부터 세상의 모든 것들이 구별되는 겁니다."

그녀는 데이빗 레터맨에게 말하기를 :

"우는 장면의 촬영이 있는 날이면 이른 아침부터 울기 시작했어요. 그래야 촬영에 들어갈 때 감정에 몰입해 있을 수 있으니까요. 그러다 보면 촬영이 끝난 뒤에도 계속 울기 일쑤죠. 정말이지 온종일 울었다니까요."

『컬러 퍼플』의 촬영이 진행되는 동안 내내 그녀는 스필버그 감독이 그녀에게 쌀쌀맞게 군다고 느꼈다 :

"저는, '저 사람은 날 싫어하는 거야. 이러다가 촬영 도중에 배역이 바뀔지도 모르지'하고 생각했습니다."

실은 그것이 스필버그 감독의 연출 테크닉이었다. 시사회장에서 그는 오프라에게, '당신이 너무 긴장해 있다는 걸 알고 있었지만, 오히려 그것이 당신의 연기에 도움이 되리라 생각했습니다. 그래서 일부러 당신에게 말 한 마디 제대로 건네지 않았죠' 라고 말했다.

"소품을 나르는 사람으로부터 감독, 그리고 대배우(우피 골드버그)에 이르기까지, 촬영장에 있는 모든 사람들이 제게 긍정적인 힘으로 작용했습니다."

스필버그에 대한 호기심으로, 데이빗 레터맨이 짖궂게 질문하기를, 그 친구와 무슨 문제는 없었습니까?
"전혀요.
"술집 장면 촬영에 들어갈 때였어요. 스티븐이 제게 오더니 그 장면에서 울 수 있겠느냐고 묻는 거예요. 스티븐 스필버그가 울어달라고 요구하는데 배우는 당연히 눈물을 양동이로 퍼낼 정도로 울어야 되는 거죠.
"그는 왼쪽 눈에서 눈물을 흘리며 카메라를 향해 오른쪽으로 돌 때 거기서 눈물이 뚝 떨어지기를 원했어요. 그런데 전 그렇게 하질 못했어요. 눈물이 안 나오면 어쩌나 슬슬 걱정이 되더니 카메라 앞에 서자 아예 눈물이 짜내도 나오지 않는 겁니다. 저는 속눈썹을 쥐어뜯으면서 그걸로 제 콘택트 렌즈를 찔러댔죠. 그런데도 눈물이 안 나오더군요."

오프라는 그녀가 겪어온 온갖 힘겹고 험한 일들을 다 떠올려도 눈물이 나오지 않았다고 했다.

"아무리 애써 봐도 눈물이 안 나오는데, 정말 그 자리에서 죽어 버리고 싶은 심정이었어요. 스티븐은 괜찮다면서 그 장면을 다시 찍기로 했죠. (하지만 두 번째 촬영에서도 오프라는 여전히 눈물을 흘리지 못했다.) 저는 속으로, '스필버그의 영화에서 눈물을 흘리지 못한 여배우로 내 이름은 영화사에 길이 남을 거야'라고 생각했습니다. 그는 화가 난 것 같지는 않지만 그 장면을 다른 날 다시 찍자고 말했어요. 저는 촬영장을 빠져 나와서 스필버그 앞에서 제대로 울어내지 못했다는 생각에 온종일을 엉엉 울었습니다."

오프라가 나오는 가장 중요한 장면은 영화의 결말부에 있다. 감옥에서 나온 소피아가 가족들과 함께 하는 저녁 식사 장면인데 :
"카메라의 앵글에 마지막으로 잡히기까지 저는 마주 앉은 이들을 하나하나 둘러보죠. 저는 그때 소피아가 감옥에서 보낸 시간들과, 셀마에서 행진을 벌인 수천의 남자와 여자들 그리고 그들의 투옥 생활이 어떠했을까를 찬찬히 생각해 보았습니다. 마침내 입을 여는 소피아의 모습은 우리 모두와 저의 승리를 보여주었습니다.
"소피아라는 인물은 흑인 여성 모두의 핏줄에 흐르는 유산이며, 제가 오늘에 이르도록 건너온 다리의 표상입니다. 그녀는 저에게, 소우주너 트루스와 해리엇 텁맨, 파니 루 헤이머 그리고 저의 할머니와 이모들과, 이름없이 살다간, 그러나 우리 역사에 중요한 일부분을 담당

했던 모든 흑인 여성들이 응집된 존재로 다가옵니다."

"그것은 제게 눈부시게 새로운 지평이었습니다……. 그때가 바로 제가 배우로 태어난 날입니다."

오프라는 『볼티모어 이브닝 선』의 루 세드론에게 말하기를 :
"스필버그는 원작에 나오는 모든 사건을 다 다룰 수는 없다면서, 만일 그렇게 했다간 영화가 너무 무거워질 거라 말했어요. 하지만 그 작품은 알고 보면 한 편의 즐겁고 벅찬 풍경화입니다. 그 책의 정수와 정신이 바로 거기에 있고 또 그것이 가장 중요한 것이기도 해요."

"저는 그 영화의 캐릭터들에 크나큰 일체감을 느꼈습니다. 저도 결손 가정에서 자랐으며, 인생의 너무나 많은 순간을 샐리와 소피아로 살았으니까요. 그 모든 여성들은 이미 제가 알고 있던 사람들이었습니다."

"저는 커다란 열정을 가지고 사는 사람이죠. 그 열정이 카메라를 만난 겁니다."

오프라는 워싱턴 D.C.에서 열린 특별 시사회장에서 그 영화에 대한 부정적 비평에 반박하며 :
"이것은 '흑인 영화'가 아닙니다. 이 영화는 인내와 생존, 믿음 그리고 궁극적인 승리를 다루고 있습니다. 당신이 무엇을 원하든 그것은 이미 당신 안에 있는 것입니다.
"그것이 바로 우리가 논의해야 할 바입니다. 이 영화가 어떤 논쟁거리를 제공한다고 할 때, 저는 흑인 남성들에게 이 영화가 어떻게 받아들여질까에 관해선 더 이상 듣고 싶지 않습니다. 우리는 이제 아내에 대한 학대와, 여성에 대한 폭력 그리고 가정에서의 아동에 대한 성적 학대에 대해 이야기해야 합니다.

"그 책이 제게 준 선물, 그리고 이 영화가 성적으로 학대받는 다른 여성들에게 준 것이 있다면, 그것은 바로 혼자가 아니라는 깨달음입니다.

"백인들이 나오는 연극이나 영화는 언제나 있어 왔지만 사람들은 그것들이 백인의 역사와 문화를 표현해야 한다고 기대하지는 않죠. 우리 역시 흑인의 역사를 그려내자는 것이 아닙니다. 이것은 한 여성의 이야기이며, 그게 전부입니다.

"저는 컬러 퍼플에 대한 사람들의 반응을 보면서 적잖이 놀랐습니다. 사람들은 어떤 예술 작품에서 자신이 보고자 하는 것만 본다는 생각이 들어요. 여러분이 어떤 사물이나 현상에서 기쁨과 아름다움을 본다면, 그것은 그것들이 이미 여러분의 일부이기 때문입니다. 만일 여러분이 무언가로부터 부정성과 분노와 두려움을 보게 된다면, 그것은 그것들이 이미 여러분의 일부로 존재하고 있기 때문입니다.

"저는 사람들에게, 이 영화는 남성들에게 우호적이지도 적대적이지도 않다고 얘기합니다. 오히려 남성들이 이 영화가 자신들에 관한 것이라 생각하는 것이야말로 남성중심적이며 독선적인 것이라 생각합니다. 컬러 퍼플은 여성의 문제를 다룬 소설이니까요.

"소피아는 우리 내면에 위대한 의지와 힘이 있음을, 그리고 우리는 어떤 문제든 극복해 낼 수 있음을 가르쳐 줍니다. 낙담할 수는 있어요. 심지어는 산산이 깨어질 수도 있습니다. 하지만 고치고 되살리는 방법도 반드시 그 자리에 있습니다."

오프라 윈프리의 특별한 지혜

『컬러 퍼플』을 촬영했던 시기를 가리켜, 후일 오프라는 :

"제 인생에서 단 한 번 완전한 조화를 경험한 때였습니다."

오프라는 코린 F. 해밋에게 :

"촬영이 다 끝났을 때, 저는 무척이나 의기소침해졌습니다. 촬영이 진행되던 때가 저에게는 태어나 경험해 본 최고의 시간이었으며, 그러한 느낌은 두 번 다시 가져보지 못할 것 같았기 때문입니다."

"영혼으로까지 힘을 쏟은 작업이었습니다. 그 영화를 하면서 저는 사람들을 사랑하는 법을 배웠습니다."

오프라가 소피아 역을 맡은 것에 대해 시큰둥한 반응을 보이는 사람들이 있었는데 :

"처음에는 저도 아주 순한 사람이었죠. 지금은 그들을 두들겨 패 줄 준비가 되어 있습니다."

"작업을 같이한 모든 이들이 기쁘게 어울릴 수 있는 사람들이었습니다. 우리는 한 가족이었어요."

네이티브 선

그녀가 1986년에 출연한 영화 『네이티브 선』은 엇갈린 반응을 얻었다.

"그 어떤 작품도 제겐 컬러 퍼플만 못해요."

그녀는 나이트라이프에 나와서 데이빗 브레너에게 :

"우리가 아직 검둥이라 불릴 때 이 책은 우리에게 필독도서였습니다. 이를테면 흑인의 책이라 할 수 있었죠. 주인공이 범죄를 저지르자 그의 어머니는 어떻게든 아들을 살리기 위해 백방으로 뛰어다닙니다. 이 책의 주제는, 우리 각자가 자기 자신뿐만 아니라 사회 구성원 전체에 대해 책임을 지려 하지 않는다면, 우리는 살인자들과 사회에 대한 위험인자들을 우리 손으로 길러 내는 것이나 마찬가지라는 것입니다."

원프리는 『네이티브 선』에서 그녀의 어머니의 모습을 떠올리며 배역을 소화했는데, 그녀는 특히 영화의 몇몇 대사에 자신의 어머니의 연약함이 그대로 담겨져 있다면서 :

"내가 아는 방법은 다 써보았다……. 만일 해보지 못한 게 있다면 그건 내가 몰라서 그랬을 뿐이다."

"괜찮았어요. 제가 맡은 캐릭터는 지칠 대로 지쳐서 삶이 버겁기만 한 그런 여자였는데, 어린 시절 그런 모습을 목도하며 자란 저로서는 억지로 짜내는 연기를 할 필요가 없었어요. 힘은 들었죠. 그 배역에 깊이 빠져들었지만, 결국 해냈다는 것이 무척 기쁠 따름입니다."

그녀는 리지스 필번에게 말하기를 :

"정말 비중이 작은 배역이에요. 혹시라도 제가 나오는 걸 보실 생각이라면, 극장 주차장에 차를 대지 마세요."

개봉 몇 주 후, 부진한 흥행 성적과 함께 『네이티브 선』의 간판은 조

오프라 윈프리의 특별한 지혜

용히 극장에서 내려졌다.

양조장 여자들

1982년, 내셔널 북 어워드의 소설 부문을 수상한 글로리아 네일러의 『양조장 여자들(The Women of Brewster Place)』에 대하여 :

"그 책은, 인간의 존엄성을 앗아가려는 세상에서 그것을 지켜내려 애쓰는 일의 위대함을 이야기하고 있습니다."

"저는 책을 많이 읽는 편이고, 또 앞으로도 흑인 작가의 책은 가능한 한 많이 읽으려 합니다. 저는 양조장 여자들을, 컬러 퍼플의 촬영이 진행되는 동안 읽었는데, 그때 이미 이 책이 영화화되면 꼭 출연하고 싶다고 생각했습니다."

"놀라운 작품이에요. 모든 여성들과, 생존을 향한 그들의 용기가 담겨져 있어요."

양조장 여자들의 배급은 방송사들의 외면으로 큰 어려움을 겪었다. 오프라는 그때를 떠올리며 :

"제작자들은 그 작품이 너무 여성의 입장에 편향되어 있다고 생각했죠. 저는 여기저기에 전화를 걸어서, '들어보세요. 현명하신 분이니까 제가 드리는 말씀을 잘 이해하실 거예요. 지금 이 작품을 거절하시는 이유는 단 하나, 읽어보시지 않았기 때문이에요. 일단 읽어보세요. 그러면 생각이 달라지실 겁니다. 제가 화요일에 전화 드릴게요. 그때까지 읽으신 분이 이 작품을 가져가시는 걸로 알겠습니다'라고 말했죠. 현명하신 딸 한 분이 읽었고 결국 설득됐죠."

"저는 앞뒤 안 가리고 전화를 걸어서 말했습니다. '읽고 계세요? 지금 몇 페이지 읽으시는데요?'"

양조장 여자들을 둘러싼 논란에 대하여 :
"저는 피부색의 문제를 기초로 한 작품이라는 이유로 표현에 제한을 받는 일이 있어서는 안된다고 믿습니다. 또 작품을 통해 진실을 말하는 한에는 누구도 그것을 두고 왈가왈부할 권리가 없다고 생각합니다." 그녀는 제작사가 "작품에서 비쳐지는 흑인 남성들의 이미지에 대해 신경을 많이 썼으며 이야기 구조가 왜 그런 식으로 흐르게 되었는지를 설명하는데 상당한 노력을" 기울였다고 말했다.

"다른 사람의 통제에 스스로를 내어준다는 것은 당치 않은 일이라고 생각합니다. 저의 경우라도 역시 모욕적이라 느낄 겁니다. 저는 누구보다도 흑인으로서의 저의 정체성을 강하게 의식하고 있고, 흑인으로서 뿐만 아니라 한 인간으로서도 저에겐 좋은 작품을 해야 할 책임이 있습니다. 저도 흑인 남성들이 어떻게 보여지는가에 대해서는 다른 사람들 만큼 고민을 합니다. 하지만 세상에는 가족을 학대하는 흑인 남성들이 분명히 있습니다. 그런 행동을 하는 백인 남성들도 있고, 다른 유색인종 남성들의 경우에도 마찬가지입니다. 그것은 실재하는 삶의 단면이며, 저는 그런 문제를 매일 접하고 있습니다. 그러므로 저는 이 문제에 대해 다른 사람들의 생각이나 그들이 제게 요구하는 바에 의해 통제받기를 단호히 거부합니다."

"어떤 이들은 컬러 퍼플에서의 제 연기가 그저 요행이었다고 말했죠. 저도 스스로 의심을 했고요. 그러나 저는 결국 저 자신이 진정 배우라는 사실을 깨달았습니다. 미국에서 흑인으로 살아온 사람이라면 누구라도 그러한 여성들을 알고 있을 겁니다. 그들은 바로 자신의 이모요 어머니며, 조카딸이고 사촌 여동생이니까요."

양조장 여자들의 최종 편집 필름을 보면서, 그녀는 전율에 가까운 감동을 받았고 :

"그 작품에 참여했다는 사실이 너무너무 자랑스러웠습니다. 그건 굉장한 경험이었습니다. 배역은 크지 않았지만 저는 참으로 그 일을 즐겼습니다. 함께 영화를 찍은 사람들이 좋았고, 또 그들과 함께 한 작업도 정말 멋진 일이었습니다. 그들 모두가 멋진 사람들이었습니다."

1989년 3월에 방송된 양조장 여자들은 그 해 최고의 시청률을 기록한 미니시리즈들 가운데 하나였으나, 흑인 남성들에 대한 묘사를 두고 잡음이 끊이지 않았다. 오프라는 그 문제에 대해 :

"그 책에서 그려지는 남성들의 모습은 사실과 다르지 않아요. 지나친 편향이 아니라면 그것은 사실 그대로이며, 제게는 그 점이 중요합니다."

양조장 여자들에서 함께 연기한 모든 여배우들이 그녀의 친구가 되었다 :

"우리 작품의 완성도가 높을 수 있었던 이유가 바로 그겁니다. 우리는 촬영이 진행되면서 하나로 결속되었어요. 흔히 여성들은 서로 헐뜯기 좋아하는 모습으로만 그려져 왔지만, 여기서 그런 사람은 없습니다. 오히려…… 여성이기에 가능한 어떤 위대한 가치가 있죠."

오프라는 필름에 찍히는 자신의 모습에 크게 관심을 가지고 있지 않다가 :

"정말이지 제가 그렇게 뚱뚱한 줄은 몰랐어요. 불과 몇 달 전에 찍은 걸 보았는데, 세상에 그게 저라니 믿을 수가 없었죠. 지금 믿어지는 건 솜을 잔뜩 쑤셔 넣은 펑퍼짐한 보따리예요."

"이번이 제가 연기한 걸로 겨우 네 번째인데요, 아마도 저는 타고났나 봅니다. 물론 테크닉은 많이 부족해요. 저는 철저하게 순간순간을 살죠. 거의 제 자신이 그 캐릭터로 옮겨간 듯 느껴져요. 그런데 일단 찍고 나면 되돌릴 수가 없는 겁니다. 하루를 마치고 그날 촬영한 것을 가만히 떠올려 보면 채찍질을 당하는 상황이 감정으로 그대로 느껴져요. 만일 그 고통을 정말로 느끼지 못한다면, 그건 그날 연기를 제대로 못했다는 뜻이죠. 물론 같은 장면을 열두 번 찍고 나면 아무 느낌이 안 들지만요."

1990

"시간이 흘러도 이 영화는 기억될 겁니다."

"양조장 여자들은 제가 이제껏 해온 그 어떤 일보다도 중요합니다. 저는 그 일을 제 분야에서 쌓아온 모든 걸 걸고 했죠. 그 일을 배우로서 했을 뿐만 아니라, 방송사에 대고는, '시청자들 반응에 대해서라면 제가 확실히 보증하죠'라고 말했거든요."

오프라 윈프리의 특별한 지혜

"매티 역을 연기한다는 것은 오프라 윈프리가 다뤄야 할 온갖 일들로부터의 휴가와도 같았습니다. 매티는 인콰이어러에 실리는 일이 없죠. 매티의 서랍엔 서명해야 할 수표가 2백 장 들어있거나 하지도 않아요. 그녀는 스튜디오를 운영하지도 않고요. 유명세를 치를 일도 없습니다."

"어느 누구도 글로리아 네일러의 책에서 나오는 남성들 - 모든 인종의 - 이 실제로 존재한다는 점을 부인할 수는 없어요. 하지만 그건 한 편의 이야기일 뿐입니다. 세상엔 들여다볼 다른 이야기들도 아주 많죠."

그녀는 자신이 맡는 배역의 연기를 어떻게 준비하는지 설명하면서 :
"맡게 된 캐릭터들을 위한 저의 준비는 그들 삶의 작은 역사책을 만들어 보는 것입니다. 그것은 저로부터 그 캐릭터로의 옮아감과도 같은 것이죠. 캐릭터가 그것을 넘겨받도록 하는 것입니다."

"많은 사람들이 흑인들과 직접적으로 접촉할 기회를 가지고 있지 않습니다. 그들에게 흑인의 유일한 이미지는 TV에서 그려지는 것들입니다……. 사람들이 아는 것 이면에는 실재하는 현실이 있죠. 그 현실 속에서 흑인들은 공동체 생활을 영위하고, 생업에 종사하며, 자식들을 보살피고, 세금을 납부합니다. 다만 자신의 프로덕션이 있어서 좋은 점은 그것들을 보여줄 수 있다는 것이죠."

그녀는 올이 나간 스타킹을 신은 채 촬영에 들어가면서 :
"오늘 아침 실직자 지원 사무소 장면에서 올이 나갔는데 그냥 그대로 신기로 했습니다. 매티라면 그런 스타킹을 계속 신고 있을 것 같았거든요. 그리고 치마 안에는 솜을 넣은 반바지를 입죠. 그러면 정말 매티가 된 기분이 들어요."

그녀는 그 TV 시리즈를 하는 동안 몸무게가 11킬로그램이나 늘었다. 체중과의 싸움에 대하여 :
"누구도 그 싸움이 어떤 것인지 이해할 수 없을 거예요. 머리 속에는 어쩐지 매티는 비대해야만 할 것 같은 생각이 들었어요. 체중은 그녀에게 보호막 같은 것이죠. 저는 그 보호막을 제거하고 그녀가 편안하게 살아가기란 힘들 거라 생각했습니다."

"낙관하고 있지만, 혹시 잘 안되는 경우라도 절대로 후회하지는 않을 겁니다. 어떤 경우라도 제겐 여전히 오프라 윈프리 쇼가 가장 소중한 보물이며, 뿌리이고 기초로 남아 있을 것이고, 또 그 프로가 없었더라면 그 밖의 어떤 것도 있을 수 없었을 테니까요. 여하튼 13회를 전부 마칠 즈음이 되면 저는 모든 것을 바쳐 최선을 다했노라 말할 수 있을 거예요. 그건 사실이 될 겁니다."

양조장 여자들은 4회까지 나간 뒤 방송이 취소되었다 :
"때가 아니라는 내면의 목소리가 들렸지만 저는 귀 막고 애써 듣지 않았습니다. 그 소리를 듣지 않았던 것은 제 실수예요. 그 목소리 — 하나님의 음성이라 할 수 있는 — 는 크게, 분명하게 들렸지만 저는 거기에 마음을 두지 않았습니다."

"때가 아니었던 거죠. 그런데도 저는 '좀더 기다리자'라고 하는 직관의 소리를 들으려 하지 않았습니다. 기다렸어야 하는 건데 욕심이 너무 앞섰어요."

스케어드 사일런트

아놀드 샤피로는 1979년, 출소한 전과자들을 출연시켜 수감 생활의 끔찍함을 10대들에게 들려주는 특집 프로그램을 제작한 바가 있다. 그 프로그램의 제목은 『스케어드 스트레이트(Scared Straight)』였다. 1992년, 그는 아동 학대를 다룬 또 다른 특집 기획물, 『스케어드 사일런트(Scared Silent)』를 만들었다. 그리고 오프라에게 그 프로그램의 나레이터와 진행을 맡아줄 것을 부탁했다. 그녀는 그 다큐멘터리의 도입부에서 :

"오프라 윈프리입니다. 다른 수많은 미국인들처럼 저 역시 아동 학대로부터의 생존자입니다. 19살 먹은 사촌오빠로부터 강간을 당했을 때 저는 9살이었고, 그는 저를 성적으로 유린한 세 명의 친척들 가운데 첫번째 사람이었습니다."

"학대를 경험한 사람은 누구나 자신의 아동기를 잃어버리게 됩니다. 저의 마음은 지금 가정에서 학대를 겪으며 누구 하나 의지할 데 없는 아이들을 향하고 있습니다."

그녀는 1992년 9월 4일, 『디스 모닝(This Morning(CBS))』에 출연해서 :

"저는 이것이 위대한 전진이라고 생각합니다……. 아놀드 샤피로는 제게 그 특집 프로를 맡아줄 것을 부탁하기 전에 이미, CBS와 - 정말

고맙게 생각합니다 - NBC측과 방송을 위한 협의를 했습니다. 그리고 PBS와 저는 ABC - ABC의 총수 - 를 찾아가서 동참해 줄 것을 부탁했습니다. 처음엔 ABC측이 다른 방송사들과 동시에 그 프로를 내보내지 않는다는 사실에 무척 속이 상했습니다. 그런데 오늘밤 그 프로를 놓치는 분들 - 놓치지 않으시기를 바랍니다만 - 은 일요일에 ABC를 통해 다시 보실 기회가 있다는 걸 알게 되고는 오히려 잘됐다는 생각을 하게 되었습니다.

"저는 참으로 이것이 TV의 힘이라고 생각하며, 그것은 제가 자랑스러워하는 것들 중의 하나이기도 합니다. 아놀드 샤피로가 제게 편지를 보내 함께 일하자는 제안을 했을 때 저는 편지를 다 읽기도 전에 기쁜 마음으로 승낙했습니다. 그것은 나도 참여하고 싶다는 강렬한 내면으로부터의 울림 - 시간이야 얼마나 걸리든 - 이었습니다. 시청자들 역시 이 프로를 통해 크게 영향을 받게 될 거라 생각됩니다. 저는 그것이 TV의 역할이라고 생각합니다."

1992년 9월 4일, 『굿모닝 아메리카』에 출연한 자리에서 :
"행복한 이야기도, 재미있는 오락 프로도 아니고 거의 PBS에서나 볼 수 있는 그런 종류의 프로그램에 대해 이 정도의 관심과 참여가 이루어졌다는 사실은 놀라운 일입니다."

이곳엔 아이들이 없다

1993년 11월 오프라는, 시카고의 영세민 공공주택에 사는 흑인 가정들의 실화를 기초로 만들어진 『이곳엔 아이들이 없다』에서 가족들을 하나로 묶으려 애쓰는 어머니의 역을 맡았다. 촬영은 헨리 호너 공

공주택 단지에서 이루어졌는데, 그곳은 오프라가 매일 출근길에 지나치던 곳이었다 :

"많은 이들에게 감동이 전해졌으면 합니다. 저는 그 주택 단지에 인간의 얼굴을 드리워주고 싶은 마음에 이 작품을 하기로 결정했습니다. 그곳은 가난한 사람들이 모여 사는 황량한 장소가 아닙니다. 그들에게 그곳은 집이며, 그들은 그곳에서 최선을 다해 살아가고 있습니다. 저는 여러분에게 그 사실을 보여드리고 싶습니다."

"넵, 여름 휴가는 거기서 보냈어요."

철야 촬영이 있던 날, 새벽 4시에 잠깐 눈을 붙이러 자신의 이동주택 차량에 오른 오프라는 그곳에 아이들 일곱 명이 곤히 잠들어 있는 모습을 발견했다 :

"소파 위에 세 명의 아이들이 있었는데 머리 위까지 이불을 뒤집어 쓰고 있는 모습이 꼬마 유령들 같았습니다. 바닥 위에 세 명 그리고 의자에 앉은 채로 잠든 아이도 하나 있었습니다. 그래서 전 그냥 차의 계단에 앉아 있었습니다."

호너 단지 근처에 있는 교회의 목사는 윈프리에게 그곳에 '작은 희망을 가져다 준' 것에 대해 고마움을 표했다 :

"그가 그런 말을 했을 때 전 울고 싶었습니다. 그 아이들의 눈을 보면서 그것이 바로 우리가 해낸 일이구나 하고 깨달았기 때문입니다."

"우리가 이 영화를 작업함으로써 아마 한두 사람의 인생에는 영향을 끼치게 될 것입니다. 또 아마 한두 명의 아이들은 그로 인해 더 많은 가능성을 얻게 될 겁니다."

그녀는 출연료로 받은 50만 달러를 헨리 호너 공공주택 단지의 아이들을 위한 장학금으로 내놓았다.

그녀는 자신의 삶이 :
"예전과 같지는 않을 거예요……. 예전에 이곳을 지나칠 때는 거리에 몰려나와 있는 아이들을 보면서 '저기 무슨 일 있나?' 하고 생각했지만, 이제는 거기에 제가 아는 아이들이 끼어 있나 살펴보게 됩니다. 그런 차이가 생겼죠."

그녀는 촬영을 하는 동안 만난 12살짜리 소년 하나를 그녀의 날개 밑에 품었다. 아이의 형과 어머니에게 일자리를 주선해 주고, 그 소년을 사립학교에 등록시켜 주었으며, 소년의 어머니가 상담 치료를 받도록 했다. 그후 그들은 공공주택 단지를 나와 새로운 보금자리를 마련했다 :
"얼마 전 캘빈의 어머니로부터 전화가 왔는데, 저는 수화기를 붙들고 목이 메었습니다. 그분 말씀이, '전 요즘 영화를 찍는 기분이에요. 퇴근해서 집에 돌아오면 아이들이, 오늘 하루 어떠셨어요?라고 묻는데 그 질문에 대답할 말이 생긴 건 지금이 처음이에요'라고 하시는 겁니다."

"여러분은 영세민 공공주택에 사는 사람들도 세상 여느 사람들과 마찬가지로 성취와 풍요에 대한 열망이 있음을 발견하시게 될 겁니다. 제가 얻은 교훈은, 우리는 모두 똑같으며 어떻게 포장되어 있는가는

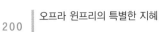

결코 중요하지 않다는 것, 우리의 심장은 다 똑같다는 사실입니다."

오프라는 그 밖에도 예닐곱 명의 아이들을 후원하면서 그 아이들의 애를 태우는 계약을 하나 맺었다 :

"학교 성적표에 전부 A를 맞으면 디즈니랜드에 데려가기로 했어요."

빌러비드

윈프리는, "『빌러비드(Beloved)』는 저의 쉰들러 리스트입니다."라고 말한 적이 있는데, 그녀는 '그 책의 서평을 읽고 그날로 책을 사서 하루만에 다 읽은 다음, 토니(모리슨)에게 전화를 걸어서 영화제작권을 산' 1987년 이래로 줄곧 그 권리를 보유하고 있었다. "저는 퓰리처상 수상자 발표나, 그가 노벨문학상을 받기 이전에 영화제작권을 샀습니다."

"빌러비드에 저는 큰 애정을 품고 있었습니다. 저는 1987년부터 영화화할 권리를 가지고 있으면서 적당한 때와, 각색을 맡아줄 작가가 나타나기만을 기다리고 있었죠."

"제가 이 영화에서 말하고 싶은 것은, '흑인들이 그저 식료품점에서 토마토를 살 수 있게끔 해줄 수 있겠는가?'라는 것입니다. 흑인들이 생각할 수 있고 감정이 있는 사람들임을 보여주고 싶다는 말입니다."

"이것은 저에게 평생의 꿈의 성취입니다."

아카데미상

『컬러 퍼플』은 최우수 여우 조연상 후보에 오프라가 오른 것을 비롯해 오스카상의 11개 부문에 지명되었으나, 단 한 개 부문도 수상하지 못했다.

오프라는 『드라마-로그』의 개리 발라드와의 인터뷰에서 오스카상 후보에 오른 기분이 어떠냐는 질문을 받고 :

"너무 좋아서 말로 형언하기가 힘드네요. 제 기분이 어떤지 저도 모르겠어요. 글쎄요, 다음 작품을 하기가 더 힘들어질 것 같긴 합니다. 그 이상이 되려면 뭘 해야 되겠어요?"

"시상식은 제 인생 최악의 밤이었습니다. 컬러 퍼플이 오스카를 하나도 받지 못했는데 아무렇지 않은 듯 태연하게 앉아 있을 수는 없었습니다. 화가 나고 어이가 없었어요. 게다가 저는 태어나서 입어본 옷들 중 가장 꽉 끼는 드레스를 입고 있었거든요. 차라리 악몽이었습니다. 시상식 바로 전날, 그 드레스를 만든 디자이너가 제가 사는 베벌리 월셔에 왔죠. 드레스를 하나 입어봤는데 괜찮더라고요. 그 디자이너는 무릎 있는 데서 단을 좀 줄이는 게 좋겠다고 하더군요. 다음 날, 그가 그 검정색 드레스를 가지고 왔습니다. 시상식장으로 출발하기 5분 전, 옷을 입으러 내려갔는데 드레스가 머리로도 안 들어가고 다리에서 부터도 안 들어가는 거예요. 저를 바닥에 눕혀 놓고 네 사람이 달려들어 옷을 입히기 시작했죠. 바닥에 절 눕혀 놓고 말입니다! 그리고는 저를 일으켜세웠어요. 그 디자이너가 묻더군요, '벨트는 있으시죠?'

"'아뇨, 벨트 없어요. 벨트 없어요!'

"시상식까지는 누워서 갔어요. 리무진 뒷좌석에 누운 채로 간 겁니다. 어떻게 내렸냐고요? 어떻게? 운전 기사에게 한 블록 못 미친 곳에서 차를 세우라고 하고는 구르다시피 해서 내렸습니다. 믿어지지 않으세요? 저는 그날 밤 내내 그 드레스를 입은 채 숨도 제대로 못 쉬었습니다. 옷 솔기가 터져 버릴까봐 잔뜩 숨을 죽이고 있었죠. 몸을 좀 앞으로 기울였다가는 숨통이 막혀서 실신하고 말았을 거예요.

"그날 밤 이야기가 그렇답니다. 기립 박수가 여섯 번 있었던 것은 말도 하지 마세요. 저는 거의 의자에서 수평 자세로 튕기듯 일어나야 했습니다. 저는 의자에 비스듬히 누운 자세로 시상식이 끝날 때까지 있었습니다. 딱 한순간 자세를 바로잡고 있었는데 후보자 명단이 발표되면서 카메라가 저를 비출 때였어요. 그때가 최악이었습니다."

"저의 가장 친한 친구가 함께 있었는데 계속해서, '이거 얼마 짜리야?'라고 묻더군요. 저는, '엄청나게, 엄청나게 깎았으니까 (원문에 나오는 reduced라는 단어는 값을 깎는 경우와 옷을 줄이는 경우에 모두 쓰인다 – 옮긴이) 이젠 정말 쌀 거야'라고 대답했죠.

"그날 제가 찍힌 사진은 하나도 없어요. 그날 시상식장에 제일 마지막으로 들어간 사람이 저일 테니까요."

"저는 그녀(안젤리카 휴스턴)가 수상하게 된 것에 대해 하나님께 감사드렸습니다. 그 드레스가 너무 꽉 끼어서 저는 무대로 이어지는 일곱 계단을 올라갈 수도 없었을 겁니다. 제가 수상하지 못한 것에 대해서 실패라고 생각하지는 않아요. 제 안에는 그 상을 받고 싶다는 목소리도 있었고, 내면 깊은 데서는 다른 목소리도 있었습니다. 신출내기

배우에 불과한 저로서는 그 상이 너무 크다는 생각이 들었기 때문입니다 - 너무 크고, 너무 이른 거죠. 저는 단계를 밟아가며 성장하는 것을 좋아합니다. 배우로서도 역시 마찬가지고, 또 저는 위대한 배우가되고 싶습니다. 제가 처음 나오자마자 그 상을 거머쥐었다면 이런 동기는 생기지 않았을 겁니다. 그런 까닭에 저는 계속해서 성장해야 할자리와 바라보아야 할 것들이 남아 있는 셈이죠. 저는 아직 연기가 요구하는 만큼의 충분한 값을 치르지 않았어요."

"아마도 하나님께서는 이렇게 말씀하시고 계셨는지도 모릅니다. '오프라, 네가 상을 못 받는 이유는 네 드레스가 너무 꽉 끼어서 무대로 이어지는 계단을 오를 수 없기 때문이니라.'"

오프라는 시상식 사흘 전에 말하기를 :
"정말 조금도 긴장되지 않습니다. 저는 제 능력이 닿지 않는 일 앞에서는 긴장하는 법이 없어요. 게다가 여우 조연상이 제일 먼저 발표되니까 시상식 내내 조마조마할 필요도 없잖아요."

시상식 당일 온종일 그녀와 동행 취재를 하고 싶다고 요청한 기자들에 대해 :
"제가 보라색 드레스를 입지 않는 것과 같은 이유로 모두 거절했습니다. 만일 수상을 못한다면 하루종일 쫓아다니는 카메라 앞에서 정말우스운 꼴이 될 테니까요. 그 와중에 보라색 드레스를 입고 시상식에앉아 있는 걸 상상해 보세요."

"시상식에서 흑인들의 얼굴은 그다지 많이 보이지 않습니다. 그래

서 식장에 들어서면 사람들은 힐끔힐끔 쳐다보며, '라이오닐 리치 왔
나봐. 아냐, 브렌다 리치 아닌데. 그럼 누구야, 저기 드레스가 터질 것
같은 여자?'라고 한 마디씩 하는 겁니다. 제 마음이 그토록 불편했던
것도 그 때문입니다. 저는 속으로, '오, 하나님! 라이오닐 리치가 이런
드레스 차림의 절 보겠군요!'라고 생각했죠. 그 옷은 인류의 여성사에
서 가장 꽉 끼는 드레스였습니다. 정말 끔찍한 밤이었어요."

오프라는 코스모폴리탄과의 인터뷰에서 :
"오스카상 후보에 지명된 것만으로도 정말 굉장한 일이었습니다.
거기에다 시상식 오찬에 참석해서 잭 니콜슨의 옆자리에 앉았던 일은
너무나 짜릿했습니다. 그는 제가 가장 좋아하는 배우거든요. 저는 연
신 혼잣말로 중얼거렸습니다, '오프라, 이 사람이 누군지 좀 봐!'"

그녀는 오스카상 시상식장에 다시 참석하게 되었으나, 이번에는 수
상자를 발표하는 입장이었다. 그녀는 청중들에게 말하기를 :
"수상자 후보로 있을 때보다 여기에 있으니까 마음이 정말 편하네
요. 몇 시간이고 하나님과 거래를 하면서, 살 빼겠습니다, 교회에 열심
히 다니겠습니다, 손톱 물어뜯지 않겠습니다, 쇼핑에 돈 낭비하지 않
겠습니다 등등 온갖 약속을 할 필요 없이 그냥 구경만 하면 되거든
요."

1995년 오스카 시상식에서, 그녀는 지안프랑코 페레 드레스 차림
에, 다이아몬드 목걸이와 귀고리를 하고 있었다 :
"많은 사람들이 저에게 시상식장에 하고 나갈 보석을 빌려주겠다고
난리였습니다. 하지만 그럴 필요 없어요 - 저도 제 것 있어요!"

"혹시 드레스를 차려입고 싶으시면 바로 오늘밤에 그렇게 해보세
요."

8장

다이어트, 체중, 운동

음식

"음식은 안정감과 편안함을 의미했습니다. 사랑을 뜻하기도 했죠. 무엇을 먹느냐 하는 것은 중요하지 않았어요. 그냥 포만감을 느끼는 게 목적이었습니다. 저는 이 모든 깨달음을 얻기까지 무거운 대가를 치러야 했습니다."

"정말 끔찍했습니다. 어떤 때는 식료품점을 통째로 사서 그 안에 있는 걸 죄다 먹고 싶을 때도 있었어요."

1989

"저는 자랑스레 말하곤 했습니다. '난 스트레스라는 걸 몰라. 스트레스가 뭔데? 어떤 기분이 드는 거야?' 제가 스트레스를 받지 않은 이유는 마음 내키는 대로 먹어댔기 때문입니다."

그녀는 1988년의 단식 다이어트를 떠올리며 :
"어느 날 저는 집안에서 할 일 없이 왔다갔다하고 있었고, 스테드먼은 비디오 게임을 하고 있었습니다. 그가 저를 좀 쳐다봐 주었으면 했는데 그는 비디오 게임에 온통 빠져 있는 거예요. 냉장고가 있는 곳으로 달려가 우두커니 서서 생각했죠. '난 먹어야 돼. 먹어야 돼. 먹어야 돼.' 저는 그때 처음으로 음식과 감정의 고리를 서로 연결시켜 보았습니다."

"정말 힘들어요 – 음식이 저에겐 마약이고 전 그걸 내던질 수가 없어요. 제 안에는, '까짓것, 아무럼 어때. 내 하고 싶은 대로 내버려둬. 먹어 버려!'라고 말하는 목소리가 있는가 하면, 또 다른 목소리는 뚱뚱한 모습의 저를, 마음을 독하게 먹었다가도 금세 마구 먹고 있는 모습의 저를 탓하고 있습니다."

1990

"지금 저는 음식에 지배당하지 않는 생활 방식을 모색하고 있습니다. 제가 두 번 다시 다이어트하지 않겠다고 하는 것도 그런 이유에서입니다."

1991

그녀는 제인 폴리에게 한시도 자신의 삶을 떠나지 않는 강박감 – 음식과 체중 – 에 대해 이야기하기를 :

"저는 이제껏 살아온 시간의 대부분을 먹지 않고는 못 배기며 지내왔습니다. 다른 사람들이 술이나 마약 혹은 좋지 않은 관계로 푸는 것을 저는 음식을 통해 푸는 셈입니다. 그래서 엄밀히 말하자면 제 문제는 저의 굵은 허리에서 나온다고도 할 수 있습니다. 저에게는 몸무게가 저 자신을 보호하고, 두려움이나 저의 모든 잠재적인 가능성으로부터 스스로를 숨겨두는 역할을 하는 것입니다."

오프라 윈프리의 특별한 지혜

만일 딱 하루 나쁜 짓을 할 수 있으며 그것에 대해 어떠한 책임도 뒤따르지 않는다면 무엇을 하고 싶습니까? 라는 질문에 :

"칼로리 따위 따지지 않고 조금의 거리낌도 없이 인간 능력의 한계치까지 먹고 싶어요. 기름이 번드르르한 포테이토 칩을 마냥 맛있게 먹고 싶습니다."

오프라는 자신의 토크쇼에서 관계의 문제를 주제로 다룬 경우가 많았으며, 그 중 하나는 여성의 사랑과 음식과의 관계였다 :

"저로서는 무척 개인적이며 고통스러운 주제입니다. 저의 체중 문제는…… 헤아릴 수 없을 만큼 많은 타블로이드 신문에서 기사거리가 되었기 때문입니다. 저에게는 아직도 체중이 고민이 되는 문제입니다. 그렇지 않다고 말하고는 싶지만 사실이에요."

1992

"최악 아닌가요? 매일 아침은 달걀 하나와 희망을 가지고 시작하죠. 하지만 날이 저물 무렵 희망은 사그라지고…… 저는 음식을 너무 좋아해요. 제 허리 치수를 보면 아실 겁니다."

"저는 뚱뚱한 사람들이 건강한 먹거리를 먹는 데도 살이 찐다는 것을 믿지 않습니다. 우리는 우리가 좋아하는 것 - 바비큐한 갈비, 감자튀김, 기타 등등 - 을 먹으니까요.

"확실히 저는 제 감정에 정면으로 맞서기보다는 음식을 통해 그것을 억누르려고만 했습니다. 지금까지도 그런 경향은 쉽게 없어지지 않아요. 먹는 것에 중독되다시피 했던 저는 알콜 중독으로 고통받는 여성들을 이해할 수 있습니다. 저는 정말, 정말로 사람들의 고통을 이해할 수 있습니다."

로지 데일리가 진행하는 『로지와 함께 주방에서(In the Kit-chen with Rosie)』에 나와서 :
"음식에 대한 생각을 바꾸는 것은 바람직한 체중을 향해 나아가는 첫걸음에 불과합니다."

"제가 가장 좋아하는 음식은 닭 가슴살구이입니다. 레몬 주스에 고기를 하룻밤 재웠다가 찬장에 있는 온갖 매운 양념들을 꺼내서 버무리죠. 그 다음에 레몬 주스와 우스터 소스를 발라가면서 불에 굽는 겁니다. 다 구워진 고기는 너무너무 바삭해요. 꼭 튀긴 것 같아요."

"저는 몸에 밴 입맛을 바꿀 수가 없었습니다. 저는 소금으로 뒤덮인 돼지 비계에 야채를 넣고 녹색을 찾아볼 수 없을 때까지 굽는 그런 음식 문화에서 성장했습니다."

1995

"저는 회복중에 있는 음식 중독증 환자예요. 다시는 예전으로 돌아가지 않을 겁니다."

1996

다이어트

다이어트

"제 인생의 삼분의 이는 다이어트 상태에 있었다고 할 수 있어요. 저는 맛이 좋은 음식은 으레 칼로리가 높기 마련이라고 믿었습니다. 만일 어떤 음식이 몸에 좋고 칼로리도 낮다면 맛은 그저 그렇겠거니 했죠. 하지만 이제는 몸에 좋은 음식도 맛이 좋을 수 있다는 사실을 깨달았습니다.

"체중 문제로 십삼년 간 고생을 하면서 얻은 결론은, 스스로를 옭아매는 감정상의 문제가 해결되기 전에는 살을 빼고자 하는 어떤 노력도 소용없다는 것입니다. 우리가 인생에서 앞을 향해 걸음을 내딛지 못하는 이유는, 뒤에서 우리를 붙들어매는 두려움과, 현재의 모습에 체념하고 주저앉으려는 생각들 때문입니다."

"전 우리 모두가 어떤 목적을 가지고 태어났다고 믿습니다. 제가 스스로의 가장 깊고 내밀한 두려움을 직시하기까지는 십오년이라는 시간이 걸렸습니다. 저의 가장 큰 두려움은 무엇에든 직접 맞부딪치지 못한다는 것이었죠. 저는 남들이 저를 싫어할까봐 두려웠습니다. 또 '아니'라고 말하는 것을 두려워하기도 했습니다. 저는 제 삶을 다른 이들에 맞추어 살려고 했죠. 따지고 보면 그것은 몸으로 표출된 정신적인 문제였습니다. 저는 스스로에게 어떠한 감정도 있는 그대로 느끼도록 허락하지를 않았습니다. 음식으로 그것을 덮어 버렸으니까요."

"음식은 적당히, 다이어트는 조용히, 운동은 규칙적으로."

"저의 가장 큰 실수는 체중 문제를 체중 그 자체로만 생각했다는 것입니다. 다이어트는 체중과 관련된 문제가 아닙니다. 그것은 우리의 삶에서 제대로 풀지 못하고 있는 다른 모든 것들과 결부된 문제입니다."

"저는 살이 빠졌다가 다시 찌고 빠졌다가 다시 찌기를 수도 없이 반복한 사람들 중의 하나입니다. 다이어트를 최초로 시도했을 때를 기준으로 하면 저는 현재 35킬로그램이 찐 셈입니다. 아침에 일어나면 가끔 거울 앞에 가서 서죠. 그리고는 제가 총기를 소지하고 있지 않은 이유는 총이 있었더라면 벌써 오래 전에 제 허벅지를 쏴 버렸을 것이기 때문이란 생각을 합니다."

"우리 모두가 기적의 약 같은 것을 찾고 있는 게 아닌가 하는 생각이 들 때가 있어요. 사람들은 흔히, '달에 사람을 보내는 세상인데 뭔가 좋은 게 나오지 않겠어?'라고 하잖아요. 저 역시 지금도 기적 같은 해결책을 찾고 있습니다. 그 많은 다이어트 책이 쏟아져 나오는 이유도 다 그 때문이겠죠. 이 책을 읽으면 이게 방법인 것 같고, 저 책을 읽으면 저게 방법인 것 같아서 우왕좌왕하는 저도 번번이 희생양이 되고 맙니다."

"다이어트를 시작하기 이전에 저는 무척 날씬했어요. 지금 제가 목표로 하고 있는 체중은 다이어트를 처음 시작했을 때로 돌아가는 것입니다. 제가 다이어트를 처음으로 했을 때, 이건 사실인데요, 한 오륙

 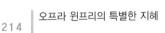

년 전의 일이죠, 저는 10사이즈의 캘빈 클라인 진을 입고 다녔습니다. 그런데 그 정도로 만족할 수가 없었어요. 8사이즈를 입고 싶었거든요. 저는 지금도 그때 입던 바지들을 옷장 속에 넣어두고 있습니다. 간혹 다 내다 버릴까 생각이 들지만 그렇게 하지는 않을 거예요. 그렇게 하는 것은 곧 희망을 내다 버리는 것이고 이젠 다 틀렸다고 포기하는 것이 될 것이니까요."

"저는 다이어트 워크샵, 웨이트 와쳐즈, 다이어트 센터('바나나, 소시지 그리고 달걀 다이어트법'), 베벌리 힐즈 다이어트 – 그땐 파파야와 키위만 먹었어요 – 를 다해 봤어요. 스카스데일 다이어트를 할 때는 오히려 3킬로그램이 쪘죠.

"스스로 얻은 결론은, 살이 찐다는 것은 제가 안정감을 누리는 한 방법이었다는 것입니다. 저는 늘 속으로, '이 일이 잘 안되면 그건 다 내가 뚱뚱하기 때문이야'라고 말하곤 했죠. 그건 저의 버팀목이었습니다. 이제는 알겠어요. 앞으론 제 삶에서 그 문제를 없애 버리고 다른 고민거리를 찾아봐야 할 것 같아요."

로지 데일리

"로지는 제 인생을 바꾸었습니다."

1991년 그녀는 요리사 로지 데일리를 채용해서 '다이어트 파수꾼'의 역할을 맡도록 했다 :

"저는 골동품을 살 때 전문가의 조언을 얻습니다. 프로듀서나 디자이너가 필요할 때는 최고의 실력을 가진 분들을 찾죠. 그런데 체중 문제를 두고는 저 혼자만 싸우고 있었던 겁니다. 저는 도움을 줄 전문가가 필요하다는 사실을 깨달았습니다. 저는 먹는 것을 좋아하긴 하지만 체중이 통제불능 상태가 되기를 바라진 않아요. 저는 그래서 다이어트 관리와 요리를 동시에 맡아줄 사람을 채용하기로 결정했습니다 – 그리고는 로지를 찾아냈죠.

"결코 예전의 식습관으로 돌아가고 싶지 않아요. 하루 24시간, 제가 먹는 것들을 일일이 모니터하고 제게 건강한 음식만을 준비해 주는 사람이 생기면서 저는 드디어 길을 제대로 찾았다는 생각이 듭니다."

"0.5킬로그램을 빼기까지 저의 요리사, 로지와 2년을 지냈어요. 작년에야 비로소 저는 운동의 효과를 믿게 되었습니다."

1994

"이제까지 쪘다가 빠진 살을 모두 합하면 수백 킬로그램은 될 겁니다. 지금은 덜 먹고, 운동도 하면서, 스스로 음식에 집착하는 진짜 이유를 파악할 수 있는 분별력이 생겼습니다……. 폭식을 하는 진짜 이유는 배가 고파서가 아니에요."

1992

체중

"이건 강박관념이에요. 체중이 많이 나가는 여자라면 누구나 얘기하는 것이죠. 저는 늘 대중의 시선이 쏠리는 사람이다 보니까 그 얘기를 더 많이 하는 것처럼 보일 뿐입니다.”

1987년 7월, 오프라는 거의 10킬로그램을 뺀 후 쇼핑을 가서 14사
이즈의 새 옷들을 샀다 :

“이젠 이 몸무게를 유지해야만 해요. 그렇지 않으면 옷장 가득 작아
서 못 입는 값비싼 옷들이 수북하게 쌓이게 될 거예요.”

1988년의 체중 감량 직후에 :

“저는 제게 붙어 있던 군살을 놓아주었어요. 제 날개 위에 쌓인 먼
지 같았거든요.”

1988

“낙으로 삼는 것이죠. 어떤 사람들은 스키를 타러 가기도 하고, 바하
마로 떠나기도 합니다. 그렇게 휴가들을 보내는 거죠. 저는 파스타를
낙으로 삼아요.

“저울 위에 올라갑니다. 그리고 눈금이 올라가는지 내려가는지에 따
라 그날은 좋은 날이 되든지 별로인 날이 되는 겁니다. 숫자에 의해
서 말이죠. 그 숫자가 생활을 지배하는 거예요.

“고통스러운 일입니다. 사람들은 그게 고통스러운 일이라는 것을
이해하지 못해요. 그래서, ‘마음을 왜 독하게 못 먹어요? 의지력만 있
으면 돼요. 저는 사흘 동안 2킬로그램이나 뺐는걸요.’ 그렇게들 말하
죠. 그럴 땐 그냥 두들겨패 주고 싶어요.

“이렇게 먹어대지 않는다면 제 생활이 어떻게 변할까 상상이 안됩니
다. 입안에 무슨 음식이든 집어넣을 때마다, ‘좋아, 나 하고 싶은 대
로 한다 이거야’라고 생각하든지 꺼림칙하든지 둘 중 하나입니다. 단

한번도 그런 생각을 하지 않거나 나중에 후회하지 않는 경우가 없었습니다."

"이렇게 다짐을 하죠. '살을 빼겠어. 월요일까지 20킬로그램을 빼는 거야.' 하지만 그렇게 되지 않으리라는 걸 알거든요. 그 다음은 어떻게 될까요? 다음 날도 어차피 똑같으려니 하면서 또 엄청 먹습니다.

"그 드레스를 입어야지 하면서 살을 빼기로 마음을 먹습니다. 그러다가 어느새 목표한 날짜가 코앞에 와 있는 겁니다 - 이틀 안에 15킬로그램을 빼야 되는 거예요.

"결국은, 먹으면서 주말을 마음이나 편하게 보내자 하고 생각하게 됩니다."

"미국 전역이 제가 다시 살이 찌는 모습을 고대하고 있는 것처럼 느껴져요. 저에겐 그것이 엄청난 스트레스입니다."

1989

"살을 빼는 과정은, 살을 빼고난 뒤 그 몸무게를 계속 유지하는 것에 비하면 소풍 가는 것이나 다름없어요. 전 아직도 전쟁을 계속하고 있는 중입니다."

"그 어떤 것보다도 체중 감량을 위한 이 싸움에서 이기고 싶었습니다. 저는 시청자들과 저의 친구들에게, 이것은 올바른 동기만 가지고 있다면 누구라도 성취할 수 있는 일임을 보여주고 싶습니다."

1989

오프라 윈프리의 특별한 지혜

"저는 살이 빠진 상태가 너무 좋습니다 – 하지만 좋아할 새가 없어요. 너무 빨리 다시 찌거든요.

"제 몸은 어떤 음식에도 반응을 잘합니다. 그래서 정상적인 식생활을 다시 시작하기가 무섭게, 살이 덩어리째로 붙기 시작하죠. 화도 나고 비참한 기분도 들었습니다. 저는 사이즈 10의 청바지에 쑤셔 넣을 수 있을 만큼 홀쭉해졌던 몸매를 그대로 유지하지 못한 저의 몸을 혐오하기 시작했죠. 전보다 더한 스트레스를 받는 겁니다."

1990

"저도 살이 엄청나게 불었음을 알아요. 하지만 솔직히 신경 안 씁니다. 이 상태도 괜찮고 체중이야 어떻든 백살까지 살 생각도 하고 있습니다. 하지만 제가 신경을 쓰는 것이 딱 하나 있습니다. 저는 뚱뚱한 신부를 보면서 하객들이 낄낄대는 일이 벌어지는 것은 원하지 않아요. 저는 그래서 스테드먼에게 현재로서는 결혼이 불가하다는 점을 분명히 해두었습니다. 저는 남자가 기대할 만한 것 – 예컨대 살을 빼는 것 – 을 할 준비가 되어 있지 않아요."

1991

1993년 11월, 그녀는 마침내 자신이 목표한 체중까지 살을 빼는데 성공했다 :

"살을 뺀다는 것은 남는 짐 – 육체적으로나 정신적으로 – 을 버린다는 것에 비유할 수 있습니다. 마라톤 완주는 저에게 무엇이든 할 수 있다는 자신감을 주었습니다. 서른두 살 이후 체중과의 싸움 한가운데서 그것은 저에게 하나의 꿈이었습니다. 그 시절 저는 그렇게 달리는 사람들을 보면서 어떻게 하면 저럴 수 있을까 생각했습니다. 저의 꿈은 불가능해 보이는 것을 해보는 것이었습니다.

"하지만 그것이 어떤 것인지 진작에 알았더라면 전 다른 꿈을 꾸었을 겁니다."

"시카고에 처음 도착해서 2주 만에 몸무게가 8킬로그램이 늘었던 일을 기억합니다. 저는 스스로 스트레스를 잘 다루고 있다고 생각했죠. 토크쇼는 잘 되고 있었고요. 저는 잘 해내고 있었습니다. 모든 사람들이 어쩌면 그렇게 쉽게 성공을 거두었느냐고 감탄을 했습니다. 하지만 수면 아래에서 저는 떨고 있었습니다."

체중 감량을 위한 그녀의 온갖 노력을 파헤치려 드는 언론에 대하여 :

"저 자신이 기사거리를 만들었다는 것은 알아요. 하지만 언제쯤 끝날 건가요?"

1993

오프라는 대중의 관심을 끄는 것을 좋아하지만, 자신의 체중에 이목이 집중되는 것은 끔찍이도 싫어한다 :

"지긋지긋해요. 모두들 그것을 이슈로 만들고 있어요. 저도 그 문제에 대해 책임이 있죠. 하지만 더 이상은 저를 그 문제와 결부시키지 않았으면 해요. 저도 어렵게 성공한 다이어트의 성과를 계속 유지하고야 싶죠. 그렇다고 해서 현재의 모습을 실패라고 생각한다는 건 아닙니다. 저는 삶 속에서 이 문제와 씨름하고 있는 미국인 4천만 명과 동병상련의 느낌을 가지고 있을 뿐입니다."

오프라 윈프리의 특별한 지혜

"어느 여성 방청객 한 분이 제게 그러시더군요, '살 빼려고 애 좀 그만 써요. 저희 같은 사람들이 볼 때는 안 좋아요.' 그분 말씀의 속뜻은, '당신 몸매가 나보다 더 좋아지면, 난 더 이상 당신을 좋아하지 않을 거야'겠죠."

1994

"파티나 회의, 세미나 같은 데에 참석해 보면 사람들의 시선이 말하는 것을 느낄 수가 있어요. '저 여자가 이걸 가지고 있고 저걸 가지고 있을지 모르지만 뚱뚱하잖아. 잘생긴 남자 친구가 있고 이런저런 일들을 하고 그 많은 돈을 벌고 해봐야 그게 다 뭐람, 뚱뚱한걸.'

"저는 그걸 이해합니다. 너무나 인간적인 모습이죠. 다른 사람에게서 부정적인 면을 찾아냄으로써 스스로 위안을 삼는 것은 인간 본성의 일부분일 겁니다."

"저는 방송을 통해서 줄곧 모든 이들이 자기 자신의 인생에 대해 책임을 져야 한다고 말해 왔습니다. 자기 자신의 내면적인 문제를 가지고 언제까지나 남 탓만 할 수는 없습니다. 부모도 아니고, 남편도 아니고, 그 어느 누구의 탓도 아닙니다. 앞으로 나아가는 것이 중요할 뿐입니다. 저는 마흔에 접어들면서 그것은 제게도 해당되는 얘기라는 것을 깨달았습니다. 그래서 스스로에게 자문을 했죠, '살이 빠지길 그토록 원하면서도 왜 아직까지 아무것도 하지 않고 있는 거야?'

"그때까지도 저는 두려워하고 있었던 겁니다. 두려움을 이겨내는 것에 대해 그토록 많은 이야기를 했음에도 불구하고, 날씬해지면 사람들이 날 싫어하지 않을까, 시청자들이 날 외면하지 않을까 하며 저는 겁을 내고 있었습니다. 변화를 두려워했던 겁니다."

『에보니』와의 인터뷰에서 :

"제 몸무게는 세상을 향한 저의 변명이었습니다. 아마 저는 이런 식의 생각을 가지고 있었는지도 모릅니다. '그래요, 전 부자예요. 잘생긴 남자 친구도 있고, 무엇 하나 아쉬울 것 없이 살죠. 하지만, 보세요. 저는 체중 때문에 고통스러워하고 있습니다. 그러니 절 계속해서 좋아하실 수 있겠죠?'"

건강

"마흔이 될 무렵엔 건강에 자신이 있어야 한다고 오래 전부터 생각했습니다."

1993

"저는 스스로 과일과 채소를 싫어한다고 생각했거든요. 글쎄요, 이제 사과는 예외가 되었습니다.

"지금 저는 과거 그 어느 때보다도 행복하고 건강합니다. 이제부터는 저 자신만을 위해 살을 빼는 것이지 다른 사람들의 눈을 위함이 아닙니다. 나이도 더 먹었고, 이제 와서 정말로, 정말로 깨달은 것은 다른 사람의 반응에 의해 제 기분이 오락가락해서는 안된다는 것입니다. 이젠 사람들에게 '아니'라고 말할 수 있습니다."

운동

운동에 대하여 :

"하루에 두 번 합니다. 매일. 어김없이. 단식 이후로 제 몸의 신진대사 속도가 느려졌어요. 이젠 운동량을 더 늘려볼 생각입니다. 저의 트레이너도 그렇게 말하고 있고요. 얼마 안 가서 타블로이드 신문에, '오프라 드디어 해내다' 혹은 '오프라 몰라볼 정도로 살 빠져'와 같은 헤드라인을 보시게 될 겁니다. 장담하죠."

운동에 대한 자신의 열정에 대해 :

"당뇨병 환자가 인슐린을 필요로 하는 것과 같아요."

운동을 꾸준히 해나가는 것에 대하여 :

"제가 그래서 변한 겁니다. 우선권을 두어야 해요. 어디에 있든지 그게 최우선입니다."

1994

자신의 전속 트레이너 밥 그린에 대해 :

"밥은 저를 몰아칠 때마다, '저기 분홍색 옷 입은 여자 보이죠? 저여자처럼 될 수 있어요'라고 말합니다. 제가 그 여자를 따라잡으면 제목숨을 내놓죠. 저는 과소평가 받는 게 더 편해요."

1995

달리기에 대하여 :

"시간만 있다면 그냥 걷는 것으로 운동을 하고 싶죠. 기면서 하면 더 좋고요. 달리기를 하는 이유는 단지 시간당 운동량이 많기 때문입니다."

"저는 인생을 변화시키는데 성공했기 때문에 체중 감량에 성공한 것입니다. 과거에는 운동만 빼고 안 해본 것이 없었습니다. 책으로 나와 있는 다이어트란 다이어트는 다해 봤죠. 그 중엔 비엔나 소시지와 달걀, 그리고 바나나만 먹는 다이어트법도 있었는데 2주 하고 나서 그냥 뺐습니다. 말 그대로 굶어 보기도 했습니다. 하지만 그 모든 것들의 결과는 정신적으로나 육체적으로 피폐해지는 것뿐이었습니다. 제가 운동을 시작한 것은 2년 전인데 살이 빠지면서 다시 찌지 않게 된 것이 그때부터입니다."

"저처럼 살을 빼기 위해 전쟁을 치르고 있는 모든 분들에게 정말로 해주고 싶은 말은, 그것이 인생의 변화와 관련된 일임을 이해해야 한다는 것입니다. 그것은 전진하는 과정입니다. 자리를 박차고 일어나 월요일부터 시작해서 주말까지 5킬로그램을 뺀다는 것은 다이어트가 아닙니다. 그것은 인생의 변화입니다."

1995

달리기

1992년, 체중을 27킬로그램 감량한 후 21킬로미터 달리기를 완주하고 나서 :
"사람들은 저에게 달리기가 재미있을 거라고 했지만, 저는 시작했

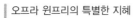

을 때부터 줄곧, '재미는 무슨 재미?'라는 생각만 들었습니다. 그런데 오늘은 정말 재미있었어요. 마지막 2킬로미터 지점에서 너무 힘들었지만 목표는 완주였습니다. 첫 도전이니까 중간에서 포기할 수 있었음에도 결국은 해냈죠. 지금 저는 태어난 이래로 최고의 몸 상태를 유지하고 있고, 이보다 더 행복했던 적은 없었습니다."

"달리기는 인생에 대한 가장 뛰어난 은유입니다. 뿌린 만큼 거두죠."

1995

"2년 전에 107킬로그램 나가던 여자가 『러너즈 월드(Runner's World)』의 표지 모델이 될 줄이야 누가 상상이나 했겠어요?

"밥은 저의 경쟁 심리를 이용할 줄 알았어요. 지난 3월 사우스 캐롤라이나의 찰스톤에서 그리 길지 않은 [10Km] 코스를 달리는 경주가 있었거든요. 밥은 분홍색 셔츠를 입은 어떤 남자가 저에게 뒤쳐지면 집에 들어가지 않겠다고 말하는 것을 우연히 듣게 되었나 봐요. 밥은 제게 그 얘기를 해주었고, 저는 그 남자를 꺾기 위해 죽기살기로 달렸죠. 그리고 그 남자를 이겼습니다."

마라톤

1994년 그녀는 워싱턴 D.C.에서 열린 해병대 마라톤 대회에 참가해서 완주를 했다 :

"마라톤을 완주하고 나서 느낀 것에 비길 만한 성취감은 평생 느껴본 적이 없습니다. 하지만 정말 중요한 것은 마라톤 그 자체가 아닙니다. 중요한 것은 대회가 있기 몇 달 전부터 계속되었던 연습과 훈련입니다……. 저는 '될 대로 되라'는 식의, 흘러가는 대로 사는 사람이었습니다. 하지만 마라톤은 분명한 목표와 지속적인 훈련, 그리고 계획의 완수가 요구되는 것이죠. 저는 그것을 해냈습니다."

그녀는 워싱턴에서 열린 마라톤 대회에 처음으로(그리고 그녀의 말로는 아마 마지막으로) 참가했다 :
"절대로 완주는 못할 것이라 생각했죠."

그녀는 42.195Km의 전구간을 완주한 뒤에 말하기를 :
"에미상 수상하는 것보다도 좋아요."

"그것은 제가 신체적으로 이루어낸 가장 큰 성과들 가운데 하나라고 생각합니다. 하지만 제가 진정으로 자랑스럽게 생각하는 것은 그날 비가 내리는 워싱턴 D.C.에서 마라톤을 완주했다는 사실이 아니라, 대회가 있기 전의 20주라는 시간과 그것을 해내기 위해 흘린 땀방울입니다. 인생의 모든 일들이 그러하듯, 어떤 일을 성취할 수 있는가를 판가름하는 것은 어떻게 준비했는가에 달려 있습니다."

그녀는 제이 리노에게 말하기를 :
"타블로이드 신문 기자들도 뛰었어요."

"내셔널 인콰이어러 기자들이었습니다. 기자 두 명을 준비시켰나봐요. 한 사람은 완주를 했고 다른 한 사람은 중간에서 포기했습니다. 정말 안 쫓아다니는 데가 없더군요.

"정말 난감했어요. 22킬로미터 구간을 달리고 있을 즈음에 소변은 보고 싶은데 카메라가 어디서 튀어나올지 몰랐거든요.

"그건 악몽이었어요. 화장실은 가야겠는데 내셔널 인콰이어러는 바로 등 뒤에 있고.

"글쎄요, 그것은 제 인생에서 이뤄낸 가장 큰 성과들 가운데 하나였습니다. 저는 결승선에 도착해서 눈물을 흘렸습니다. 뭐랄까, 그것은─늘 거울을 쳐다보며 혼자 상상으로나 위안을 찾던 저의 모습이 떠올랐습니다. 뒤뚱뒤뚱 걸으며 몸무게 때문에 괴로워하던 모습들. 그고통, 왜 나는 스스로를 통제하지 못할까? 왜 난 이걸 하지 못할까? 그래서 저는 42.195Km라고 쓰여진 푯말을 보며 울음을 그칠 수 없었습니다."

9장

사랑, 결혼, 그리고…

사랑

"어린 시절 저는 늘 사랑을 얻기 위해 안간힘을 썼죠. 그리고 제가 사랑이라고 생각했던 것을 받는 유일한 방법은 무언가를 성취함을 통해서였어요."

애완 동물을 키우느냐는 질문에 :
"금붕어도 안 키워요."

1986

"아버지께서 항상 말씀하셨죠. '너는 일단 사랑에 빠지면 아주 목숨을 걸 게다.' 그게 사실인 것 같아요. 제가 어떤 남자에게 빠져든다면 그건 생사가 걸린 문제가 될 겁니다."

1986

"저는 제가 무언가를 성취하지 않은 이상 조금의 가치도 없다고, 사랑받을 가치는 더더욱 없다고 느끼고 있음을 깨달았어요. 있는 그대로의 모습으로 사랑받을 수 있다고 느낀 적이 없다는 것을 갑자기 깨달았죠."

남자들

볼티모어 시절, 오프라는 어떤 유부남과 4년 간 교제했다 :
"그가 저를 거부하면 할수록 전 그에게 더 매달렸습니다."

"거부당한다는 것보다 더 비참한 일이 없었어요. 죽음보다도 더 했죠. 그 사람이 죽기를 바란 적도 있어요. 그렇게 되면 적어도 무덤을 찾아갈 수는 있으니까요."

그녀는 그 로맨스의 끝을 이렇게 묘사했다 :
"죽느니만 못했어요. 무릎을 꿇고 막 울었죠. 두 눈이 퉁퉁 붓도록 말이에요. 우리가 우리 자신에게 그래야만 하겠습니까?"

그녀는 방청객들과 남자 문제에 관해 공감한다 :
"만일 여러분이 살아있는 여성이라면, 남성에게 버림받은 적이 있을 거예요."

20대의 '무력하고 불쌍했던' 그녀는 그 남자의 전화를 기다리면서 :
"목욕조차 할 수 없었어요. 물 소리에 전화벨 소리를 들을 수 없을까 봐서요."

"이젠 자유예요! 저에게 그토록 많은 고통을 안겨줬던 남자가 이제는, '당신과 결혼하고 싶어'라고 말한답니다. 전 이렇게 대답했어요. '누군들 그렇지 않겠어요?'"

| 오프라 윈프리의 특별한 지혜

연애에 대하여 :

"지금 당장은 아무도 없어요. 하지만 그가 올 것이라는 것을 알아요. 제가 생각하는 천국이란, 커다란 구운 감자와 그것을 함께 나눠먹을 누군가예요."

1985

"남자가 없으면, 스파게티가 필요하죠."

1986

"사람들은 제가 TV에 출연하기 때문에 이런 생활을 누린다고 생각합니다. 하지만 볼티모어에 있었을 땐, 4년 간 했던 데이트의 횟수를 손가락으로 꼽을 수 있어요. 제가 돈을 낸 적을 포함해서요."

"전 누군가와 정말로 행복해질 수 있을 거라고 생각해요. 그렇다고 그것에 목을 매지는 않을 겁니다. 그런 일이 생기면 좋은 것이고, 그렇지 않다면 새끼 고양이나 한 마리 사죠."

1986

그녀의 사랑 찾기에 대해, 최근 어느 초대 손님이 조언을 하더라면서 :

"요즘 독신 남자들을 찾을 수 있는 가장 좋은 장소는 오후 7시 수퍼마켓의 냉동식품 코너라는군요. 자, 여러분, 거기서들 봅시다!"

"차의 뒷좌석에서 어떤 남자와 함께 있는 장면이 기억납니다. 그는 한 손을 제 가슴 위로 가져다대며, '괜찮아'라고 말했고 다음 순간에는

'네가 날 사랑한다면 내가 하는 대로 가만히 있어'라고 말했죠. 하지만 제가 그때 '싫어요'라고 말하지 않았더라면 지금의 저는 있을 수 없었을 겁니다. 고작 열일곱의 나이로, 오 하나님, 만일 제가 그 남자와 결혼을 했더라면 저는 장의사와 함께 살면서 - 그의 직업이었죠 - 아마도 내쉬빌 어디쯤에선가 주일학교 선생님을 하고 있었을 거예요. 그러나 전 그가 아주 떠나 버릴까 겁을 냈어요. 그의 열쇠를 변기 속에 버린 일이 있었죠. 전 그를 원했고, 문 앞에 서서, 가 버리면 발코니에서 뛰어내리겠다고 협박한 일도 있었어요. 무릎을 꿇고 빌기도 했죠. '제발 가지 말아요, 제발.' 지금 저는 그가 떠난 것에 대해 하나님께 감사하고 있습니다."

"이제부터는 어떤 남자를 위해서가 아니라, 오프라를 위해서 살 겁니다. 여자들은 자신의 남자를 붙들어 놓기 위해 다이어트를 하며, 모두들 그렇게 알고 있죠. 하지만 저는 이제 까짓 남자들 신경쓰지 않기로 했습니다. 왜 제가 어떤 멍청한 남자에 대해 걱정하며 제 인생을 보내야 하죠? 그가 있는 모습 그대로의 저를 원하지 않는다면 가 버리라고 하죠 뭐. 이제 흉내내기는 끝이니까요. 전 항상 되고자 했던, 바로 그 오프라가 될 거예요 : 뚱뚱하고 콧대 높은!"

1990

"전 현재로는 남자들과의 그 어떤 관계도 원하지 않아요. 누군가와 가정을 이룬다는 것을 포함해서요. '진짜 나'를 받아들일 수 없는 누군가와 비참하게 사느니 차라리 뚱뚱한 채로 행복해지겠어요."

"저를 가장 낙담하게 만드는 것이 뭔지 말씀드리죠. 저를 가장 낙담

시키는 것은 아직도 남자들을 위해서 자신의 삶을 사는 그런 여자들이에요. 때로는 그들을 흔들어 깨우고 싶어요. 하지만 저도 그런 여자들 중 한 명이었죠. 그래서 이해를 해요. 저는 각자 때가 되었을 때 깨닫게 된다는 것을, 그리고 우리들 중 어떤 사람들은 다른 사람보다 더 오랜 시간이 걸린다는 것을 이해합니다. 그래서 어쩌면 아이가 여섯, 남편이 셋이 되었을 때 비로소 깨닫게 될지도 모르는 일입니다.”

1994년 9월 9일자 『엔터테인먼트 위클리』와의 인터뷰에서, 당신을 힘들게 했던 누군가를 떠올리며, '이봐, 지금의 나를 한번 봐.' 혹은 그 이상의 생각을 한 적이 있습니까? 라는 질문을 받고 :

“그 이상은 아니에요. 농담하세요? 어젯밤에는 예전에 쓴 글들을 읽어봤어요. 제가 썼다는 게 기억이 나지 않는 글이 하나 있더군요. 눈물 자국이 남아 있는 다른 많은 글들은 대개 기억을 하고 있었거든요. 여하튼, 그 글에서 저는 그 남자에게 충분하지 못한 저 자신에 대해 쓰고 있습니다. 아마 제가 24살쯤 되었을 때 쓰여졌을 겁니다. '내가 만일 충분히 부유하거나 충분한 명성을 가지고 있다면, 충분히 재치있고 영리하고 현명하다면, 나는 당신에게 충분할 수 있겠죠.' 지금은 제가 TV에 나오는 것을 볼 때마다 그가 배가 아플 거라 생각합니다.”

이상형

그녀는 1986년 『60분』에 출연해서 마이크 월레스에게 말했다 – 이상형을 만나는 것에 대해 :

“예전엔 반드시 이상형의 남자를 만나게 될 거라고 얘기했지만, 요즘은 스스로에게 체중을 20킬로그램 정도 빼면 그런 일이 생길지도 모르겠다고 말합니다. 무엇무엇을 하고 나면 그런 일이 생길지도 몰라 하는 식이죠. 영화 찍기 전에는, '영화가 끝나면 그렇게 될 거야'라고 말하죠. 그리고 나서는, '오스카상 타기 전에는 그렇게 될 거야'라고 말하는 겁니다. 잘 모르겠어요. 만나게 되겠죠."

"제 이상형은 올 거예요. 하지만 그는 지금 아프리카에 있어요. 거기서부터 걸어오고 있는 중이죠."

1986

언젠가 오프라는 청중들에게 말했다 :
"이건 우리가 흔히 듣는 얘기입니다만, '눈에 불을 켜고 찾으려 들수록 찾아지지 않는다'라든가, '찾기를 멈추는 바로 그 순간 그를 발견하게 될 것이다'라는 말들이 있죠. 전 별로 가고 싶지도 않은 수많은 파티에, '아마 여기서 그를 만날지 몰라'라는 생각으로 가곤 했습니다. 홀 안에 들어서면 이렇게 말하죠. '좋아요, 하나님, 저 지금 찾고 있는 건 아니지만……'"

"(저의 이상형은) 저보다 키도 크고 영리해야 하며 저에게 주눅이 들거나 하는 일이 있어선 안되겠죠. 그는 활발해야 하지만 입을 다물 때를 아는 사람이어야 해요. 그가 흑인이든 백인이든 혹은 중국인이든, 그런 것은 중요하지 않다고 생각합니다.
"제가 올려다볼 수 있는 남자를 만나는 것이 아주 중요해요. 저는 키 크고 똑똑한 사람이 좋아요. 두 가지 모두를 갖춘 사람을 찾기는 쉽지 않지만, 결국 찾게 될 거예요."

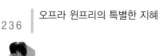

"누군가를 만나게 되었을 때 의미 있는 관계가 될 것 같지 않은 경우엔 3분이면 알 수 있죠 - 저는 시간을 낭비하지 않아요. 그래서 누구도 만나지 않는 시간을 보내기도 합니다. 지금처럼 말예요. 의도한 것은 아니지만 사실상의 독신주의나 다름없죠."

'결혼'에 관한 질문들

스테드먼을 만나기 전, 그녀는 어느 인터뷰에서 1986년 자신의 일기에 이렇게 썼다고 얘기했다 :

"난 결혼하지 않았고, 앞으로도 절대 하지 않을 것이다……. 하나님, 제 인생의 이런 남자 문제에 대해 뭔가 해결책을 주시지 않겠습니까?"

"40세가 될 때까지 결혼하지 않은 여자는, 테러에 의해 죽을 확률이 결혼식장에서 결혼 서약을 하게 될 확률보다 더 높다는 예일 대학의 연구보고서를 보게 된 날은 별로 행복한 날이 아니었어요. 그 일주일 동안을 저는 그 사실을 애도하며 보냈습니다."

오프라는 결혼을 꼭 해야만 한다는 압박감을 느끼지는 않는다고 하면서도, 다음과 같이 말한 적도 있다 :

"친구들이 그렇게 얘기해요, '3년 정도 사귀었을 땐 뭔가 결정을 해야 한다'라고요. 저 역시 생물학적 시계의 압력을 느끼죠."

"제가 준비가 되어 있지 않기 때문에 결혼하지 않는 거예요. 진정한 결혼이란 자신의 에고를 희생하는 것이죠. 상대를 위해서가 아니라 그 관계를 위해서 말입니다. 그것이 하나가 되는 과정입니다. 관계가 최우선이 되니까요. 전 아직 그 정도에 이르지 못했어요."

1990

"결혼할 준비가 되어 있지 않기 때문이에요. 그게 진짜 이유예요. 모든 사람들이 제가 결혼하기를 바란다는 것과, 저 스스로 한 사람의 아내가 될 준비가 되었다고 생각하는 것은 별개의 문제죠. 현재로서는 그것은 제가 도저히 다룰 수 없는 완전히 다른 차원의 책임을 요구하는 문제입니다."

"이제 저는 그에겐 그의 인생이 있고 저에게는 저의 인생이 있다고 느낍니다. 그런 상태도 괜찮아요. 그것은 다른 종류의 헌신이라고 할 수 있죠. 조셉 캠벨은 결혼이란 관계를 위해 자신의 에고를 희생하는 것이라고 했어요. 저는 스스로 그럴 준비가 되었을 때, 그렇게 할 겁니다. 저는 방송을 통해서 결혼과 이혼, 그리고 실패한 관계들을 많이 접해 보았습니다. 전 한 번에 모든 것을 가질 수 있다고 생각하는 것이 얼마나 어리석은지를 압니다. 모든 것을 가질 수는 있어요. 그렇지만 한 번에 모든 것을 가질 수는 없어요."

1990

"전 지금의 관계에서 아주 많은 자유를 누리고 있습니다. 제가 만일 결혼하게 되면, 스테드먼도 마찬가지겠지만, 그가 저에게 기대하는 것들이 많아지리라 생각해요. 정말 그렇게 될 것 같아요. 그는 그런 점에서 약간 구식이거든요. '아내'라는 사람은 때로 집에 있어야 할 때가 있잖아요. 그런데 전 지금 당장은 그럴 준비가 되어 있지 않습니다."

"우리가 결혼하게 된다면 그것은 오로지 아이를 갖기 위함일 거예요. 저는 아이를 원해요. 하지만 지금은 아니죠. 아직 해야 할 일들이 많으니까요 - 그리고 연애 기간을 즐기고 싶어요."

1992

"솔직히 스테드먼과 제가 이미 가지고 있는 것을 법적 효력을 부여하는 종이 한 장이 더 좋게 하는 것은 아니라고 생각해요. 그래서 만일 우리가 아이를 갖지 않기로 결정한다면 결혼하지 않아도 전 상관없어요."

1992

"모든 사람들이 참견을 해요. 이를테면, '도대체 결혼 언제 하는 거예요?', '왜 결혼 안 하세요?', 또는 '뭘 더 기다리는 거예요?', 이런 식으로 말이죠.

"만일 스테드먼의 외모가 지금 같지 않았더라면 - 그는 정말 잘생겼죠. 그의 외모가 지금 같지 않아서 만약 키는 땅딸막하고 또 저만큼 뚱뚱했다면, 사람들은 그런 말을 (그가 오프라의 마음을 찢어놓을 거라는) 하지는 않았겠죠. 그건 정말 - 정말 너무너무 심한 성차별이에요."

"좋아요, 확실히 밝혀두죠 : 우리는 결혼할 겁니다. 그렇지만 날짜는 정하지 않았어요. 다시 한번 말씀드리죠 : 우리는 날짜를 정하지는 않았어요. 그런 마당에 어떻게 날짜를 연기할 수 있겠어요? 그건 언론에서 꾸며낸, 가당치도 않은 얘기입니다."

스테드먼이 고집한 혼전 서약에 대해 언급하면서 :

"아직 서명하지 않았어요."

1993

"저는 토크쇼를 하면서 파경을 맞은 많은 부부들을 보아왔어요. 한 번은 스테드먼에게 물어봤죠. '결혼이 당신에게 의미하는 건 뭘까?'라고요. 그는, '그건 모든 것이 지금과 완전히 똑같으면서 더 좋아지는 거지'라고 대답하더군요. 전 '더 좋아지는' 것이 무슨 의미인지를 물었습니다. 그리고는 그 점에 대해 깊이 생각했습니다. 저는 스스로에게, '우리 두 사람 모두 결혼이라는 것이 뭔지 보다 분명히 이해할 필요가 있겠어'라고 말했습니다. 그래서 그 후에 스테드먼에게 얘기했어요. '그렇다면, 아내란 뭐라고 생각해?' 그가 말했죠, '사랑하는 남자를 위해 있는 사람이지.' 저는 멋지다고 생각했어요. 왜냐하면 그것이 바로 제가 생각하고 있던 남편의 정의였으니까요:사랑하는 여자를 위해 존재하는 사람. 멋지지 않아요?

"하지만 그런 말을 듣는다는 것이 마냥 기뻐할 일은 아니었어요. 저는 말 그대로 그를 위해 항상 있어 줄 수 없기 때문이죠. 전 일을 많이 해요. 저는 집에서 요리하고 청소하는, 전형적인 좋은 아내가 결코 되지 못할 거예요. 그리고 그는 그것을 알고 있죠. 그럼에도 우리가 서로를 사랑하고 있다는 것은 행운이에요. 저는 그를 사랑해요. 그도 저를 사랑하고요. 그렇다면 결혼은 그다지 중요하지 않을지도 몰라요. 차라리 '시간이 나면 결혼할 겁니다'라고 할 문제인 것 같아요. 그 정도면 충분하지 않나요?"

그녀가 생각하는 결혼은 :

"누군가와 더불어 자기 자신에 대해 많은 노력을 기울이는 것, 그리고 '무슨 일이 있어도 당신은 나를 위해 거기 있어 줄 것이고, 나도 무슨 일이 있어도 당신을 위해 여기 있을 거예요'라고 말하는 것이겠죠. 전 그것을 현재의 관계에서 말하고 있습니다. 저는 결혼이 영원한 행복을 보장한다는 환상을 품지는 않아요."

"결혼 문제에 대해서는 더 이상 설명할 게 없다고 생각합니다. 제가 언제 결혼할지는 저도 모르겠어요. 정말 모릅니다. 결혼을 할지 안 할지도 모르겠어요. 정말, 정말로 모르겠습니다."

아이를 갖는다는 것에 대하여

결혼하지 않고서 아이를 가질 생각이 있는지를 묻자 :
"아뇨. 그렇게 하는 사람들에 대해서 특별히 어떤 도덕적 혐오감을 느낀다는 것은 아닙니다. 괜찮다고 생각해요. 만일 그게 원하는 것이라면요. 그렇지만 저는 제 어린 시절에 가져보지 못한 삶을 갖고 싶습니다. 저는 아버지를 원해요. 웃으며 퇴근하는 아버지의 모습을 원해요. 제 아이들을 아껴주고 사랑하며 살고 싶고, 제 아들딸이 집에서 아버지와 함께, 자신들이 사랑받는다는 느낌을 가지고 자라나기를 원합니다. 그게 제가 원하는 것이에요……. 전 결혼이 가져다주는 그런 종류의 결속과 헌신을 원합니다. 또 진정한 친밀감을 원해요. 제 남편은 연인이며 친구였으면 좋겠어요. 그래서 아이들이 엄마아빠가 서로 사랑하고 있다는 것을 알았으면 합니다. 섹스에 대해서 말하는 것도 꺼리고 싶지 않아요. 그래서, 결혼하지 않고 아이를 갖진 않을 거예요."

1988

"그것은 한 사람이 태어나면서부터 자신의 모든 것을 아는 사람과 교감한다는 것을 뜻하죠. 그건 일종의 헌신이고 확장이며 성장이에요. 저는 아이를 키운다는 생각을 즐겨 합니다. 아이를 키운다는 것, 책임감과 사랑 그리고 자립심을 가르친다는 것이 어떤 것인지 알고 싶어요."

1989

"저는, 자기 자신이 하나님의 은총과 의지에 의해서 창조되었으며 하나님께서 그 마음에 심어놓으신 어떤 일도 할 수 있다고 믿는 그런 아이들을 키우고 싶습니다."

1989

"때로는 그래, 나도 아이를 갖는다는 경험을 하고 싶어라고 생각하죠. 그러다가 아이를 갖는다는 일이 아직 간절한 소망에 이른 것은 아니라는 점을 인정해야만 해요. 아마도 저는 두려워하는 것 같습니다. 아이를 키운다는 것은 결코 만만한 일이 아니니까요."

1991

"정신적으로 성숙하고 책임감이 있어야 해요. 그런데 전 아직까지 그렇게 말하는 것이 저 자신을 묘사하는 것이라는 생각이 들지 않습니다. 적어도 아직까지는요. 그렇게 말할 수 있는 날이 오겠죠."

1992

1992년, 출산과 생물학적 시계에 관한 질문에 대해 :
"소리가 점점 커지고 있죠. 하지만 조그만 흑인 아이들은 어디에나 있잖아요……. 만일 저에게 그 시계가 죽는 시점에 이르면, 그땐 아이들을 입양하겠습니다."

"진실이요? 전 아이들을 좋아해요. 그렇지만 지금 당장은 아이를 가진 제 모습을 볼 수가 없을 것 같습니다. 아이를 갖는다 함은 희생과 같은 말이라고 생각해요. 제 말을 오해하지는 마세요. 그것은 고귀한 희생이죠. 저는 좋은 어머니들에 대해서 경외감을 가지고 있습니다. 그러나 지금 당장 제가 그렇게 될 순 없을 것 같아요. 항상 아이들 곁에 있어야만 하니까요. 그래서 당분간은 제 친구들의 아이들과 잠시동안 즐겁게 놀다가는 엄마에게, '그만 가야겠어:이제는 이 애들 모두 네 차지야'라고 말할 수 있는 관계로 남고 싶어요."

1993

"저는 사생아가 된다는 것이 어떤 것인지를 너무도 잘 알고 있기 때문에, 결혼의 장점 – 아이들을 위한 장점 – 없이 아이들을 갖지는 않을 거예요. 또한 제가 결혼하지 않고 애를 낳는다면, 어떻게 수천 명의 십대들 앞에서 결혼하지 않고서는 아이를 갖지 말라고 제가 늘 하듯 강연할 수 있겠습니까? 이 점에서, 제가 남편 없이도 한 아이를 돌보는 것만큼이나 쉽게 수백 명의 아이를 돌볼 능력이 있다는 것은 중요하지 않습니다."

1994

그녀의 생물학적 시계에 대해서 질문하자 :

"네, 똑딱거리면서 잘 가고 있어요. 그래서요? 저는 바로 이 순간에 제게 정말 중요하다고 생각되는 일을 합니다. 만일 아이를 가져야 한다면 저는 그렇게 할 겁니다."

"내 몸에서 나올 아이를 하나 갖는다는 것이 저에겐 이 세상에 있는
한 아이의 인생을 바꾸는 것만큼 중요하지 않아요. 바깥 세상에는 제
가 입양할 수 있는 수많은 흑인 어린이들이 있으니까요."

"저는 어머니야말로 진정한 영혼의 선생님이라는 사실을 믿습니
다."

"저는 전업주부로 아이들을 돌보는 여성들을 정말 존경합니다. 그
것은 세상에서 가장 중요한 일임에도 불구하고, 문제는 우리가 그것에
대해 단지 입에 발린 칭찬만 한다는 것이죠.
"좋은 어머니가 되기 위해 필요한 것은 지금 제가 살고 있는 이런
삶은 아니에요."

"전 차라리 아이를 갖지 않겠다고 말하겠습니다. 저는 지금 어머니
노릇을 올바로 하기 위해 필요한 것들을 갖추고 있지 않아요. 아이를
세상에 나오게 해놓고는 그 아이에게 내 생활 스타일에 맞출 것을 요
구한다면 그건 아주 부당한 일이라 생각해요."

1995년 2월, 『투나잇쇼』에서 제이 리노에게 :
"강아지를 가지고 있다는 사실이 그 모든 욕구로부터 저를 치료해
주었죠."

오프라 윈프리의 특별한 지혜

10장

오프라 그녀 자신

자아상

"어릴 때는, '하나님, 저도 다른 사람들이랑 똑같았으면 좋겠어요'라고 기도한 적이 많았습니다. 하지만 어른이 된 지금은 저의 성장기를 감사하게 생각해요. 외할머니 밑에서 처음 5년, 그리고는 어머니에게, 다시 아버지에게로 보내져 성장하면서 제가 접해 본 다양한 환경들 덕분에 저는 다른 사람들이 살아온 삶을 보다 잘 이해할 수 있게 되었습니다."

1984년 12월 31일자 『뉴스위크』에는, 그녀 자신 불쾌하게 생각했거니와, 오프라를, '몸무게가 거의 90킬로그램이나 나가는 미시시피 출신의 얄팍하고 속물적이며 거리에서 주워들은 지식에, 극단적으로 감상적인 흑인 여성'이라 묘사한 기사가 실렸다 :

"맘에 들지 않았어요. 저는 주워들은 지식이라는 말이 싫습니다. 제 생각엔 그 단어는 유독 흑인에게 많이 따라다니는 단어 같습니다. 지적이라고 말해 주기보다는 거리에서 주워들은 지식을 가지고 있다고 평하는 게 훨씬 쉽겠죠. 그 말은 많은 것을 시사해 준다고 생각합니다. '그 여자 주워들은 게 좀 있어서 해낼 수 있었겠지.' 글쎄요, 저는 거리에서 주워들은 게 가장 없는 사람입니다. 저는 거리에서 살아본 적이 없습니다. 그래서 그쪽으로는 아무것도 모르죠. 매춘부도 아니었고요. 제 말은, 제가 방황하는 시절을 보내긴 했지만, 결코 매춘부나 거리에서 지식을 줍고 다니는 아이는 아니었다는 얘깁니다. 저는 거리에서는 10분도 머무르지를 못해요."

"저는 좀처럼 화를 내지 않습니다. 화를 잘 내는 사람이 아니죠. 저는 항상 제게 일어나는 일은 무엇이 잘못되었든지 간에 책임은 제가 져야 한다고 생각하는 사람입니다. 저는 제게 일어나는 어떤 일에 대해서도 결코 다른 사람들을 비난하지 않아요."

"저는 금발도 아니고 날씬하지도 않아요."

"저에게는 재능이 있습니다. 저는 카메라 앞에서 저 자신일 수 있다는 것이 재능이라고 생각해요. 카메라 앞에 있으면 그냥 호흡하듯 편안해요. 그 조그만 빨간 불이 들어오면 자연스럽게, '안녕하세요, 별일 없으시죠?' 이렇게 되는 거예요. 첫 방송이 나간 날, 저는 스튜디오를 나서면서, '그래, 바로 이거야'라고 생각했습니다."

"수입이 크게 좋아졌지만 저는 어떤 차이점도 못 느끼겠어요. 그래서 계속해서 스스로에게 얘기하죠, '글쎄, 난 아직 스타가 아니야. 도대체 스타라는 생각이 들지가 않거든.'"

1987

"느낌이 있고 생명이 있는 한에는 계속해서 배우고 있습니다."

1987

오프라 윈프리의 특별한 지혜

"저는 주목받는 사람이 되고 싶었습니다. 지금까지는 그렇게 되기 위해 정신없이 앞만 보고 달려온 탓에, 드디어 해냈다는 생각은 이제야 처음으로 해보는 것 같아요. 목표에 도달했다는 것과 거기까지 도달하기 위해 충분히 노력했다고 스스로 돌아볼 수 있는 것. 그건 쉬운 일이 아니었습니다. 정말 쉽지 않았죠. 기분은 아주 좋습니다."

1988

"저는 사람들이 '뚱보'에 대한 농담을 할 때 정말 상처받습니다."

"어제 거리를 걷다가 있었던 일입니다. 땅딸막하고 뚱뚱한 아주머니 한 분이 발코니 너머로 몸을 내밀고는 저에게 소리를 치시더군요, '뚱뚱한 여자들 얘기도 좀 다뤄줘요!' 저도 아직 심각한 수준은 아닌가 봅니다."

"제 몸무게는 제 외할아버지와 이모, 외사촌들로부터 나왔어요."

"저는 전형적인 흑인 아줌마 엉덩이를 갖고 있죠. 그건 하나님이 미국의 흑인 여성들에게 짊어지우신 병입니다."

"저는 운이 좋은 편입니다. 항상 대중의 주목을 받고 있고 사람들이 저를 좋게 봐주기 때문이죠. 그렇지만 저를 우습게 보는 사람들도 있습니다. 그들은 이렇게 말하죠, '저 여자가 토크쇼도 하고 오스카상 후보에 올랐는지는 모르겠지만 그래도 허벅지는 두껍잖아!'"

"그런 대로 잘 참고 지냅니다. 그렇지만 가끔 화가 날 때가 있어요.

전 키가 167센티미터예요. 몸무게는 볼티모어 시절 67킬로그램이었죠. 미스 테네시였을 때는 55킬로그램이었고요. 그 정도면 뼈가 보일 지경이죠. 그런데 시카고에 와서는 정말로 살이 찌기 시작하는 거예요. 저는 일종의 방어막으로 그 몸무게를 필요로 했던 것 같아요. 만약 제 프로가 실패하면 그 탓으로 돌릴 수 있으니까요. 몸무게가 많이 나가는 한 늘 확실한 변명거리가 있는 셈입니다. 그렇지만 이건 제 인생에서 가장 큰, 정말 가장 큰 문제예요. 이 문제를 해결하기 위한 절제력을 가지고 있지 못하다는 것. 그것이 정말로 저를 우울하게 만듭니다."

1989년, 무어하우스 칼리지의 학위 수여식 연설에서 :
"저는, 여기 있는 많은 분들처럼, 제가 아닌 다른 사람이 되기 위해 많은 시간을 보냈습니다. 다이애나 로스가 되려고 많은 시간을 허비했죠."

1989년 『TV가이드』가 앤 마가렛의 몸에 오프라의 얼굴을 합성해서 표지모델로 실었다. 오프라에게는 그것이 큰 충격이며 상처가 되었다 :
"이건 제가 상상할 수 있는 가장 황당한 일이에요. 전국의 모든 사람들이 그 사진을 보겠죠. 지금까지 저는 제 외모가 그런대로 봐줄 만하다고 생각했었어요. 하지만 TV가이드에는 실제의 제 모습이 충분하지 않나 보죠. 정말 역겹네요."

"다른 경우에서라면 아마도 앤 마가렛과 몸을 바꾸게 되는 것이 기쁘겠죠. 그렇지만 잡지를 팔기 위해서라면 아닙니다. 이 표지는 여성

오프라 윈프리의 특별한 지혜

을 비하하고 있으며 저 개인에게는 너무나 모욕적입니다.

"그들은 아놀드 슈왈츠제네거의 몸에 필 도나휴의 얼굴을 합성하지는 않을 겁니다. 마찬가지로 저도 그와 같이 품위있게 대우받을 가치가 있습니다."

1990년에 오프라가 새롭게 ABC에서 맡게 된 프로젝트 중 하나는 '자기존중의 이름으로'였다 :

"제가 하는 모든 프로에서 저는 사람들의 자기존중감을 북돋아 주려고 노력합니다. 그것만 있으면 우리는 모든 것을 가지는 것이나 다름없습니다.

"우리가 이 한 시간 동안 다루려고 하는 주제는 이 세상 모든 문제의 근원이 되는 것입니다 – 자기존중의 부족이 전쟁을 일으킵니다. 진정으로 자기 자신을 사랑할 줄 모르는 사람들이 밖에 나가서 다른 사람들과 싸우려하기 때문이죠……. 그것이 모든 문제의 근원입니다."

"지난 수년 간 저는 자기존중감의 결여라는 주제를 계속해서 다루어왔습니다. 그렇지만 TV에 출연하고 유명하며 돈을 많이 벌고 있다는 이유로 그것이 저에게도 해당되는 얘기일 수 있다는 생각은 해보지 못했습니다. 사실 그런 징후가 보였음에도 불구하고 전 그 문제를 부정하려고만 했어요.

"저는 사랑을 준 만큼 받지 못했어요. 실제로 전 제가 주는 그 어떤 것도 받지 못하고 있습니다. 자기존중감이 낮은 사람 대부분이 그래요. 우리는 우리 자신을, 받을 만한 가치가 있는 존재로 여기지 않습니다."

1992

"저는 책을 읽거나 무언가 하고 있다는 생각이 들 만한 일을 해야 한다는 강박관념을 가지고 있었습니다. 뭔가를 성취하지 않으면 사랑받을 가치도, 그 어떤 가치도 없다고 스스로 느끼고 있었던 거죠. 불현듯 저는 저 자신이 있는 그대로의 모습으로는 사랑받을 수 없다고 느끼고 있음을 깨달았습니다."

"여러분이 2, 30대일 때는 다른 사람들이 바라보는 당신의 모습을 기꺼이 받아들이려고 항상 노력합니다. 그렇지만 그것을 쉽게 받아들이지 못하는 시기가 옵니다.

"저는 이제 확실히 사람들이 저를 좋아하도록 만들어야 한다는 압박감을 더 이상 느끼지 않아요. 이제는 제가 저 자신을 꽤 많이 좋아하는 것 같거든요. 그리고 이젠 마흔입니다. 남들이 절 좋아하지 않는다 해도 상관없어요."

"다른 사람들을 즐겁게 해주어야 한다는 욕구가 제 삶의 주제였고 의무였어요. 그것이 그 시절 제가 그토록 음식에 탐닉했던 이유입니다. 제가 남자들에게 이용당한 이유이기도 하고요."

"저는 스스로를 너무나 억압하기 때문에 누구랑 같이 산다는 것이 불가능할 수도 있어요."

"1994년은 정서적으로, 영적으로, 그리고 육체적으로 저에게 심오한 변화의 시기였다고 말할 수 있습니다."

오프라 윈프리의 특별한 지혜

"사람들은 TV에 나오는 이들은 남이 시키는 대로만 할 것이라고 생각합니다. 하지만 저는 그 동안 줄곧 제 자신만의 가치관을 가지고 고군분투해 왔습니다."

"저는 TV를 시청하는 모든 여성들과 다를 게 없습니다. 저도 제 인생에서 그들이 원하는 것과 똑같은 것들을 원하기 때문이죠. 저도 행복하고 싶고 성취감을 느끼고 싶으며, 저를 좋아해 주는 아이들과 남편으로부터의 존중 같은 것들을 갖고 싶어해요."

"제가 깨달은 바를 솔직하게 말씀드리려 합니다. 제가 저 자신의 모습에 더 가까이 갈수록, 더 솔직하고 열린 모습을 보여줄수록, 초대 손님이나 방청객들도 더 솔직해지고 개방적인 태도를 보여주는 것 같습니다. 제가 어떤 것도 감추지 않으므로 그분들 역시 그렇게 되죠. 저는 쇼 비즈니스 계통에서 일하는 이들 가운데 자신이 그저 보통 사람인 양 하는 사람들과 입장을 달리합니다. 저는 집세를 제때 내지 못하는 분들의 심정이 어떤지는 분명히 알고 있지만, 그렇다고 해서 저 스스로 가죽 부츠 하나 사는 것에 쩔쩔 매는 척은 하지 않아요. 저는 그런 척하는 것이 싫습니다. 제가 800달러짜리 드레스를 한 벌 샀다고 얘기했을 때, 적잖은 사람들이 분개했던 일이 있습니다. 저는 그때 말했죠, '저를 이렇게 부자로 만들어주신 여러분 모두에게 감사드립니다' 라고요. 이 계통에서 일하는 다른 사람들은 저처럼 남의 입방아에 오르내리는 일을 겪지 않아요. 자기 자신의 그 어떤 부분도 밖으로 드러내지 않으니까요. 절대 말을 하는 법이 없으므로 그 사람들의 씀씀이가 어떤지 알 도리가 없는 겁니다."

1986

"저는 제가 가진 것에 대해 단 한순간도 죄의식을 느껴본 적이 없어요."

"대개의 경우 저는 사람들을 좋아합니다. 하지만 사람들이 가식적인 모습을 보이고 있는 상황에 접하게 되면 머리가 아파요. 제가 저 자신이 될 수 없다면, 그리고 발이 아플 때 구두를 내던질 수 없다면, 저는 어떤 일도 제대로 해낼 수 없을 겁니다."

오프라의 1995년 4월 24일 쇼에서, 그녀는 『에센스(Esse-nce)』의 창간 25주년 기념호의 표지 모델이 된 것에 대해 이야기하면서 :

"저에 관한 소문 하나를 잠재우고 싶습니다 : 화면에서 제 머리는 더 커 보입니다. 몸의 다른 부분들이 카메라의 초점을 약하게 받기 때문에 그렇죠. 이게 정말 제 몸입니다. 그것은 진실이고요. 저는 여러분들에게 항상 진실만을 말할 것입니다."

인생관

그녀는 한 기자에게 물고기에 대한 경의를 가지게 되었다고 말했다 :

"제가 어항('fishbowl'은 '어항'과 '프라이버시가 없는 상태'라는 중의적 의미를 갖는다 - 옮긴이) 속에서 살아가기 때문이에요. 전 그것이 어떤 것인지 압니다. 저는 이제 더 이상 어항 속을 들여다보지 않을 거예요. 그 물고기들은 사람들이 지나가다 자신들을 쳐다보는 것이 지긋지긋할걸요."

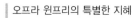

그녀는 자신이 어떠한 장기적인 계획도 갖고 있지 않다고 고백했다 :

"저는 이 순간을 위해서 살고, 오늘 할 수 있는 최선의 일을 하며 살자고 생각하는 사람입니다. 저는 앞으로 1년, 2년, 10년 후에 무슨 일이 일어날지에 대해서는 생각하지 않아요. 모르죠. 전 정말로 오늘 일을 걱정할 뿐입니다."

1990

"불우한 어린 시절이 여러분이 가는 길을 방해하지 않도록 하세요."

"저의 주된 걱정거리는 제가 제 잠재력이 닿는 데까지 살 수 있느냐 하는 것입니다. 전 여전히 최고의 시절은 아직 안되었다고 생각해요……. 인생을 예찬하면 할수록, 인생에서 축하할 거리는 더 많아지죠. 불평하면 할수록, 그리고 티를 찾아내려면 할수록 잘못이나 불행을 더 많이 발견해야만 할 것입니다. 제가 이것을 깨닫는 데, 그리고 인과 법칙 - 그 신성한 상호성의 법칙, 즉 뿌린 대로 거둔다는 - 을 이해하게 되는데 쉰두 살이 될 때까지 기다리지 않아도 된다는 것이 기쁠 따름입니다."

"저 자신에게 증명해 보일 것들이 많이 있는데, 그 중 하나는 두려움 없이 인생을 사는 것입니다."

"이 순간에 최선을 다하는 것이 다음 순간 여러분을 최고의 자리에 올려놓을 겁니다."

"저의 인생에서, 그리고 일을 통해서 제가 배운 것은, 제가 저 자신이 될 수 있는 능력이 많으면 많을수록 그만큼 다른 사람들이 그들 자신이 되는 것도 도와줄 수 있다는 것입니다. 그게 바로 사람들이 자신의 어머니나 딸, 자매에게 할 수 없었던 이야기를 방송에 나와 저에게 하는 이유죠."

"인생에 대한 태도가 긍정적일수록, 인생이 긍정적으로 변할 것입니다. 여러분이 불평을 하면 할수록 여러분 자신이 비참해질 것이고요."

"여러분이 하고 싶은 일을, 하고 싶을 때 하세요……. 단 한 박자도 앞서지 말고."

"모든 걸 혼자 할 수는 없어요. 여러분의 목표를 성취하는 데 도움을 구하며 다른 이에게 기대는 것을 두려워하지 마세요."

"제 발자국을 따라오지는 마세요. 여러분 자신의 길을 시작하세요. 때로는 통찰이 여러분을 이끌어 줄 겁니다. 맞다 싶으면 아마 맞을 거예요."

"저는 매일 아침 창가에 섭니다. 해가 떠오르는 광경을 보죠. 그리고 저 자신에게 집중하며 하나님의 빛을 만져보려 합니다. 그 빛은 우리 모두의 내면에 있다고 믿어요. 어떤 이들은 그것을 기도라고 부르고 또 어떤 이들은 명상이라 하기도 하죠.전 그냥 그것을 집중이라고 합니다. 저는 그것으로부터 무한한 에너지를 얻어요. 만약 하루라도 그렇게 하지 않으면 어딘가 느슨해지고 방향감을 상실한 듯한 기분이

들죠. 저는 매일매일의 방송을 마치 방송을 처음 해보는 사람처럼 접근하려 합니다."

"저는 현재를 사는, 그런 사람들 중 하나입니다. 1년 후, 또는 5년 후에 무슨 일이 일어날지 걱정하기 시작하는 순간 현재의 활기는 사라지죠. 무슨 일이 생기든, 그냥 생겨 버리게 내버려두는 겁니다. 저는 허벅지를 날씬하게 하는 것 이외에는 어떤 것도 걱정하지 않아요."

"얻고서 되돌려주지 않으면 지킬 수도 없어요."

"저는 인간적인 경험에서 다른 이들과 다를 것이 하나도 없습니다. 우리는 모두 행복해지길 원합니다. 슬픈 시절들도 있습니다. 살다 보면 어느 땐가 지나치게 많이 먹게 되는 시기도 있을 겁니다. 저는 그런 감정을 보여주는 것을 두려워하지 않아요. 저는 이렇게 말할 수 있어요, '봐, 나도 그런 경험이 있어, 사랑하면서도 그 사랑을 되돌려 받지 못한다는 것이 어떤 건지 안다'라고요. 사람들은 말하죠, '빌어먹을 오프라, 그 여자 잘났잖아?' 하지만 그들은 제가 그냥 그들과 똑같다는 사실을 깨닫지 못합니다."

"저는 삶의 흐름에 따라 움직이려고 하지, 스스로에게 삶은 어떠해야 한다고 규정하지 않습니다. 그냥 흘러가는 대로 내버려두죠. 그러다 보면 남편이 생길 수도, 아이들이 생길 수도 있잖겠어요. 그렇지 않을 수도 있고요. 저는 삶이 저를 어떤 방향으로 이끌어가든지 그대로 받아들이겠습니다."

오프라는 『패밀리 써클(Family Circle)』과의 인터뷰에서 :

"저는 툴사나 내쉬빌, 뉴욕 사람들이 시카고 사람들과 똑같다고 믿습니다."

"제 친구들은 아마 제가 더 꼼꼼해질 필요가 있다고 말할 거예요. 그건 저도 잘 알고 있어요. 친구들은 제가 매우 파격적이라고 말하기도 할 겁니다. 어떤 사람들은 저를 어떻게 대해야 할지 몰라서 당황하는 경우가 있어요. 하지만 전 솔직해요. 정말로 그렇습니다. 저는 제가 느끼는 대로 행동하고, 그리고는 그 일이 잘 되길 바라죠."

"저는 사람들이 성장하고 변화해야 한다고 믿습니다:그래야만 합니다. 그렇지 않으면 움츠러들게 됩니다. 그들의 영혼도 시들어 버립니다. 저는 항상 제 삶을 확장시키기를, 또 제 생각을 확장시키기를 원합니다. 저는 저 스스로를 모든 면에서 확장시키고 싶습니다. 물론 몸은 제외하고요."

1993

『스파이(Spy)』의 빌 젬에게 :

"저는 모든 일을 해보고 모든 것을 가져볼 작정입니다. 영화 일도 하고 싶고, 텔레비전과 토크쇼도 계속하고 싶습니다. 그러므로 저는 TV 영화와 극장용 영화를 할 겁니다. 제 토크쇼도 할 겁니다. 멋진 삶을 살 겁니다. 그 모든 일을 하는 가운데 계속해서 성취해 나갈 겁니다. 아무도 저에게 인생을 어떻게 살라고 말해 줄 수는 없으니까요. 전 스스로의 가능성을 믿어요. 그래서 제가 할 수 있겠다 싶은 일은 무엇이든지 해낼 자신이 있습니다. 그리고 실제로 그것 모두를 할 수 있을 것 같은 기분도 들고요.

"저는 어느 누구보다도 중심이 확실합니다. 모든 것이 하나님 중심이죠. 저는 제가 누구인지를 너무도 분명하게 압니다! 여러분도 여러분 자신에 대해 책임을 져야만 합니다. 여러분은 어떤 것을 얻으려고 억지로 애쓰기보다는 자연스럽게 우러나오는 것들을 함으로써 더 많은 것을 얻을 수 있을 겁니다! 저는 그 흐름을 타고 움직이며 인생이 보내주는 신호를 받아들이죠. 그 밖의 것들은 우주가 알아서 하도록 내버려두세요."

"저는 4학년 담임 선생님이 되고 싶었어요. 그 시절의 제 목표는 이 세상 최고의 4학년 담임 교사가 되는 것이었습니다. 이를테면 '올해의 교사' 같은 것이 되고 싶었죠. 제가 열여섯, 아니면 열일곱쯤 되었을 때로 기억합니다만, 어떤 목회 프로그램에서 제시 잭슨이 말하는 것을 들었어요. 남보다 뛰어나다는 것이 인종차별이나 성차별에 대항하는 가장 큰 무기라고요. 저는 그 말을 제 삶의 좌우명으로 삼았습니다. 그래서 저는 무엇을 하든 그 분야에서는 항상 최고가 되기를 원했죠. 이제는 제 인생에서 제가 목표로 하는 것은 무엇을 하든 다른 사람들에게 최선이 되는 일을 하는 것입니다."

"우리 모두는 살아가는 가운데 빛이 있는 곳으로 이끌어 주는 사람들을 만나게 된다고 믿습니다. 그 누구도 자기 자신을 이끌어 주는 몇몇 다른 이들이 없이는 삶의 어떤 고지에도, 어떠한 명성이나 성공에도 이를 수 없습니다."

"저의 소명은 저 자신이, 그리고 제 주위의 사람들이 인간애의 가장 높은 경지를 경험할 수 있도록 저의 삶을 이용하는 것입니다."

"세상에는 병든 사람이 많다는 것을 압니다. 많은 사람들이 희생되고 있고 어떤 이들은 확실히 제가 당했던 것보다도 훨씬 끔찍한 희생을 겪고 있다는 사실도 압니다. 그렇지만 우리는 각자 자신의 승리를 선언해야 할 책임을 갖고 있습니다. 정말 그렇습니다. 만일 과거 속에 묻혀서, 과거가 여러분의 현재를 규정하도록 한다면 여러분은 결코 성장하지 못할 것입니다."

"저는 문제가 생기면 그것을 기회로 여깁니다. 그리고 모든 사람과 모든 사건과 모든 우연한 만남을 제 사랑을 보여줄 수 있는 기회로 생각합니다."

"저는 제 삶을 감사하게 생각합니다. 제 삶을 어느 누구와도 바꾸지 않을 거예요."

AWED(American Woman's Economic Development Cor-poration : 미 여성 경제개발 연합)은 1989년 2월 간담회의 기조 연설자로 오프라를 초청했다. 그녀는 성공적인 삶을 위한 그녀의 십계명을 요약했다 :
"1. 남들의 호감을 얻으려 살지 말라.
"2. 앞으로 나아가기 위해 외적인 것들에 의존하지 말라.
"3. 일과 삶이 최대한 조화를 이루도록 노력하라.
"4. 주변에 험담하는 사람들을 멀리하라.
"5. 다른 사람들에게 친절하라.
"6. 중독된 것들을 끊어라.

"7. 당신에 버금가는 혹은 당신보다 나은 사람들로 주위를 채워라.
"8. 돈 때문에 하는 일이 아니라면 돈 생각은 아예 잊어라.
"9. 당신의 권한을 다른 사람에게 넘겨주지 말라.
"10. 포기하지 말라.

신앙

"저는 저 자신보다 더 위대한 신앙의 힘 덕분에 버텨올 수 있었어요. 그것은 가장 고통스러운 순간에, 모든 게 괜찮아질 거라 깨닫게 하는 힘이죠. 희망이 없다는 것은 탈출구가 있음을 믿지 않는 것이죠. 저는 항상 희망을 품어왔습니다."

1995년 10월 3일, 『아메리카 온라인』에서 포기하고 싶다고 느껴 본 적이 있느냐는 질문에 :

"헤아릴 수 없을 만큼이요. 그렇지만 신앙이 저를 지탱해 주죠. 무슨 일이 닥쳐도, 삶이 아무리 힘들어도 저는 괜찮습니다."

"전 정말로 축복받았어요. 그렇지만 저는 또한 자신의 축복은 자신이 창조하기도 한다고 믿습니다. 기회가 왔을 때 준비되어 있을 수 있도록 미리 채비를 해야 하죠."

"저는 삶이 영원하다고 믿습니다. 다만 다른 형태를 취할 뿐이죠. 삶에는 수많은 다양한 단계들이 있어서 인간의 정신은 그 모두를 다 이해할 수 없다고 믿습니다. 네, 삶은 계속된다고 믿어요."

"전 제 삶의 아주 많은 부분이 인연으로 엮어진 운명의 일부분이라
고 생각해요. 그리고 제 인생에서 일어난 모든 일들이 저를 지금 이곳
에 있게 했다고 믿습니다."

"보다 높은 곳에서의 부름이 저를 이끌어 줍니다. 그것은 목소리라
기보다는 느낌이에요. 만일 그것이 옳다고 느껴지지 않으면 전 하지
않아요."

하나님

"정말로 저에게는…… 그것은 결국 무엇을 베푸느냐에 관한 것이라
고 생각합니다. 이 모든 것을 가지고 있을 때 과연 무엇을 되돌려 줄
수 있을까요? 그 질문의 대답은 오직 저 자신에게서만 얻어집니다. 이
말을 듣는 사람들은, '뭘 줘야 할지 대신 얘기해 주죠'라고 말할 거라
는 것을 알아요. 하지만 그 질문의 대답은 오직 저 자신에게서만 얻어
집니다. 그것은 저와 하나님 사이의 문제입니다. 하나님이요. 그것은
제가 무엇을 베풀어야 할지에 대한 다른 사람들의 이야기가 아니라,
저의 내면이 어떻게 느끼느냐는 것의 문제입니다. 내가 충분히 했나?
하는 것 말이에요."

"하나님, 자연, 성령, 우주 또는 그 - 혹은 그녀 - 등등의 어떤 이름을

붙이든지 간에 그 존재는 우리 각자가 최고가 되도록 그리고 할 수 있는 최고의 일을 하도록 항상 도와주려 합니다."

"전 이 모든 것의 마지막에 하나님께선 저에게 얼마나 많이 가졌는지를 묻지 않으실 거라는 것을 알아요."

"일단 하나님이 우주의 중심이라는 것을 알게 되면, 모든 게 간단해지죠. 저는 '감사합니다'라고 말하지 않고 넘어가는 날이 없습니다."

그녀가 사람들의 삶을 바꾸는 방식이 하나님의 방식과 비슷한 점이 있다고 느끼느냐는 질문에 :

"아뇨! 그건 지금 물어보신 것들 중에 맘에 들지 않는 유일한 질문이군요. 저는 하나님 모습의 커다란 부분에 연결되어 있을 뿐이며, 하나님이 대양이라면 저는 그 대양에서 나오는 물 한 컵일 뿐입니다."

"많은 사람들이 하나님께 도움을 청하고 나서는 천둥과 번개가 치며 대단한 기적이 일어나기를 기다립니다. 오히려 여러분은 하나님의 초대가 있을 때 그것을 겸허하게 받아들일 수 있을 만큼 충분히 준비가 되어 있어야만 합니다!"

"매년 저는 하나님께 무엇인가 청합니다. 1994년에는 모든 일들이 분명하게 보일 수 있기를 기도했습니다. 그때 저는, 기도를 할 때는 자신이 청한 바에 대해 주의를 깊이 기울이고 있어야 한다는 사실을 깨닫게 되었습니다. 왜냐하면 청한 것을 얻었을 때 그 형태는 마음에 품고 있던 것이 아닐 수도 있기 때문이죠. 여러분이 기대하고 있던 그것이 아닐지도 모른다는 얘깁니다."

"작년에 저는 하나님께 자유를 달라고 청했어요. 그래서 제가 두꺼운 껍질을 부수고 저 자신으로부터 빠져 나오지 않았던가요? 올해에는 모든 일들이 분명하게 보이게 해달라고 청했습니다. 그리고 이제 텔레비전과 이 토크쇼에서의 제 목표가 무엇인지 보다 분명히 알게 되었습니다."

기도

"지금까지 전 기도를 할 때면 항상 무릎을 꿇습니다. 그러면 기도가 저 위쪽에 더 빨리 도달할 것 같아서요."

"저는 매일 기도합니다. 할머니께서 가르쳐 주신 대로 무릎을 꿇고 기도하죠."

"당신이 항상 최선을 다해야 하는 이유가 바로 그것입니다. 누가 지켜보고 있는지 모르니까요."

"저는 마치 모든 일이 저에게 달려 있는 것처럼 행동하고, 모든 일이 하나님께 달려 있는 것처럼 기도합니다. 일에서의 성공은 행운이 아닙니다. 문이 열렸는데 여러분은 지나갈 준비가 되어 있지 않다면 어떻게 하시겠습니까? 마치 포커를 하는 것처럼, 행동한다는 것은 많

은 기술을 필요로 하죠. 당신이 얼마를 내놓느냐에 따라 지거나 이기
게 됩니다."

"저는 항상 밤에 무릎을 꿇고 기도합니다. 스테드먼도 그렇게 해
요."

"저는 살면서 하루도 기도를 빼먹지 않았어요. 그 내용은 항상 똑같
아서, 제 삶을 도구로 써달라는 것과, 그리고 제가 무슨 일을 하든 그
것이 저 자신과 제 주위의 모든 사람들에게 행복을 가져다줄 수 있게
해달라는 것입니다."

영성

—⋙✳⋘—

"사람들은 영적인 것에 대해 말할 때 그것이 매우 어려운 것인 양
얘기합니다. 저는 그렇게 생각하지 않습니다. 저는 진실로 저의 내면
이 어떻게 느끼는지를 들으려 하죠. 만일 어떤 것이 옳다고 느껴지면
그렇게 하는 것이고, 옳지 않다고 느껴지면 안 하는 겁니다. 정말 간단
해요. 하지만 때로는 다른 사람들에게 미친 짓으로 보이는 일을 기꺼
이 할 준비가 되어 있어야만 해요 – 또는 다른 사람들에게는 옳게 보
이지만 스스로 옳지 않다고 느껴질 때는 하지 않는 것도 마찬가지입
니다."

그녀는 자신의 토크쇼에 대해 전적인 권리와 책임을 가지게 되었을

때 사람들이 어떻게 생각할지가 두려웠다 :

"그래서 항상 그렇듯 제 내면으로 들어가서 성령께 여쭤 봤어요 : 제가 이것을 하는 것이 옳습니까? 그러자, '그렇다'는 소리가 울려 퍼졌어요. 전 또 물었죠. '저는 아이아코카(Lido Anthony Iacocca, 1980년대 초 도산 직전의 크라이슬러 자동차를 흑자 회사로 만들어 놓은 유명한 전문 경영인 – 옮긴이)가 아닌데 최고 경영자 과정 같은 수업은 받아야 할까요?'"

"저 스스로에 대해 확신을 갖게 됨에 따라, 기업을 경영하는 최고의 방법은 인생을 경영하는 방법 그대로 하는 것이라는 것을 이해하게 되었습니다."

1989

"자기 자신이 누구인지에 대해 영적인 이해를 하게 된 후에야 – 반드시 종교적인 느낌이 아니더라도, 내면 깊숙한 곳의 정신을 이해하게 된 후에야 – 여러분은 스스로를 통제하기 시작할 수 있습니다."

"영적인 삶이 없이는 어떤 삶도 존재하지 않는다고 생각합니다. 그리고 제 생각으로는, 점점 많은 사람들이 삶의 영적인 역동성을 알아가게 되는 것 같습니다. 저에게 그것은 항상, '정말 왜 네가 여기 있는 거지? 너는 왜 있는 거야? 이 모든 일들은 무엇을 의미할까?'라고 묻는 것입니다. 저는, 외적인 것들에 몰두하면서 우리가 방향을 잃게 된 것이며, 우리가 얻어 누리는 모든 것들에는 그 이상의 의미가 있다고 믿습니다."

"만약 위대한 일들을 성취하고 싶다면, 여러분은 하나님과 함께 시작해야 합니다. 내면으로 들어가서 이것이 옳은 일인지 성령께 물어야 합니다. '제가 올바른 동기를 가지고 있습니까? 이쪽 길을 가야 할까요, 아니면 저쪽 길을 가야 할까요?'"

영감

창조주 말고 그녀에게 가장 큰 영감을 준 사람이 누구인지 묻자 :

"맞아요 - 창조주가 가장 첫번째죠. 그리고 두 번째 자리에는 여러 사람들의 이름이 올 수 있어요 - 제 4학년 때의 담임이셨던 던컨 선생님이 그 중 한 분이시고, 물론 마야 안젤로도 있어요. 그리고 비상한 용기를 가지고 살아가는 모든 평범한 이들도 해당됩니다."

11장

성공

1986년 12월 14일, 『60분』에 출연해서 :

"마치 발매를 앞둔 베스트 앨범과도 같았어요……. 저의 날이 올 것
이라는 사실을 저는 알고 있었습니다."

"지난 두 해는 제 인생 최고의 시간이었습니다. 단 하루도, '감사합
니다. 저는 정말로 복받은 사람입니다'라고 말하지 않고 지나가는 날
이 없었습니다.

"하지만 저는 또한 자신이 받는 축복은 자신이 만들어낸다고 믿습
니다. 스스로를 준비시킨 사람만이 기회가 왔을 때 그것을 잡을 수 있
습니다."

1986

『60분』의 마이크 월리스와의 인터뷰에서 그녀는 자신의 성공에 대
해 :

"제가 그 많은 사람들과 잘 통할 수 있는 이유는, 아마 저 자신이 모
든 여자의 삶을 경험했기 때문이며 온갖 상처들을 겪어 보았고 다이
어트란 다이어트는 다해 보았으며, 저를 하찮게 여기는 남자들도 여럿
겪어 보았기 때문이라고 생각합니다. 지금의 저는 그 모든 것들에 잇

닿아 있습니다. 때문에 저는 저의 과거를 이야기하는 것을 두려워한다거나 부끄러워하지 않아요."

오프라 윈프리 쇼의 성공은 1990년 1월 29일, 오프라의 서른여섯 번째 생일을 특별한 날로 만들어 주었다 :

"지금 제가 서 있는 자리를 그 누구와도 바꾸고 싶지 않습니다. 저는 계속해서 성장하고 있고, 그것이 모든 것을 더 낫게 만들고 있다고 생각합니다."

"자신이 성공할 수 있다고, 자신의 심장이 열망하는 그 어떤 것도 이룰 수 있다고 믿기만 하면 됩니다. 그것을 위해 기꺼운 마음으로 일하십시오. 그러면 그것을 얻을 수 있습니다."

"하나의 성공에 만족하지 마십시오 – 그리고 실패 후에 포기하지 마십시오."

"정말 대단하지 않아요. 정말이지, '지금보다 더 좋았다간 아마 기뻐서 달까지 껑충 뛰어오를 것 같아'라고 생각될 때가 있습니다."

1986

"정말 기쁘고 행복하죠. 모든 일에는 때가 있기 마련입니다. 저는 그것이 전체의 과정을 이루는 한 부분이라고 생각합니다. 열일곱 살에 방송을 시작한 이래로 저는 오랜 시간을 준비해 왔습니다. 저는 사람들에게 늘, '당신은 당신의 삶에 책임이 있습니다'라고 말합니다. 저는 저의 성공과 실패들에 대해 전적으로 책임을 집니다. 아침에 일어나는 일, 저의 토크쇼를 오늘에까지 이르게 한 것에서부터 제 가방을 잃어버린 일에 이르기까지 말입니다."

"성공에 이르는 길이 다른 사람들이 말하는 것처럼 힘들진 않았습니다. 그 과정이 곧 목표였습니다. 저는 그 과정 가운데 커다란 기쁨을 누렸습니다. 현재 스스로에 대한 저의 관심사는 과연 제가 잠재력의 한계에까지 이를 수 있겠는가라는 것입니다 : 저는 이미 많은 정치인들보다 더 많은 사람들을 만나고 있습니다."

"저에게 정말, 정말 중요한 것은 하나님이 하나의 남성 혹은 여성이 아니라 모든 것이라는 사실입니다. 저는 우리 영혼의 성숙을 향해 나아가는 길이 우리가 경험하는 여행들 가운데 가장 위대한 것이라 생각합니다 – 또한 그것이 제가 이제껏 얻은 성공의 한 요인이라 생각합니다. 왜냐하면 성공은 목표 그 자체가 아니라 과정에 있었기 때문입니다. 저는 좋은 일을 하고 싶었습니다. 저는 좋은 삶을 살고 싶었습니다."

돈

"예전에는 두 벌의 드레스를 놓고 결정을 내리지 못하는 경우 두 벌을 다 샀습니다. 지금은 현금이 없으면 사지도 않거니와, 현금으로 오백 달러를 지불해야 하는 경우 멈칫하고는 한참을 생각합니다."

1986

"저는 서른두 살이 될 즈음엔 백만장자가 되리라 예감했습니다. 사실 저는 앞으로 미국에서 가장 돈이 많은 흑인 여성이 될 겁니다."

1987

"돈을 번다는 것에 놀라운 느낌이 있습니다. 돈을 벌게 되면 그 돈의 임자가 다 따로 있었음을 깨닫게 되거든요."

1988

돈에 관한 - 너무 많이 가지고 있음으로 인해 문제가 되지는 않느냐 - 질문에 대해 :

"전 오히려 그 사실을 즐기는 편입니다. 언젠가 계약서에 쓰여 있는 4천만 달러라는 금액에, '오! 올랐어'라고 소리를 지른 적이 있습니다. 하지만 지금은 돈에 연연하지 않습니다. 제 삶이 돈에 의해 규정되는 것이 아니기 때문입니다. 돈이 있다고 말하기는 쉽지만, 없는 이들에게 그것이 신나고 편하고 멋진 일이라고 말하기는 어렵습니다. 돈이 많다는 것이 보통 사람들이 생각하는 것 같지만은 않거든요."

"저는 쓸 수 있는 것보다 더 많은 돈을 가지고 있습니다. 운이 좋죠. 인생은 짧고, 저는 매 순간 순간을 즐길 겁니다!"

1990

"제 생활이 수입을 따라가지 못해요."

1991년 아동 학대 방지를 위한 자신의 활동에 대해 :
"저는 아무렇지 않게 수표에 서명을 하곤 했습니다. 이제껏 살아오

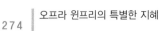

면서 어떤 결정을 내릴 때마다 늘 그래 왔듯이 돈을 쓰는 일도 기분에 좌우됩니다. 저는 그때 그때의 느낌에 따라 움직이며 지금도 수표에 엄청나게 서명을 해댑니다. 그것은 저와 같은 사람이 할 수 있는 가장 쉬운 일이니까요. 수표에 서명하는 것 말입니다."

엄청난 돈을 가지고 있다는 사실에 익숙해지기까지는 상당한 시간이 걸렸다. 오프라는 친구 하나와 은식기를 사러 가서 두 가지 물건을 놓고 고민을 하다가 문득 자신은 원하는 그 어떤 것도 살 수 있음을 깨달았다 :

"저는 그 자리에 멈춰 서서 말했어요. '둘 다 사도 돼!' 우리는 소리를 지르며 펄쩍펄쩍 뛰기 시작했습니다."

행복한가라는 질문에 :

"지금 농담하세요? 제가 작년에 번 돈이 얼만데요?"

1993

돈이 많다는 것에 대하여 :

"정말 좋은 거예요. 거짓말하고 싶지는 않아요. 정말 굉장하죠! 하지만 이렇게 많이 벌게 될 줄은 꿈에도 생각지 않았습니다. 볼티모어 시절에 저는 전국으로 나가는 프로를 한 번 경험해 보았는데, 덕분에 연봉이 만 달러 인상되었습니다. 전국 방송의 성공이 저에게 의미하는 것은 그 정도였죠. 저는, '야, 올해 만 달러는 덤으로 벌 수 있겠는데'라고 생각하고 있었죠. 이렇게 될 줄은 누가 알았겠어요?"

"물질적 부는 저에게 선택의 자유를 줍니다. 도움이 절실한 아이가 있을 때, 도와줍니다. 저의 돈은 저로 하여금 사람들의 삶에 중요한 변화를 만들어낼 수 있게 해줍니다.

1994

"돈이 쏟아져 들어와요. 쏟아진다니까요."

"저는 아주 관대합니다. 네, 저는 굉장한 것들을 즐겨 선물해 줍니다. 전 스스로에게서 선물을 받는 것이 너무 좋아요. 지난 성탄절엔, 세계 지도를 꺼내놓고 저 자신에게 아무 곳이든 가고 싶은 곳을 짚게 했죠."

"저는 누군가에게 빚을 지고 있다는 생각을 하지는 않아요. 하지만 어머니는 그렇게 생각하시는가 봅니다. 저는 어머니에게 밀워키에 집을 한 채 사드렸죠. 저에게 와서 좀 도와달라거나 돈을 빌려달라는 사람은 많습니다……. 일전에 아버지께 전화를 드려서, '아버지, 저 이제 백만장자예요! 친구분들과 함께 어디 세계 여행이라도 시켜드렸으면 해요'라고 말씀드린 적이 있었죠. 그에 대한 아버지의 대답은, '내 트럭의 타이어나 좀 바꿨으면 좋겠다.' 아주 황당했습니다."

1986

힘

"전 마침내 제 힘을 온전히 누릴 준비가 되었어요. '좋아요, 이게 나

예요. 그러니 당신 맘에 들면 다행이고, 아니면 말죠 뭐. 여하튼 잘 봐
요. 난 날아오르려고 하니까요.'"

"만일 여러분이 수백만명의 사람들에게 말할 수 있고, 또 그들이 여
러분의 말을 귀 기울여 듣는다면 세상에 대고 무슨 말을 하고 싶으세
요? 세상을 어떻게 더 나은 곳으로 만드실 거예요?"

"자신의 힘을 쉽게 포기해 버린다는 점에서 여성들은 공통점이 많
죠. 저는 여성들 각자가 자신의 삶에 대해 책임을 져야 한다는 이야기
를 입버릇처럼 합니다. 그런 말을 책에서 쉽게 읽을 수야 있겠지만, 내
면 깊은 곳에서부터 자기 자신이 누구인지를 깨닫기 전에는 다 부질
없는 일입니다."

"저의 사명은 제 위치와 힘, 그리고 돈을 다른 사람들을 위한 기회
를 만들어내는 데 사용하는 것입니다."

"준비되어 있지 않거나 스스로 창조하기 전에는 아무 일도 일어나
지 않습니다.
"우리 모두는 태어나는 그 순간에 이미 자신의 삶을 책임질 수 있는
힘을 부여받는다고 믿습니다. 여러분은 자기 자신이 희생양이 되도록
허락할 수도 있고, 스스로 책임있는 사람이 될 수도 있습니다."

"사람들은 자신의 삶에 변화를 일으킬 힘을 지니고 있습니다."

"현재의 모습이 어떻든, 출신 배경이 어떻든, 여러분은 여러분 자신

의 삶에 변화를 일으킬 힘이 있습니다. 바로 여러분 자신에게 책임이 있습니다. 그것이 컬러 퍼플에서 앨리스 워커가 말하는 것입니다 : 여러분은 그 힘을 가지고 있습니다, 바로 지금 여기에서 시작할 수 있는."

오프라 윈프리의 특별한 지혜

12장

짧은 주제들

중독

✿

"병적인 식탐을 경험해 보았기 때문에 저는 알콜에 중독된 여성들을 이해할 수 있습니다……. 저는 진실로, 진실로 사람들의 고통을 이해할 수 있습니다. 저는 초대 손님들이 결코 상상도 할 수 없을 만큼 깊이 그것을 이해합니다. 그분들은 그저 제가 이야기를 귀 기울여 듣고 지극히 민감하니까 이해할 수도 있겠거니 합니다. 그저 이해할지도 모른다고 말입니다."

1994

나이 든다는 것

✿

1987년 1월, 오프라는 서른한 살이 되었다 :

"지금 저는 멋진 시간을 보내고 있습니다. 서른한 살이 되면 하고 싶다고 생각했던 것들을 지금 그대로 하고 있죠. 저는 제가 성숙해지고 있으며 제 안으로 천착해 들어가고 있다는 것을 느낍니다. 지금은 신나는 때, 신나는 나이예요."

마흔이 된다는 것에 대해 :

"얼마나 고대해 왔는지 몰라요. 퀸시 존스는 언젠가 나이 마흔이 되면 정말 다른 사람들의 말에 흔들리지 않게 될 거라고 얘기한 적이 있어요. 저는 지금 그렇게 되기를 고대하고 있습니다."

"저는 지금 미치도록 행복해요. 지금보다 더 행복했다간 죽을지도 모르겠어요. 이런 생각도 한다니까요 : '그래, 이제 언제 죽으면 되는 거야?'"

에이즈

1989년 그녀의 이복동생 제프리 리가 스물아홉 살의 나이에 에이즈로 사망했다 :

"지난 2년 간 제 동생, 제프리 리는 에이즈와 함께 살았어요. 저의 가족은, 같은 처지에 있는 전세계의 수많은 이들과 마찬가지로, 단지 한 사람이 너무 젊은 나이에 죽었다는 사실보다는, 에이즈 환자라는 이유로 사회가 박탈해 간 수많은 미완의 꿈들 때문에 비통할 따름입니다."

1988년 12월 그녀의 동료 빌리 리조가 에이즈로 죽음을 목전에 두고 있었다 :

"저는 빌리를 친형제처럼 좋아했어요. 그는 멋을 알고 유머가 있으며 재능이 뛰어난 사람입니다. 그가 그토록 병들어 있는 모습을 지켜

 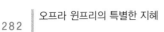

보아야 한다는 일이 너무나 고통스럽습니다."

"힘든 일이 있거나 제 마음이 가라앉을 때 빌리는 언제나 제게 힘이
되어 주었습니다. 그는 늘 기대고 울 수 있도록 어깨를 내어 주곤 했어
요. 저는 이 세상 돈을 모두 가지고 있죠. 그리고 제 가장 사랑하는 친
구들 가운데 하나를 도울 수 없는 겁니다."

오프라는 (에이즈와 관련하여) 냉랭한 (그리고 동성애 혐오) 반응
을 보인 한 방청객에게 :
"아직까지 치료 방법이 충분히 나오지 않은 이유도 지금 말씀하신
것과 같은 견해를 가진 분들이 있기 때문이 아닐까요?"

분노의 감정

"저는 분노 그 자체는 어느 것도 망가뜨리지 않는다는 생각을 가지
고 있습니다. 그들(그녀를 성적으로 학대한 이들)을 용서한다는 것은 공
평치 못한 일이죠. 아직까지 저는 그들을 용서하지 않았지만, 그건 그
다지 중요한 일이 아니에요. 저는 그런 일이 다시는 제게 일어나지 않
을 것임을 알고 있고, 만일 저에게 아이들이 있다면 미리 가르쳐 줌으
로써 그런 일이 일어나지 않도록 할 겁니다. 어떻게요? 전 아이들이
제 앞에서 무슨 얘기든 숨김없이 말할 수 있는 그런 관계를 맺을 겁니
다."

1986

"저의 가장 큰 결점은 분노를 잘 표출하지 못한다는 겁니다. 사람들에게 화를 낸다는 것에 관해 이제껏 제가 얻은 교훈은 보통 그것이 그 사람들에게보다 저 자신에게 더 많은 상처를 입힌다는 사실입니다. 터 뜨리고자 하는 그 모든 분노에 엄청난 좌절감이 담겨 있는 셈입니다."

아름다움

1989년 레블론의 광고, 가장 기억에 남을 여성들에 그녀도 등장했다 :

"어린 시절, 제가 아름답다 여겨질 수도 있으리라는 생각은 한번도 해보지 않았어요. 모델들 중에는 저와 같은 사람이 하나도 없었으니까요.

"만일 어린 흑인 소녀 하나가 그 사진을 보고는, 저의 모습에서 자신의 일부분을 보게 된다면, 그래서 자신이 아름답다고 생각할 수 있다면, 그것만으로도 고마운 일입니다."

그녀는 레블론으로부터 받은 돈을 대도시 저소득층 주거 지역 학교들에 기부했다.

예쁘다는 소리를 듣는 것에 대하여 :

"받아들일 수 없는 찬사예요."

책

"책은 인생에 가능성이 있다는 사실을 보여주었어요. 또 세상에는 저와 똑같은 사람들이 살고 있고, 저는 그런 이들을 올려다볼 수만 있는 게 아니라 그 자리에 오를 수도 있다는 사실을 보여주었죠. 책읽기가 희망을 주었습니다. 저에겐 그것이 열린 문이었습니다."

1991년, 그녀는 시카고에 새로 지어진 해럴드 워싱턴 도서관에 10만 달러를 기부했다 :

"책은 저만의 자유에 이르는 길이었습니다. 저는 3살 때 읽기를 배웠고, 이내 미시시피의 우리 농장 너머에는 정복해야 할 큰 세상이 있다는 것을 알게 되었습니다."

그녀가 가장 좋아하는 책은 :

"조라 닐 허스튼의 『그들의 눈은 신을 보고 있었다(Their Fhein Eyes Were Watching God)』와 하퍼 리의 『앵무새 죽이기(To Kill a Mockingbird)』예요."

사업

1993년, 자신의 사업 수완에 대해 얘기하면서 :

"저는 느낌이 오지 않으면 어떤 일도 하지 않습니다. 저는 논리에 따라 움직이지 않아요. 육감을 따르죠. 그런데 전 꽤 좋은 육감을 가지고 있어요."

1995년 1월 둘째주 『TV가이드』에서 :
"이제껏 늘, '저는 경영학을 전공하지도 않았고, 그쪽에 관련된 서적은 한 권도 읽어본 게 없어요'라고 했습니다만, 이젠 아무래도 몇 권 읽어봐야 할 것 같아요."

우울증

『남이 쓰던 유전자와 중고 감정』의 저자 스테판 아터번은, 볼티모어 시절의 그녀가 우울증에 걸려 있었음을 새삼 깨닫게 해주었다 :
"모두들 (우울증에 대해) 이야기를 나누고 있었습니다. 누군가 불쑥, '글쎄요, 성적 학대를 경험했을 때 우울증을 겪거나 하지 않았나요?' 하고 묻는 겁니다. 저는, '잘 모르겠어요'라고 대답했죠. 저는 20대에 스스로 사랑에 빠져 있다고 생각한 때가 있었다는 건 기억합니다만, 정말이지 저는 얽매어 있었던 것 같아요. 제가 바라는 것은 오직 하나, 이 남자를 위해 살고 싶다는 것뿐이었거든요. 그래서 사귀는 남자가 없을 때는 그냥 침대에 몸을 파묻고 꼼짝도 않고 있곤 했죠. 저 자신을 침대 밖으로 끌어낼 수가 없었어요. 그런데 그건 우울증인가요, 아니면 완전히 돌아버린 건가요?"

교육

그녀가 제일 좋아하는 방청객들 가운데에는 아직 여러 모로 제약이 많은 십대들도 포함되어 있다. 그녀는 그들에게 종종 이렇게 이야기한다고 한다 :

"저도 여러분과 너무나 비슷했답니다. 펄펄 나는 조그만 망나니였죠."

"제가 십대들에게 가장 중요하게 이야기하는 것은, 교육을 받지 않고선 아무것도 할 수 없다는 것입니다. 이 시대, 이 나라에서 살고 있는 우리는 표준 영어를 가지고 있습니다. 시간이 흐른 뒤에는 사용하는 언어가 달라질 수도 있겠죠. 하지만 지금으로서는 그것이 표준 영어라는 겁니다. 그것을 구사할 수 없다면, 이미 열 걸음은 뒤지고 있는 것이죠."

실패

그녀는 1993년, 스펠먼 대학의 졸업반 학생들에게 행한 강연에서 :
"여왕처럼 생각하십시오. 여왕은 실패를 두려워하지 않습니다. 실패는, 크고 높음으로 나아가는 디딤돌입니다."

"저는 제 인생에서 실패란 없었다고 말씀드리겠습니다. 이 얘기가 마치 저라는 사람이 상상에나 있을 법한 여왕이나 되는 것처럼 들리지 않기를 바랍니다. 제게는 다만 커다란 교훈들이 있었을 뿐입니다."

두려움

"저는 사람들이 절 싫어하면 어쩌나 하는 두려움을 가지고 있습니다. 제가 싫어하는 사람들에게서조차 말입니다."

1986

방청객들에게 :
"여기 오신 분들 중 얼마나 많은 분이 피임약을 복용하시는지요?"

오프라는 피임약을 상용한다는 것과, 폐경에 대한 두려움을 가지고 있음을 인정하면서 :
"겁나요! 다른 사람들도 다 그렇게 느끼는 건가요?"

크고 높음

"제가 여러분에게 말씀드리고 싶은 것은, 우리 모두의 인생에는 크고 높은 삶에 이를 수 있는 잠재력이 있다는 것입니다. 그것은 꼭 유명해진다는 것을 의미하는 것은 아닙니다. 다만 인생 가운데 크고 높음

오프라 윈프리의 특별한 지혜

을 지향하는 이들이라면 위대한 가치들을 행함으로 인해 사람들에게 널리 알려지게 될 것입니다."

"언제부턴가 저는 제 삶이 크고 높은 어떤 것, 위대함이라고 할까요, 그런 것을 지향하고 또 이루게 되리라는 사실을 알고 있었습니다. 늘 그런 느낌이 있었죠—외할머니의 농장에서 제가 네 살 때도 그랬던 게 기억나요. 그냥 알았던 거예요. 저는 사생아로 태어난 것이나, 외할머니와 어머니 그리고 아버지 밑을 옮겨 다니며 자랐다는 사실에 대해 서글픔 같은 게 전혀 없어요. 저는…… 지난날의 그 모든 혼돈이 서글프지 않아요. 전혀요. 그 모든 것들이 지금의 저를 만들었죠."

1995년 10월, 『굿 하우스키핑』의 리즈 스미스와의 인터뷰에서, 언젠가 바바라 월터스에게, "저는 스스로가 위대함에 다다르게 되리라는 사실을 줄곧 알고 있었습니다"라고 말씀하신 적이 있는데? 라는 물음에 :
"네, 바바라와 이야기를 나누는 중에 그런 말을 했죠. 지난 수년 간 그 말을 트집잡는 언론 덕분에 대가는 톡톡히 치렀습니다. 저는 그 이전에 마틴 루터의 저서 가운데, 봉사를 통해 얻어지는 위대함에 대해 언급한 구절을 읽은 적이 있었는데, 제 말은 그런 의미였습니다. 어린 시절, 커다란 솥에 빨래를 넣고 막대기로 휘저으며 삶으시는 외할머니의 모습을 구경하던 일이 지금도 생생하게 기억납니다. 그때 저는 속으로 제 삶이 저 솥보다도 훨씬 더 크리라는 것을 알고 있었습니다. 아직 학교를 다니지도 않았고, 인생에 대해 무언가를 목도하거나 TV를 본 적조차 없을 때였습니다. 하지만 제 작은 키를 넘어서는 보다 큰 일들 – 어떤 형태로든 제가 사람들 앞에서 말을 하게 되리라는 것을 알았습니다. 전 항상 제가 설교자가 되거나 교사, 아니면 민권운동의 지도자가 될 거라 생각했죠. 지금 저는 저의 토크쇼를, 가르침을 위한 드넓은 광장 같은 것으로 생각합니다. 그것은 사람들이 상상할 수 있었던 것들 가운데 가장 큰 교실이죠."

물려받은 것들
-*⁂*-

그녀의 말에는 자신의 피에 대한 자부심이 녹아 있다 :
"제 이름은 오프라입니다. 오프리가 아니고, 오크리도 아니며, 오크라는 더더욱 아닙니다. 저는 스스로를 흑인 여성들 중의 하나이자, 하나의 외침으로 생각합니다. 저는 나일강을 돌아들어 케냐의 어느 거리를 따라 내려온 미시시피의 코시어스코에서 태어났습니다. 아프리카의 북소리가 지금도 제 심장 안에 울리고 있습니다."

"저는 제가 물려받은 정신적 유산을 강하게 느낍니다. 그렇다고 해도 저는 깃발을 흔드는 행동주의자는 아닙니다. 저는 탁월함이야말로 인종차별주의에 대한 무기라고 생각하고 있어요. 다른 사람들에게 그 점을 납득시키기란 어려운 일이죠. 저도 한때 실천적인 흑인 형제 자매들의 연대에 동참하고 싶었습니다. 멋있는 사람, 남이 좋아해 주는 사람이 되고 싶었던 거죠. 누군가 절 싫어할 것 같으면, 저는 크게 좌절하곤 했어요."

"저는 우리 조상들이 자랑스러워할 거라 생각되는 삶을 살고자 노

오프라 윈프리의 특별한 지혜

력합니다. 거창하게 들릴지도 모르겠지만, 진실로 그것이 제가 살려고 노력하는 모습입니다.

"우리 조상들이 지금 우리에게서 이런 푸대접을 받아서는 안됩니다. 결코 그래서는 안됩니다. 저는 우리 스스로를 비추어 볼 때, 우리 자신과 우리 아이들에게 하는 일들을 주목합니다. 마약 문제를 주목합니다. 우리 자신을 향해 가하는 학대를 주목합니다.

"저는 자기증오가 우리로 하여금 서로를 적대적으로 여기도록 하고 서로를 끌어내리지 못해 안달하게 만든다고 생각합니다. 저는 프레드릭 더글라스(1817~1895. 노예 출신의 뛰어난 연설가이자 사회운동가. 노예제도 폐지를 위해 노력했으며 남북전쟁 당시 링컨의 진영에서 상당한 영향력을 행사함. 이후 정부 요직을 두루 거침 - 옮긴이)에게 후대의 이런 모습을 보여주는 것이 당치 않다고 생각합니다. 그가 촛불을 켜놓고 노예들에게 글을 가르친 것이, 우리가 연회와 만찬석상에 편하게 앉아서 서로를 헐뜯는 모습을 보기 위함은 아니었습니다. 그가 이런 대접을 받아선 안됩니다.

"여러분의 할머니와 증조 할머니들은, 기껏 자신의 아이들에게 깨끗한 양말을 신겨서 학교에 보내려고 백인의 저택에서 주방 일을 하지는 않았습니다. 그분들이, 학교에 책을 가지고 가지 않는 증손자들로부터 이런 푸대접을 받아선 안됩니다. 그분들이 이런 대접을 받아선 안됩니다."

1989년 12월 4일, 그녀는 워싱턴 힐튼 호텔 크리스탈 볼룸에서 열린 전국 흑인 여성 평의회 44차 전국 총회에서 :

"제가 오늘 이 자리에 오게 된 것은 이곳에 모이신 명사들과 다른 모든 분들을 위함이기도 하지만, 동시에 모든 아프리카인, 모든 흑인들을 위함이기도 합니다. 미국 전역에 있었던 모든 검둥이들, 음식을 만들고 아이를 돌보고 들에 나가 일을 하며 학교에 다니고 성가대에서 노래를 부르고 연인을 사랑했던, 여러 가닥으로 딴 머리, 짧은 곱슬머리 그리고 가발을 쓰고 다녔던 그 모든 이들을 위함입니다.

"저는 그 여정을 기리고자 이 자리에 섰습니다. 그 짧았던 항해, 우리 여성들의 운동을 기리고자 이 자리에 섰습니다. 제가 그 모든 이들을 아우르고자 함은, 우리를 일으켜세우고, 저를 이곳 힐튼 호텔의 반석 위에 세운 것이 그 모든 이들의 공헌이라 믿기 때문입니다."

희망

"가난한 이든 부유한 이든 모든 사람들은 희망을 갖기를 원합니다."

"극빈자 임시 주거 시설에 사는 이들이라고 다른 사람들과 다를 것은 하나도 없습니다. 그곳에 살면서도 의미있고 좋은 삶을 원할 수 있으며 자녀들에 대해 희망을 품을 수 있는 것입니다."

이미지

"스스로의 힘으로 무언가를 해내기 위해 열심히 일할 필요가 있습니다."

"저는 뚱뚱하다는 소리를 듣는 게 싫어요."

1987

"사람들은 제게서 동질감을 느낍니다. 저는 저 스스로를 제가 아닌 다른 모습으로 포장하지 않아요."

그녀의 삶

"제 일상이 정신없이 돌아가긴 하지만, 이것은 제가 늘 꿈꾸어왔던 삶입니다. 저는 늘 숨쉴 시간도 부족할 만큼 바빴으면 좋겠다고 말하곤 했어요."

1987

"정말 황홀할 지경이죠. 지금의 저는 그 어느 때보다 행복하고 건강합니다. 그래서 이 말을 할 때면 늘 제일 먼저 드는 생각이, '좋아, 이러다 언제 트럭에 치이는 거야?'랍니다."

1993

"제 삶에 아쉬움이 차지할 자리는 없어요 – 뚱뚱하다는 것조차도."

"저에게 인생이란 진보한다는 것입니다. 다만 이제까지 늘 한걸음씩 앞으로 나아간 것과는 달리, 작년에는 뭐랄까 돌진했다고 해야 될 것 같아요."

행운

"행운은 결국 준비의 문제입니다. 저는 저의 멋진 자아에 스스로를 조율시키며 살아갑니다."

1984

"행운이란 기회를 맞닥뜨릴 때를 대비해서 어떻게 준비하는가에 관한 문제입니다."

모성

편부 편모 가정을 주제로 대담을 나누면서 :

"어머니 혼자 가정을 꾸려가는 경우에 흔히 있는 일입니다 : 어머니의 남자 친구가 집을 들락거리고, 딸들은, 특히 이 부분이 중요합니다. 딸들은 어머니로부터, '아무 남자나 집 안에 들여서는 안된다. 내 말 알아듣겠니?'라는 얘기를 듣습니다. 아이들은 자기 눈으로 보는 것과 어머니의 얘기가 완전히 딴판인 것에 혼란스러울 따름입니다.

"제가 어렸을 때도 그랬죠. '내 말을 들으라는 거지 행동을 따라하라는 게 아니야.' 하지만 그래서는 아무 소용없습니다. 아무 소용없어요."

"전업주부들이 저는 존경스럽습니다. 그렇게 살기 위해서는…… 저

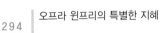
오프라 윈프리의 특별한 지혜

와 함께 십년을 일한 제작자 중에 지금은 가정에서 아이를 돌보는 분이 있는데, 하루 종일 아이의 뒤치다꺼리에 숨돌릴 겨를이 없죠. 어루만져 주고 먹이고 가르친다는 것, 세상에서 그것보다 더 중요한 일이 어디 있겠어요? 그 인내와 희생…… 제게는 없는 것들입니다."

동기유발

가끔은 오프라 자신도 동기유발을 필요로 한다. 『이곳엔 아이들이 없다』에서 라조 미첼 역을 한 것이 그녀에겐 적잖은 고통을 안겨 주었다 :

"그녀의 삶은 제가 이제껏 상상할 수 있었던 그 어떤 삶보다도 황폐했습니다."

오프라는, 촬영장 주위로 몰려든 사람들 틈에서 수줍은 얼굴로 자신을 쳐다보고 있던 한 사내아이를 발견하고, 트로이라는 이름을 가진 그 소년을 불러 자신의 이동 차량 안에서 짧은 대화를 나눈 적이 있었는데 :

"너에겐 지금의 네 처지를 박차고 나갈 힘이 있단다." 그녀는 그 평범하지 않은 아이에게 말했다. "넌 할 수 있을 거야."

오프라의 목소리는 그 아이를 떠올리는 동안 내내 가늘게 떨렸다 :

"그 아이를 보셨어야 해요. 그 애의 얼굴에선 환하게 빛이 났어요……우리가 이 세상 전체를 구할 수는 없겠지만 트로이와 같은 아이 하나를 구할 수는 있어요."

1995년 10월 3일, 『아메리카 온라인』에 나와서, 당신은 어떤 것들
로부터 동기유발이 됩니까? 라는 질문을 받고 :

"일에요, 아니면 다이어트에요? 일이라면 – 그건 저에게 하나의 사
명과도 같죠. 제가 맡고 있는 프로는 단순한 토크쇼 그 이상입니다. 저
는 사람들이 우리 프로를 보면서 그들 삶을 다르게 받아들일 수 있기
를 바랍니다. 그로 인해 그들의 삶이 더 좋아지게 말입니다. 다이어트
라면, 동기유발이 되는 것은 제가 펑퍼짐한 엉덩이를 원하지 않는다는
것이죠."

가난

"빈곤의 악순환에 빠진 이들이 가지고 있는 문제는, 그들이 빈곤의
사슬을 스스로의 힘으로 끊는 법을 배우지 못했다는 데에 있다고 생
각됩니다. 현재의 모습은 약자요 희생자로 길들여졌지만, 그러한 모습
을 던져 버릴 수 있다는 걸 배울 수 있는 것입니다."

"가난하고 흑인이며 여성으로 태어날 수 있죠. 그리고 그것을 최고
로 만들 수도 있습니다."

정신과 상담

윈프리는 마치 정신과 진료실의 소파에서 많은 시간을 보낸 사람처럼 이야기할 수 있지만, 실제로 정신과를 찾은 일은 없다 :

"그럴까 생각해 본 적은 있어요. 그랬더라면 무척 재미있었을 겁니다. 아마 저 때문에 의사가 미쳐 버릴 수도 있었을 거예요. 저는 의사를 소파에 앉혀 놓고, '아, 그러시군요?' 하는 식으로 말했을 겁니다."

"제가 TV에서 다른 사람들 이야기 들어주며 함께 고민하던 시간에 정신과 진료실에 앉아 있었더라면 저 자신에게는 훨씬 유익했을지도 모르죠."

"저는 자존심이 워낙 강해서 누군가에게 상담을 받는다는 것은 상상도 해보지 않았어요."

"상담 치료를 받았더라면 이 사실을 깨닫기까지 아마 몇 년이 걸렸을지도 모릅니다. 이제 마흔이 되어 가만히 생각해 보면, 과거의 제가 한 일이라곤 스스로의 감정을 억누르고 끊임없이 자책하는 가운데, 그러한 것들을 잊기 위해 더 많은 사람들의 호감을 얻으려 필사적으로 노력했다는 것입니다. 다른 사람들의 호감을 얻으려 몸부림치는 가운데 학대는 지속될 수 있었던 겁니다."

쇼핑

⁜

"현관문 앞에 놓을 도어매트를 사러 K마트에 갔었죠. 오리 그림, 고양이 그림, 연못 그림에, '어서오세요'라든가 '아늑한 우리집' 따위가 새겨진 것들이 있었는데, 뭘 골라야 할지 모르겠더라고요. 5달러 95센트짜리였는데, 아마 고르는데 한 시간은 걸렸을 겁니다. 여러 개를 쭉 늘어놓고 들여다보고 또 보고 했죠. 네, 5달러 95센트짜리 물건 사는데 말입니다."

1991

"예전만큼 재미있지가 않아요. 다른 게 없어요. 구두도 그렇고, 골동품, 옷 다 마찬가지예요. 작년 한해, 20사이즈에서 8사이즈까지 내려가는 동안에는 정말 신이 났었는데 지금은 계속 8사이즈거든요."

스키

⁜

1990년, 그녀는 스키를 배우기 시작했는데 :
"스키를 타는 것은 날개를 가진 것 다음으로 최고예요."

극장

그녀는 노스 캐롤라이나의 윈스턴 살렘에 있는 어느 흑인 극장의 축제에 초청되어 청중들에게 행한 연설에서, 자신이 스타덤에 오르기까지 흑인 극장은 큰 힘이 되었다고 말했다. 그녀는 미시시피에서 보낸 어린 시절, 루비 디가 출연한 『양지의 건포도(A Raisin in the Sun)』 (1959년작. 가난한 흑인 대가족이 뜻밖의 횡재를 하면서 겪게 되는 일을 그린 영화 - 옮긴이)을 보았는데 :

"저는 늘 그 환상을 지니고 살았습니다. 흑인 극장이 없었더라면 오프라 윈프리 쇼도 없었을 겁니다."

투나잇 쇼

"투나잇 쇼에서는 그 어떤 일도 돌출적으로 일어나지 않아요. 방송 대본이 나오는데, 거기에 어떤 질문을 받게 될 것인지가 다 나와 있어서 방송 전에 미리 준비할 수가 있죠."

1985

투나잇 쇼의 첫 방송이 8시간도 채 남지 않은 가운데, 오프라는 그때까지도 스튜디오에 신고 나갈 구두를 준비하지 못하고 있었다. 그녀는 첫 방송을 위해 특별히 맞춘 파란색 스웨이드 드레스에 어울릴 만한 구두를 원했는데, 운이 좋았던지 로데오 드라이브에서 마음에 꼭

드는 구두를 찾았다. 그것은 모조 다이아몬드가 박힌 750달러짜리 파란색 구두였다 :

"저는 사치스런 사람은 아닙니다. L.A.에 도착해서 파란색 스웨이드 구두를 사러 여기저기를 다녔지만 쉽게 찾지를 못했습니다. 그러다 시간이 임박해서 결국엔 처음 눈에 띈 것을 집어들 수밖에 없었죠."

"무척 긴장이 되었어요. 평소에는 전혀 긴장하는 법이 없거든요. 저는 수천, 수만의 사람들 앞에서 이야기하면서도 긴장해 본 적이 없어요. 잭슨즈의 콘서트에서 그들을 청중들 앞에 소개하는 순간에도 긴장하지는 않았어요. 그런데 정말 놀랍죠. 제가 혼잣말로 중얼거리고 있는 거예요. '어쩜 좋아, 이제 나가는 거야. 이 커튼만 젖혀지면 나가는 거야!' 제가 그렇게 마음을 졸이며 커튼 뒤에 서 있는데, 무대를 맡은 스탭 한 사람이 다가오더니, '너무 긴장하지 마세요, 저는 바로 이 자리에서 최고의 스타라는 사람들이 토하는 것도 봤어요'라고 말을 하더군요. 그래서 저는, '걱정 마세요. 토하지는 않을게요'라고 대답해 주었습니다."

그날 방송이 끝나고 그녀는 어느 레스토랑에 갔는데 :

"초콜릿 무스 래즈베리 케이크가 나오자, 퀸시 존스가 '생일 축하합니다'를 부르기 시작하는 겁니다. 그때 저는 이렇게 말했습니다. '지금 이 자리에서보다 더 행복할 수는 없을 거예요.'"

　오프라 윈프리의 특별한 지혜

오프라와 함께 하는 여행

에티오피아

오프라는 시카고의 『WLS-TV』가 제작한 다큐멘터리를 찍기 위해 에티오피아를 갔다. 그 방송국은 그 이전에 기아구호 캠페인에 참여한 적이 있었는데, 그때 모인 기금이 어떻게 쓰이고 있는지를 시청자에게 보여주려 한 것이었다 :

"에티오피아의 참상은 상상을 초월합니다. 그 점에 관해서라면 이젠 다른 사람의 말을 들을 필요가 없어요.

"그곳에 갑니다. 그곳에 있는 사람들에 비해 우린 너무 건강해 보입니다. 그리고 상상하죠. 멍하니 날 쳐다보고 있는 사람들에 둘러싸여 이 사막에서…… 뭘 할 거냐고요? '안녕하세요, 저는 오프라 윈프리입니다. 지금 제 앞에는 5백여 명의 에티오피아 어린이들이 있습니다.' 이건 너무 하잖아요, 안 그래요?

"제가 깨달은 것은, 무언가를 직접 목격하고 나면 그전에 그것에 대해 보거나 들은 것은 아무것도 아닌 것이 된다는 사실입니다."

오프라는 그 여행이 자신의 삶을 변화시키는 경험이 될 거라고 생각했다 :

"그 도시에 막 도착했을 때는 문화 충격이 컸어요. 거리에는 당나귀와 염소를 몰고 다니는 사람들과, 어디엔가 내다 팔 3.6킬로그램 무게의 목재를 등에 지고 다니는 아이들이 보였습니다.

"정말 아이들이 예뻐요. 그런데 똑바로 서서 걷는 법을 한번도 배우지 못한 아이들은 곱사등이로 성장하는 경우도 있습니다. 그것이 그 아이들의 생활이고 생계입니다. 처음에는 그 사실에 너무 화가 났죠.

"등에 목재를 진 채 언덕에서 뛰어내려오는 아이들이 있었습니다. 그 아이들은 멀리서 우리를 보고도 우리가 외국인이라는 것을 알아챘죠. 그것이 제 마음을 아프게 했습니다. 그 아이들 대부분이 근시가 심하다는 것을 알고 있었으니까요. 그 아이들은 세상 저편에 어떤 것들이 있는지 알지 못합니다. 알지도 못한단 말입니다.

"우린 콜라를 마시고 있다가 아이들에게도 하나씩 나눠주었죠. 코카콜라 하나에 아이들 입가에 번지던 미소를 보셨어야 해요. 그건 너무나 경이로웠습니다. 우리는 축복받은 사람들이라는 말은 새삼 꺼낼 가치도 없어요. 그곳의 삶에 비추어, 그건 할 말이 아니기 때문입니다. 물론 우린 축복받은 사람들이죠. 하지만 문제는, 그런 우리가 무엇을 하고 있느냐는 것입니다. 그 언덕에서 제가 깨달은 것은, 한 아이만 도울 수 있다 해도 우리는 이미 작은 변화를 만들어내고 있다라는 것이었습니다. 그것이 진부한 이야기로 들릴지 모르겠습니다. 그러나 에티오피아의 그 언덕에 있던 모든 아이들을 구해 내지는 못할지언정, 작은 변화를 이루기 위해 우리 각자가 무언가 할 수 있는 일은 있습니다.

"사람들은, '이봐. 우리가 사는 곳에도 문제는 많아. 왜 거기까지 신경을 써?'라고 말합니다. 그러나 이 세상에서 기아 문제보다 더 심각한 문제는 없다고 저는 확신합니다. 목욕은 몇 년 동안 해본 적이 없고, 가지고 있는 거라곤 누더기 하나뿐인, 그 누더기마저 이가 들끓는 아이들을 목도한다는 것은 말문이 막히는 일입니다.

"음식과 잠잘 곳을 가질 인간의 기본적인 권리가 거부되고 있습니다. 제 말은, 아이들이 얼어죽고 있다는 겁니다. 동사자는 대부분 새벽 네시와 다섯시 사이에 발생합니다. 사막에서 가장 추운 시간대죠. 담요 한 장이 없어서 사람이 얼어죽습니다. 그곳에 가면 이 세상에 대해, 그리고 무엇이 중요한 것이고 무엇이 그렇지 않은가에 대해 많은 것을 이해하게 됩니다.

"물론 그곳 사람들에게 끼니를 해결할 구호 식량은 주어집니다. 그러나 그들은 배를 채우고 나면 그때부터 다음 끼니가 주어지기를 기다립니다. 그렇게 먹고 다시 다음 끼니를 기다리고, 먹고 또 기다리는 겁니다. 거기서 제가 깨달은 것은, 한 사회의 구성원들 각자가 스스로를 책임지는 법을 배우지 못한다면, 그것은 사회도 아니라는 사실이었습니다. 그래서 요점이 무엇이냐고요? 요점은 물론 사람들을 기아에서 구해 내야 한다는 것입니다. 그러나 동시에, 그들이 자기 자신의 상황을 개선시킬 수 있도록 적절한 교육 시스템을 구축해야 한다는 것입니다. 알아야 이 문제에 대응할 수 있습니다. 언덕에 앉아 바구니나 짜면서 이 문제를 풀 수는 없습니다.

"하지만 식량 원조도 꼭 필요한 응급처치입니다. 지구 건너편에 있는 우리가 없다면, 한 나라의 국민 대다수가 아사하고 맙니다. 그건 불을 보듯 뻔한 사실입니다. 다른 이들이 손을 놓고 있는 것을—에티오피아 정부도 정치적이든, 어떤 다른 이유에서든 마찬가지입니다—지켜보면서, 진실로 우리가 변화를 만들어 왔음을 확인하게 됩니다."

유럽

"프랑스에서 샐러드를 주문하면 크림소스가 범벅이 되어 나오죠. 이번 여름 저는 파리에 있었습니다만, 음식이 그다지 마음에 안 들어서 예정보다 일찍 돌아왔습니다."

1994

"유럽에서 일주일 조금 넘게 있다가 다 집어치우고 시카고로 돌아왔어요. 그 사람들은 저지방 음식이 뭔지 잘 모르는 것 같아요."

1995

뉴욕

"뉴욕보다 실감나는 곳은 없을 거예요."

1989년, 그녀는 리즈 스미스에게 자신이 지쳐 있다고 고백했다 :
"최근에 이곳저곳을 다니다 보니까 닷새 사이에 다섯 개의 표준 시간대를 넘나들었습니다. 런던, 파리, L.A., 애틀란타, 콜럼버스 그리고 시카고로 돌아갔었죠. 그렇지만 뉴욕은 너무 오고 싶었어요."

"뉴욕에 있으면 압도당하는 느낌이 들어요. 무엇을 해야 좋을지 모르겠다니까요. 주말에 뉴욕에 있게 되면 호텔에 머물면서 중국 음식을 주문합니다. 그런데 어디를 가면 좋을지, 무엇을 해야 좋을지를 모르겠어요. 좋은 데가 너무 많으니까요. 스탭들과 이곳에 몇 번 와본 적이 있는데 늘 아침 9시에 잠이 들었습니다. 우린 먹고 즐기는 걸 엄청나게 좋아하는 사람들이거든요. 그래도 역시 시카고가 제일입니다."

오클라호마 시티

오프라는 오클라호마 시티에서 돌아온 이후 잠들기가 무척 힘들었노라 이야기한 적이 있다. 그녀는 그곳에서 아동 병원에 입원해 있는 환자들과 그 가족들을 방문했었는데, 그곳에서의 기억이 잊혀지지가 않아 :

오프라 윈프리의 특별한 지혜

"어머니들 중의 한 분이 제 손을 붙들고 말씀하시기를, '괜찮을 거예요, 오프라'하더군요."

중화상을 입은 네 살짜리 소녀의 병실에서, 오프라는 :
"그 아이의 손을 잡았더니 매니큐어 하나를 꼭 쥐고 있는 거예요······. 그걸 잃어버렸어요."

사고(오클라호마 시티 연방정부 건물 폭탄 테러 사건 – 옮긴이) 현장에서 최후의 생존자로 구조된 브랜디 리곤스의 병실에 갔던 일을 회상하면서, 오프라는 :
"저는, '브랜디, 내 말이 들린다면, 내가 이 세상에서 알아왔던 모든 여성들 중에 네가 가장 강인한 사람이라는 걸 알아주었으면 좋겠구나······. 네가 이 어려움을 이겨낸다면 너는 이 세상 어떤 어려움도 이겨낼 수 있을 거야'라고 말했습니다. 그랬더니 그 아이가 눈을 뜨더군요."

1995년 4월 26일, USA 투데이와의 인터뷰에서, 오프라는 유가족들이 어떻게 슬픔을 이겨나가고 있을지 염려가 된다고 말하면서 :
"저는 아이나 가족을 잃는다는 일이 어떤 것일지 상상이 안됩니다. 그분들이 잠이나 이룰 수 있을지 궁금합니다."

남아프리카 공화국

1995년, 남아프리카 공화국을 여행한 일에 대해 질문을 받고 :
"아름다웠어요. 상상했던 것보다 훨씬 아름다웠죠. 하지만 알렉산드리아—그곳에선 가장 처참한 빈곤을 목격했습니다."

웨스트 버지니아

"저는 웨스트 버지니아가 맘에 들어서 그곳을 선택했습니다. 그 노래가 언제나 머리속을 떠나지 않았거든요. 'Almost heaven, West Virginia'(존 덴버의 노래, Take me home, country roads의 첫 소절 가사 - 옮긴이)

"제에게는 지금 모든 것이 멋지고 풍요로움에 가득차 있습니다. 하지만 너무나 자주 거친 삶을 사는 이들을 발견하게 됩니다."

"삶에 대한 그들의 위대한 태도를 보면서 저는 앞으로 어떤 것에도 불평을 하지 않기로 했습니다. 당신이 오프라 윈프리든, 아니면 땅에 구멍을 파고 사는 사람이든, 문제는 '당신은 가족에게, 사회에, 세계에 무엇을 주려 하는가?'라는 것입니다."

와이오밍

1995년 10월 3일 『아메리카 온라인』에서, 사생활이 없음으로 인해 지치지는 않습니까? 라는 질문을 받고 :

"가끔은요. 하지만 지난 주말을 제가 어떻게 보냈는가를 들어보시면 믿지 않으실 겁니다. 스테드먼의 아이디어였는데, 우리는 와이오밍에 있는 그의 친구 집에 가서 소떼를 몰았죠. 여섯 시간 동안 제 엉덩이는 천 마리가 넘는 소떼를 동쪽으로 몰고 가는 말 안장 위에 있었습니다. 너무 재미있었어요. 오늘은 제대로 걷기도 힘드네요. 하지만 저

는 세상에 내셔널 인콰이어러의 기자가 없는 곳도 있다는 사실을 새삼 깨달았습니다. 완벽한 사생활이었죠."

신뢰

✦

1995년 5월 30일, 에드 고든 쇼에 출연해서, 가까웠던 사람들이 떠나면서 당신이 변했다고 비난을 퍼부을 때 상처를 많이 받습니까? 라는 질문을 받고 :

"상처를 주는 게 아니에요. 잠깐만요, 글쎄요, 상처를 받던가? 상처라는 단어를 쓰는 건 적당하지 않겠군요."

그럼 완전히 돌아 버린다거나?

"네, 정말 화가 머리끝까지 치밀죠. 어떻게 당신이 내게, 그런 생각이 들죠. 바로 그거예요. 어쩌면 당신이 나에게 이럴 수가, 나는 당신을 이렇게 대하지 않았는데. 나는 당신을 친구 이상으로 대하며 믿고 의지하면서 지켜야 할 모든 도리를 지켰는데, 그런데 당신이 어떻게 나에 대한 그런 거짓말을 늘어놓을 수가 있지? 그것이 제가 느끼는 거예요. 하지만 그것 때문에 상처를 받지는 않습니다. 저는 그것을 덤덤히 받아들이니까요. 저는 예전에, '보도하지 않겠다고 각서 쓰세요'라고 말하곤 했지만. 사실 누군가 거짓말을 하기로 마음만 먹는다면 그게 다 무슨 소용 있겠습니까. 제가 그렇게 얘기했던 대상은 제 집을 찾는 모든 사람들이었어요. 이제는 제 집을 찾아오면서 꽃을 사들고 온다면, 그것은 카메라를 가지고 들어오지 않겠다는 일종의 표식 같은 것이 되는데, 이건 내셔널 인콰이어러에 저의 집이 완전히 공개된 이후의 일입니다.

"그러다 보니 사람들을 덜 믿게 되는 거예요. 그런 일은 일어나지 말았어야 하는 건데. 제가 이 문제를 바브라 스트라이잰드에게 얘기했더니 그녀는, '보도하지 않겠다는 각서를 받지 않아요?' 하는 겁니다. 저는, '글쎄요, 그렇게 하면 제가 사람들을 믿지 않는 것처럼 보이게 되지 않을까요?'라고 했죠. 그랬더니 그녀의 대답은, '사실 믿지 않잖아요?' 이제는 비보도 각서를 다시 받고 있습니다. 다시 이렇게 될 거라고는 생각지 않았는데."

"예전엔 그랬죠 : 무엇이든 해라. 하지만 네 삶에만 충실하고 다른 사람 뒤통수치는 일은 하지 말아라. 절대로 다른 이들의 감정을 상하게 하는 일 없이, 그들에게 늘 좋은 사람으로 남아라. 지금은 이런 식입니다. 저는 제가 좋은 사람이라는 걸 알아요. 동의하지 않으셔도 좋습니다. 여기 각서에 사인이나 하세요."

일

"제 친구들은 모두 사무실에 앉아서 일하는 사람들입니다. 일을 마치고 나가서 저녁을 먹어도 일 얘기만 하죠. 그러다 집에 돌아가고 다음 날이면 정확하게 아침 7시 30분 이 자리로 돌아오는 겁니다."

오프라 윈프리의 특별한 지혜

일 중독에 걸린 것 아니냐는 질문에 :

"네, 맞아요. 저는 기진맥진할 때까지 일합니다. 일하고 또 일하죠. 일요일에도 갈 수 있는 한 많은 곳에 가서 강연을 합니다."

"집에 돌아가서는 혼자 중얼거립니다. '이제 뭘 할까? 영화라도 보러갈 수 있을 것 같은데.' 갈 수 있죠. 암요, 갈 수 있어요. 그런데 안 가요."

1986

"저는 일 중독은 아니에요. 그저 중요하다고 생각되는 일을 할 뿐입니다. 나이키 광고처럼, 저는 'just do it', 바로 그거예요."

1990

옮기고 나서

10년쯤 되었을까요, 쟈니 윤이라는 사람이 불쑥 나타나 우리의 공중파에 토크쇼라는 장르를 처음 선보이던 때가 기억납니다. 당시만 해도 터부시되던 주제들을 다루며 말도 많고 탈도 많았던 그 프로그램은 어쨌든 시청자들로부터 폭발적인 인기를 누렸고, 지금은 각 방송사마다 토크쇼가 대표적인 오락 프로그램으로 자리를 잡게 된 계기가 되었습니다. 그렇지만 본고장 미국에서 토크쇼라는 쟝르의 큰 줄기를 이루고 있는 도나휴, 바바라 월터스 그리고 이 책에서 만나게 되는 오프라 윈프리는 세계적인 명성에 비해서 우리에게 알려진 바는 극히 미미한 것입니다. 빌보드 챠트와 외국 연예인들의 시시콜콜한 일상사까지 우리의 대중 매체에 오르내리는 것에 비추어보면 오히려 의아한 일이기까지 합니다.

친분이 있는 영국인 교수님 한 분은 제게 이 책을 옮기면서 오프라 윈프리의 오만함을 발견하지는 않았느냐고 물으셨습니다. 저는 그렇다고 했습니다. 하지만 그녀가 자연인 오프라 윈프리로서 보여주는 솔직함과, 공인으로서 보여주는 책임감에는 큰 인상을 받았음을 인정해야 했습니다. 이 책의 중심에 놓여 있는 것은 우리에게 낯설기만 한 오프라 윈프리 쇼가 아닙니다. 바로 오프라 윈프리라는 사람입니다. 가장 어둡고 가장 밝은 인생 모두를 경험한 그녀의 인간적 풍모를 엿보는 것은 이제 독자 여러분의 몫입니다.

　이번에도 어김없이 인내심을 보여준 집사재 사장님과 다이어트에 별다른 의욕을 내지 못하고 있는 큰누님과 더불어 또 한 권의 책을 번역하게 된 보람을 나누고자 합니다.

송제훈